# 流木記

ある
美術館主の
80年

窪島誠一郎
Kuboshima Seiichirō

白水社

# 流木記　ある美術館主の80年

装幀＝菊地信義
水戸部功

# 目次

（編集＝耕書堂）

# 喪失ふたつ

## 一

二〇一八年八月十日、尾島真一郎はペニスをうしなった。太平洋戦争開戦の直前に生まれた尾島真一郎は、満七十六歳九ヶ月になっていた。

尾島真一郎は長く「尋常性乾癬《かんせん》」という、アトピーとならんで根治困難といわれる厄介な皮膚病を患っていて、最初はその「乾癬」が局所に飛び火したのかと思っていたのだが（通院していた聖路加病院皮膚科でもそういう診断だった）、何ヶ月かするうちに亀頭の部分が赤くただれはじめ、やがてそのあたり一帯が白いカサブタ状にふくれあがってきた。患部が下着にこすれるだけで、飛びあがるような激痛がはしった。

で、以前前立腺肥大の手術をしてもらった東京慈恵会医科大学附属病院泌尿器科のM医師にくわしく診てもらったところ、ヽヽヽヽン百万人に一人いるかいないか（何とジャンボ宝くじ並みの確率！）という部位に発症した「陰茎ガン」であることが判明した。M医師は当初、陰茎の全摘出も検討されていたようだったが、けっきょく最終的には睾丸から外に出ている部位だけを切除するという施術方針となった。全身麻酔の手術は約三時間半ほどを要した。尾島真一郎は子供の頃から毎晩のように、就寝時に性器の先を指でいじるクセがあり、そのクセはかなり老齢になるまでつづいていたのだが、そうした尾島真一郎のひそかな娯《たの》しみも、七十六歳九ヶ月をもって永遠にうしなわれることになったのである。

東京慈恵会医科大学附属病院泌尿器科において、尾島真一郎の陰茎ガン手術を担当した（M医師の後輩にあたる）T医師から、術後本人に手渡された「病理組織診断報告書」（いわゆる病理診断および所見報告書）の内容はこうだった。

検体　陰茎部分切除材料

検体は陰茎部分切除材料で、表面に32×12㎜の平坦隆起性病変を認める。組織学的に、陰茎の重層扁平上皮には、潰瘍の形成を伴う腫瘍を認める。顕著なhyperkeratosisとparakeratosisを認め、上皮内にはdyskeratosisを伴う異型細胞の腫瘍性増殖を認める。腫瘍領域の上皮基底部は細く癒合状の表皮突起を形成し、表皮浅層への浸潤を伴う（tumor thickness　最大２・５㎜）。高分化型扁平上皮癌の所見である。リンパ管侵襲像もみられる（D２〜40染色を併用）、浸潤癌巣周囲には上皮内癌成分がひろがっている。この主病変はp16でblock positiveを示さない。また、上記主病変とは連続しない扁平上皮内癌を２か所に認め、p16 block positiveを示すことから、HPV関連の扁平上皮癌と考える［pise］（＃１）

側方及び深部断端には、腫瘍成分を認めない。

〈主病変のまとめ〉
部位　陰茎　32×25×2・5㎜
組織型　well differentiated squamous cell carcinoma
浸潤度　真皮浅層
脈管侵襲　v0（CD31）・ly2（D2-40）
断端・側方（－）深部（－）
UICC　8ch: pT1b

いくら読んでもちんぷんかんぷんの医学用語のならぶ「報告書」だったが、ひとつ尾島真一郎の記憶にのこったのは、手術して一週間ほどした診察日にT医師から「報告書」の説明をうけたとき、T医師が「報告書」の末尾近くに記された「断端・側方（－）深部（－）」の部分を鉛筆で丸くかこんで、そこに「取り切れている」という一言を書き入れたことだった。それでどうやら、「断端」というのが陰茎の切除を意味する用語であり、手前の「32×25×2・5㎜」が切除した部分の大きさをしめす数字であることがわかったのだが、T医師はその「断端」のよこに線をひっぱって、はっきりと「取り切れている」という言葉をつけ加えてくれたのである。「あなたの悪い部分は完全に取り除きましたよ」と。

尾島真一郎はそれをみたとき、何か胸の奥にあついこみあげてくるものを感じて、まだ四十歳代半ばくらいにみえる若いT医師に、「ありがとうございました」と深く頭を下げたのをおぼえている。

## 二

　尾島真一郎がこの手術のために新橋の東京慈恵会医科大学附属病院に入院していたのは、手術前日の二〇一八年八月九日から同月三十日までの二十一日間だったが、その間に尾島真一郎にとっては、自らのペニスをうしなうのに匹敵するほどの、もう一つの「喪失」劇が進行していた。それは尾島真一郎がそれまで三十九年八ヶ月間にわたって長野県上田市の郊外で経営してきた私設美術館「信濃デッサン館」のコレクション約四百点の大半を、二〇二一年四月に長野市善光寺そばにリニューアルオープンすることになっている新・長野県立美術館に寄贈、一部を売却するという話だった。

　この話は、じつは尾島真一郎がガンを発症する二年前、すなわち二〇一六年の春頃からひそかに持ち上っていた話なのだが、尾島真一郎が信州上田の美術館に帰ってきた翌日の九月一日、さっそく長野県立美術館の瀬尾典昭学芸課長から電話がかかってきた。瀬尾典昭氏はつい最近まで渋谷区立松濤美術館の学芸係長をしていた人で、尾島真一郎が溺愛している大正時代の夭折画家村山槐多《かいた》の展覧会を同館で開催した有能な学芸員だった。その瀬尾典昭氏が尾島真一郎の退院を待ちかねていたように、こう電話してきたのだ。

「オジマさん、ご退院おめでとうございます。ガンはどこのガンだったんでしょうか。美術館に電話してもくわしいことがわからないので、大変心配しておりましたが、とにかく無事に退院されて私たちもホッとしているところです。ところで、例の件、ウチの橋本光明館長も、新美術館の館長になる松本透さんも大いに乗り気なんです。今後細かいことは私が使い走りを担当しますので、ご決意のほどよろしくお願いします」

コレクター（美術品収集家）とは面白いものだ。尾島真一郎は自分が収集した絵描きの絵を、県美の現館長や新館長が高く評価し、そのコレクションを近く開館する新・県立美術館の所蔵品にしたがっていることには満足だった。病み上りの身体が奮《ふる》い立つのを感じた。だが、そう簡単に「信濃デッサン館」の絵をかれらの美術館に手放す気分にはなれないのだった。というより、それらの絵をうしなったアトの自分を想像できなかったといったほうが正確かもしれない。あの絵たちをうしなったら、いったい自分はどうして生きてゆけばよいのか。

「信濃デッサン館」は、人口約十五万ちょっとの地方都市、上田市の郊外に尾島真一郎が自力で建てた約百坪ほどの小さな美術館だった。独鈷山《とっこさん》というトンガリ山のふもと、八百余年の歴史をもつ真言宗前山寺《ぜんさんじ》の参道のわきに建つ三角屋根のスレート葺き、ブロック造りの建物は、どこか薬局で売っている殺虫箱のゴキブリホイホイに似ていた。一九七九年六月三十日に館が完成したとき、近所のお百姓が口々に「いつのまに養豚場が一つふえたんだべ」と噂したのも当然なほどの安普請美術館だった。

しかも、その「信濃デッサン館」に収められている尾島真一郎のコレクションは、どちらかといえばマイナーな、あまり人に識《し》られていない画家の絵ばかりだった。一九一九年に流行性感冒（別名「スペイン風邪」とよばれ当時世界的に蔓延した疫病）によって二十二歳五ヶ月で亡くなった村山槐多や、同年同じ病で二十歳二ヶ月で没した関根正二、戦前にアメリカ画壇で活躍し帰国後まもなく脳腫瘍で三十歳五ヶ月で死んだ野田英夫、戦時中に活躍しながらやはり三十歳代で病死した松本竣介や靉光《あいみつ》……といっても知らぬ人が多いにちがいないが、ともかくそんな、世の中の光をあびることなく早世した画家たちの小さなデッサンや水彩画が飾られているのが「信濃デッサン館」なのだった。二〇二一年四月にリニューアルオープンする新・長野県立美術館は、その尾島真一郎のコレクションをぜひとも収蔵したいといっているのだ。

## 三

尾島真一郎の心ははげしくゆれた。

じつは尾島真一郎にはもう一つ、二十三年前に「信濃デッサン館」の隣接地に建設した「無言館」という美術館があった。こちらも尾島真一郎が約三年半がかりで全国を行脚してあつめた、日中戦争や太平洋戦争で戦死した画学生の遺作を展示するというちょっと変わった美術館だった。そして、ここ数年はその「無言館」の経営を「信濃デッサン館」が圧迫するという状態がつづいていた。「無言館」には曲がりなりにも年間三、四万人の来館者があり、何とか従業員の給料には困らない経営状況だったのだが、開館四十年近くになる「信濃デッサン館」の来館者のほうが年々減少、今や本館の「信濃デッサン館」がアトから出来た「無言館」の足を引っぱるという苦境に陥っていたのである。

長野県立美術館の瀬尾典昭学芸課長は、そんな尾島真一郎の美術館の事情を見越して、こんなふうにたたみかける。

「オジマさん、あなたは私が敬愛する抜群の眼利きのコレクターであり、そのうえご自分の手で美術館までつくってしまった異才の人です。また、数多くの美術書や評伝を出されている文筆家でもあります。おそらく今後、あなたのような収集家は二どと現われないだろうと思っています。私たちは今度オープンする新美術館の一かくに、ただ単にあなたのコレクションを紹介するだけでなく、あなたが『信濃デッサン館』をこの地につくるまでに辿った足跡も紹介する特別コーナーを設けたいと考えているんですよ」

そして、瀬尾典昭学芸員は最後にこうもつけ加えた。

「今回のご病気で、オジマさん自身が痛いほど自覚されたと思っているのですが、失礼ながらオジマさんは私より一回りいじょう上の七十歳代半ばというご年齢、ご自分の美術館の将来をどうするか日夜考えられているんじゃないかと推察します。いかにオジマさんが不死身であっても、そこには限界がある。私たち長野県立美術館準備室のメンバーは、これを機会に少しでもオジマさんの背負っている荷を軽くしてあげられないか、とも思っているんです」

瀬尾典昭学芸課長がそんなふうに語る自分のコレクションや、そのコレクションをならべる美術館に対する評価は尾島真一郎をすこぶる元気づけた。一市井人でしかない尾島真一郎が半生を賭けてあつめた夭折画家、異端画家の作品群を、公立美術館の有識者たちがこぞって讃え、尾島真一郎が建てた「信濃デッサン館」の約四十年にわたる業績を手放しで誉めてくれている。コレクター冥利につきるとはこのことだろう。尾島真一郎にとってこれいじょうの幸せはないはずだった。

今のところ、長野県立美術館から提示されている購入条件はこんなふうだ。

四百三点のコレクションのうち、三百七十点を寄贈してくれれば、残りの三十三点を一億九千万円で購入するという。購入する三十三点には、村山槐多の名作中の名作といわれる「尿《いばり》する裸僧」や「信州風景」、関根正二の近代美術史上最高のデッサンといわれる「自画像」や「裸婦」もふくまれていた。十数年前にいわゆる絵画ブームという、一種のバブル的社会現象が起きたとき、何と某美術館から村山槐多の油彩画「尿する裸僧」一点に五億円というオファーがあったことを考えれば、今回の三十三点一億九千万円はけっして尾島真一郎の自尊心を完全に満足させる金額ではなかったが、新美術館に「信濃デッサン館」の常設コーナーを設け、永く尾島真一郎の仕事を顕彰してくれるという付帯条件はかなり魅力的だった。現在の美術界の状況を考えたら、これだけの好条件を提示してくれる美術館はなかなか現われないだろうと思われた。

しかし、それは尾島真一郎にとって言葉につくしがたい悲嘆と孤独をともなう取り引きだった。

「信濃デッサン館」にしても「無言館」にしても、特段金持ちでも資産家でもない尾島真一郎がつくったおもちゃのような美術館だったが、いわゆる世間で尾島コレクションとよんでいる作品群は、尾島真一郎が二十代の頃から爪に火をともすような水商売生活のなかであつめた絵だった。瀬尾典昭氏のいう「二どとあなたのような収集家は現われないでしょう」という評価は、あながち過大なものではなかろうと尾島真一郎は自惚《うぬぼ》れる。そんな尾島真一郎の人生そのものといってもいいコレクションが、今自分の手から消えようとしているのである。たしかに二つの美術館が背負っている経済苦を考えれば、二億円近い収入はノドから手が出るほど欲しいカネだったが、さりとて尾島真一郎の命にも替えがたいコレクションが消え去ったアトの自分の人生を思うと、どうしてよいかわからぬほどの恐怖がおそった。コレクションを譲渡したのちの自分の生活がイメージできなかった。

## 四

そもそも尾島コレクションの譲渡話は、尾島真一郎が約六年前突然クモ膜下出血にたおれたことに端を発していた。尾島真一郎がクモ膜下出血にたおれなければ、コレクションを県立美術館に寄贈するとか、その一部を買ってもらうだとか、また四十年近く営んできた「信濃デッサン館」を閉じるだとかいった話は、尾島真一郎の頭にツユほどもうかばなかったろうし、県立美術館のほうだってそんな話を持ちかけてはこなかったろう。すべては瀬尾典昭学芸課長がいうように、尾島真一郎がクモ膜下出血という病を得たことによって、初めて自らの「余命」を意識し、初めて自分の死後の「信濃デッサン館」をどうすべきかという問題と向きあう気持ちになったことから動き出した話なのだった。

尾島真一郎がクモ膜下出血を発症したのは、正確にいえば二〇一五年十二月二十二日午後五時三十分、場所は長野市の大門通りにある労働会館というビルの五階会議室でだった。その日、会議室では「二〇一六信州市民の会」の設立総会がひらかれ、会場には地元テレビ局が二、三社、信濃毎日新聞をはじめとする何社かの新聞社の記者たちがつめていた。尾島真一郎の十数年来のポン友であるいわさきちひろ美術館の顧問をしている松本猛さん（故いわさきちひろの長男）が発起人をつとめ、ヒナ壇には松本さんはじめ映画コラムニストの合木こずえさん、地元八十二銀行元頭取の茅野實さん、信州大学法科大学院特任教授の又坂常人さん、善光寺白蓮坊住職の若麻績《わかおみ》敏隆《としたか》さんら、いわゆる長野県在住の文化人（？）の面々が顔をそろえていた。そして、その会議の三番めの発言者として尾島真一郎が立ち上ってマイクをにぎり、四、五分くらいの短いあいさつを終えて椅子にすわったときに、尾島真一郎の頭部に「異変」がおそったのだった。椅子にすわったとたん、後頭部にこれまで経験したことのないような激痛がおそい、同時に胸の深部にしめつけられるような息苦しさを感じたのである。

尾島真一郎は隣席の茅野實氏に「ちょっと気分が悪くなったので席を外します」とことわってから、痛みのおさまらぬ後頭部を右手で押さえ、フラフラと奥の事務所まで歩いてゆき、そこにあったソファにへたりこんだ。周知のように、クモ膜下出血にかぎらず、脳梗塞や脳出血といった病には、一にも二にも素早い処置がもとめられる。一般的にクモ膜下出血は、二時間いじょう手当てが遅れると、手術をしても命を落すか、助かっても身体や言語に大きな障害がのこるといわれている。だが、そのとき尾島真一郎は、自分をおそったその強烈な頭痛がクモ膜下出血であるとは認識していなかった。今思うとゾッとするのだが、まだその段階では尾島真一郎は、「しばらく休めば頭痛はとれるだろうから落ち着いたら会場にもどろう」くらいの気持ちでソファに横たわっていたのである。

だが、そこに労働会館の事務局長である喜多英之氏が駈け寄ってきた。喜多氏は、事務所にヨロヨロと入ってきて、ソファにへたりこんだ尾島真一郎の姿を一目みて、尾島真一郎が非常に危険な状況にあることを察知、すぐさま机の電話をとりあげ救急車をよぶ。もしそのとき喜多氏が、尾島真一郎に「救急車をよびましょうか」だとか、「医者をよびましょうか」だとかいった中途半端な声をかけていたら、どちらかといえば優柔不断な性格の尾島真一郎はきっとグズグズしていて、一刻の猶予をあらそう時間を無駄に費やしていたにちがいない。

「すぐ救急車がきます。私、喜多が同行します」

きっぱり言い放った「労働会館」事務局長喜多英之氏のたのもしさ。

尾島真一郎はそんな喜多氏のウムを言わせぬ行動力と判断力によって、十分もしないうちに到着した救急車に乗せられ、県内でも脳神経治療では定評のある長野市三輪《みわ》の「小林脳神経外科病院」に搬送されて、ちょうど運よく居合わせた新田純平医師の神の手によってそくざに緊急手術が行なわれ、奇跡的に一命をとりとめたのである。

ツイていたのは、救急隊のいる消防署が労働会館前の大通りをはさんですぐ前の場所にあったことだ。おまけに「小林脳神経外科病院」もまた、労働会館から十分もあればじゅうぶんに着くという距離にあったこと。きくところによると、救急車に乗ってもなかなか搬送先が決まらず、何ヶ所もの病院に断わられてしまうケースも多いそうなのだが、尾島真一郎の場合は喜多氏が以前から良く知っていた「小林脳神経外科病院」にすぐ救急隊から連絡してもらい、会館をアトにした段階ですでに同病院の新田チームが待機してくれていたとのことで、何から何まで幸運だったというしかないのだった。

しかしながら……新田純平医師による手術が成功し、言語にも身体にもまったく障害やマヒがのこらず退院してきた尾島真一郎を待ちうけていたのは、九死に一生を得た尾島真一郎の命と同量の重さをもつ「信濃デッサン館」コレクションの売却話だったのである。

## 五

尾島真一郎はつくづく「年は取りたくないものだ」と思った。

尾島真一郎は七十歳をこえたときに、陰嚢《いんのう》水腫という睾丸に水の溜まるふしぎな病にかかって、そのときは知り合いのいた都立大塚病院で手術をしてもらって無事快癒した。そして七十四歳のときに前立腺肥大という、大抵の男が中高年になるとかかるといわれる病につかまって、これも尾島真一郎の美術館の理事である女性弁護士Yさんの幼馴じみにあたる、東京慈恵会医科大学附属病院泌尿器科のM医師に処置してもらったのだが（それにしてもなぜこうまで下半身の病にばかりかかるのか）、七十代になるまではほとんど大きな病気をしたことのない男だった。背丈も戦時中に生まれた世代としては高いほうで、高校に入った頃はすでに百八十センチをこえていたし、胸幅も広くがっちりした体格だった。幼い頃は気管支喘息やピリン系の薬物アレルギーでずいぶん親を困らせたらしかったが、中高生になってからは病気で学校を休むことなどめったになかった。

ところが、古希をむかえるのを待っていたかのように、尾島真一郎は立てつづけに大病におそわれるようになった。陰囊水腫のあとの前立腺肥大、クモ膜下出血、そして今回の「陰茎ガン」。陰茎ガンについては、術後最低三年間は定期的に転移検査をうけることが義務づけられた。T医師の話では、転移する可能性はそれほど高くはないが、当分のあいだはリンパや肺への転移を警戒すべきとのことで、四ヶ月に一回の検体検査、CT検査を欠かしてはいけないという。いらい尾島真一郎は、指定された検査日になると上田から早朝の新幹線に乗って、東京新橋の慈恵会医科大学附属病院に通うようになった。幸いこれまでの検査では異常は見つからなかったが、T医師からは「油断は禁モツ」と釘をさされているので、尾島真一郎は四ヶ月に一回、まるで執行猶予の判決でもうけるように、同病院泌尿器科のCT検査室の検査台に横たわらなければならなくなったのである。

尾島真一郎は病院から「執行猶予」の判決をうけて帰ってくるたび、しだいに自分の心身が「信濃デッサン館」のコレクションを長野県に売却する方向に傾いてゆくのを自覚していた。

「絵をコレクションする」という行為もまた、体力と気力があってこそのものであることを、尾島真一郎は自身の五十年近い絵画収集体験から知っている。尾島真一郎にも何人かのライバルともいえる収集家がいたが、そうした絵好き仲間が戦線を離脱してゆくのは、大抵加齢で身体が弱ってきたり、健康を害したりするかのどちらかが原因だった。もちろん絵をコレクションするという行為には、それを実行するだけの経済力が必要になるわけだが、ふしぎと事業に失敗したり破産したりして収集をやめてしまうというコレクターは少なかった。資金に窮した収集家は、自分がそれまで収集した作品のどれかを手放してカネにかえ、そのカネでまた新しく気に入った作品を手に入れるという、いわば「トカゲの尻ッポ切り」のような収集をつづけるのが通例だった。

しかし、そんなコレクターも身体の衰えには勝てない。病には勝てない。病気で身体の自由が効かなくなったから絵蒐《あつ》めをしなくなるというのではなく、「絵をあつめる」という気力じたいをうしなってゆくのだ。尾島真一郎はそんなコレクターを何人も知っていた。ひそかに憧れ敬愛もしていた先輩コレクターである福島市で不動産業を営んでいたK氏もそうだったし、宮城県塩釜市で小さな内科病院をやっていた彫刻好きなC医師もそうだった。また、あれほど村山槐多や松本竣介に夢中だった大阪箕面《みのお》市のビル経営者Y氏も同じだった。いずれも晩年はガンで闘病生活を送っていたが、病臥の日々がつづくうちにしだいにコレクションへの関心や執着をうしない、やがて最後は身内の者を仲介に立たせて、すべてのコレクションを出入りの画商に買い取ってもらったり、捨て値で即売会《オークション》に出したり、縁のある美術館に寄贈したりしてしまうのだ。大抵のコレクターは、病気により体力、気力をうしなったことで「コレクションする」戦意を喪失するのである。

尾島真一郎もまた、ここ数年何ども病魔におそわれるうち、心身のどこかに「萎《な》え」のようなものが生じるのを感じていた。それは大げさにいうなら、それまで尾島真一郎の人格を形成していた「生」に対する執念の萎えでもあった。「生」に対する執念といっておかしければ、「美意識」へのこだわりといったほうが正しかったかもしれない。尾島真一郎は一つの病をのりこえるたび、将来に希望を見出すのではなく、ぎゃくに自分が抱いている「美術品収集」への熱情がだんだん萎えてくるのを感じはじめていたのだった。

「信濃デッサン館」コレクション、いわゆる世間でいうところの尾島コレクションが正式に新・長野県立美術館に譲渡されたのは、二〇一九年三月十五日のことだった。尾島真一郎のガン発症もあって、すでに「信濃デッサン館」はそれより半年いじょうも前から休館状態に入っていたのだが、この日をもって対外的にも社会的にも明確に「閉館」が宣言され、翌日の信濃毎日新聞の一面には『信濃デッサン館』三十九年八ヶ月の歴史に幕」という見出しがおどった。朝日だったか毎日だったかでは、全国紙の文化欄でも「『信濃デッサン館』ついに閉館」というニュースを取り上げていたそうだった。

尾島真一郎は館主という職責上、「信濃デッサン館」から県立美術館が手配した運送業者によって次々に作品が運び出されてゆく現場には立ち会ったが、夕刻から地元にながれたニュースは観なかった。

# 出生

## 一

尾島真一郎は、一九四一年九月二十日に、東京市立下谷産院附属乳児院の分娩室で生まれた。一九四一年といえば昭和十六年、その年の十二月八日に日本軍が真珠湾攻撃を強行、太平洋戦争に突入するわけだから、尾島真一郎は開戦の僅か二ヶ月半前に生まれたことになる。下谷産院の正式番地は「東京市下谷区入谷町三三二」（現在の地籍では台東区松が谷四丁目一五）で、当時としては鉄筋コンクリート三階建ての大きな建物で、常時慶応大学病院産婦人科から派遣された医師が数名勤務し、他に助産婦、保健婦、事務員など二十余名の職員を擁する病院だったという。ただ、入院費一日二十六銭だった乳児院の入院者は、ほとんどがその頃「細民」とよばれていた下層生活者だったと、『東京百年史』の第五巻には記述されている。「細民」とは「細々とした生活をしている人」「爪に火をともすような生活をしている人」の意で、「捨て子」「迷子」も入るとある。この下谷産院は、尾島真一郎が生まれた約三年半後の一九四五年二月二十五日と三月十日、二どにわたって浅草区、下谷区などをふくむ下町一帯をおそったB29百五十機による東京大空襲により、コンクリート壁の一部をのこしただけで建物のほとんどが吹きとばされた。

『東京大空襲・戦災誌』第二巻に収められている、同じ頃下谷産院で出産した清田くに子さん(当時浅草区左衛門町に在住)の手記には、最初の二月二十五日の空襲のときの様子がこんなふうに書かれている。

その日は大雪であった。二月二五日の昼間のことである。

朝からの空襲警報に、子供を生んで間もない私は産院で寝ていても心細くて、医師に退院させてくれるように頼んだが、一週間たたないと産後に悪いからとどまるようにと注意されたので、子供を抱えて無理に産院を抜け出してしまった。歩いて三〇分ぐらいの距離の自分の家に戻ってきた。急いで床を敷き、湯タンポを入れて赤ん坊とフトンの中にもぐった拍子に、大きな音とともに家が大きく揺れた。現代語で言うと震度四ぐらいである。二秒たったくらいで二階に火がまわってきたので、私はあわてて赤ん坊を座ブトンにくるんで、自分は寝巻一枚の姿で二階から駆け降りた。火の中を抜け出たのである。雪の中にうずくまって身動きもせず、B29の機銃掃射を避けていた。B29は低空のため、ガラス越しに人の姿が見えるような気がした。

難をのがれたので、産院に行けばフトン一組、衣類も少しはあるだろうと主人が取りに行ってくれましたが、何と恐ろしいことでしょう。私とともに寝ていた産婦さんの姿はなく、死体が飛び散って肉のかたまりが壁についていて、フトンの形もなかったとのことでした。一時間ぐらい早く産院を抜け出した私が運が良かったということである。

もう一つ、これは三月十日の空襲のときに入院していた谷口ますみさん（台東区入谷町在住）の証言。

入院した時、いまお産がはじまった人がいた。薬を用いて出産を早めたのだそうだ。夜十一時頃大空襲警報である。入院したものの、部屋もまだ定めてもらえず、だんだんと近くなる陣痛をこらえながらいらいらしていた。そのうち暗闇の中で、先の方の出産が終ったことをきき、わがことのようにほっとした。空襲中は地下防空ごうでお産するのだそうだ。

突然頭上でごうごうと敵機の爆音、同時に真赤なものが五つ七つシュッシュッと産院の前に落ちてきた。焼夷弾です。幸い場所が道路だったので数分で消えた。

間もなく院長先生が現れ「みなさん、もうこの病院もあぶないから避難しましょう。私について来て下さい」といった。みなは少しずつ何かを持って先生の後につづいた。私はますます近くなる陣痛をこらえ、おくれてはならぬと小さな風呂敷包みを持って、一番最後に続いた。途中何回となくシャガンで、痛むお腹をがまんして歩いた。

やがて行きついた所は、浅草国際劇場の近くで、百メートルの建物疎開のあとである。あたりは避難の人たちと家具やふとんで一ぱいであった。院長先生は、あまり歩いてはつかれる、ここでみなかたまって、動いてはいけない、と安全と思われる場所にすわらせた。

いっしょに避難した十二、三人の人たちがまるく輪になって坐ってくれた中で、私は紙一枚もない土の上にねた。

つぎつぎに敵機が焼夷弾を落し、あたり一面火の海である。火が風を強め、ごうごうと吹く風は身にしみて寒かった。

二

尾島真一郎は一ど出版社からの依頼で、戦後七十年近くが経った二〇一五年の春頃「下谷産院」のあったふきんをあるき、何枚か写真を撮ったことがあったが、当然のことながらそのあたりの風景は、戦時中とはまったく変わっていた。

最寄り駅はＪＲ鶯谷駅か日比谷線の入谷駅で、近くには有名な「入谷の鬼子母神」（真源寺）があり、大通りを突っきって、かつて上野から三ノ輪まで市電が走っていた金杉通りをゆくと、道ぞいにろうそく屋、ちょうちん屋、小間物屋など、僅かに昔のふんいきのある町並みがのこっているが、周りには七、八階建ての大小のマンションが無表情に林立している。思ったより小さな社《やしろ》の「鬼子母神」の前を通って、昭和通りを渡り、中入谷交差点を右にまがって、左衛門町通りをゆくと、すぐ二筋めの左側あたりが「下谷産院」の跡地で、今は「入谷松が谷マンション」が建ち、すぐよこが「松が谷公園」という小さな公園になっていて、公園の隣には児童館と保育園をかねた施設が建っているので、子どもたちの声がにぎやかだった。近所に長く住むという老人に聞いたところ、空襲で焼けるまでこの近くで「産院」とよばれていた病院は「下谷産院」だけだったそうで、もう一つ「下谷病院」というのが上野駅近くにあったのだが、そこはとうに取り壊されて今はないという。

もう一軒、左衛門町通りぞいにある老舗《しにせ》ふうの家具屋の年配の店主に聞いてみると、「ここに越してきたのは昭和二十二年なので、もうそのときには産院はなかったが、コンクリートの外側部分だけがまだ少しのこっていて、戦後しばらく何かに使われていたようだ。とにかくここら一帯は泥の山で、産院の向いは肉屋さんだったらしいけど、そこも空襲でなくなったときいています」とのことだった。手元の昭和十年（関東大震災の前年）刊行の火災保険地図をひらいて確認すると、たしかに「下谷産院」の真向いには「肉ヤ」の表記があり、隣の建物は「空ビンヤ」「ペンキヤ」「キッサ店」となっているのがわかる。

だが、さっきからその周辺を出版社の若い編集者、カメラマンの三人であるきながら、尾島真一郎は自分の心にほとんど感慨らしいものがわかず、むしろ気分がどんどん滅入ってゆくのを感じていた。

たまたま出版社から、「尾島真一郎さんの生まれた場所や幼少期をすごした土地を訪ねあるき、そこに尾島さんご自身の短い文章を添えた本を出しましょう」という企画をもらって、そのときは「もうそんな歳《とし》になったんですねぇ。折角の機会ですからぜひいい写真集にしましょう」などと安請け合いしたのだが、一番最初に自分が誕生した「下谷産院」の跡地に立っただけで、その仕事をひきうけたことへの軽い後悔が尾島真一郎をおそっていた。七十半ばにもなろうという老人が、今更自分の生まれた病院（それも今は無い病院）の在った場所を訪ねて、いったいそれが何になるのか。戦争によって根こそぎ何もかも奪われた、七十年前の元住人たちの無念や悲しみが染みこんだ土地に立って、自分はどんな表情をすればよいのか。
尾島真一郎は、同行してくれているカメラマンの山本宗輔氏（氏は長く福島の原発事故を追いかけているフォトジャーナリストで尾島真一郎の親友だった）の求めに応じて、「松が谷公園」のブランコにのったり、葉のおちたイチョウの樹を見上げたり、植込みのそばにしゃがんだするポーズをとりながら、「この仕事はひきうけるべきじゃなかったな」という重い気分に陥っていたのである。

そんなモヤモヤした気分は、つぎに尾島真一郎が幼い頃（一、二歳頃）父や母と暮していた東中野のアパート跡を訪ねたときにも変わらなかった。

親子で暮していた「コトブキ・ハウス」という名の木造アパートは、小説家だった父親Mの作品にもたびたび登場するアパートで、戦時中の番地は「東京市淀橋区柏木五丁目一〇五」、戦後行なわれた区画整理後の番地は「新宿区北新宿四丁目三〇」である。現在の中央線東中野駅で降りて大久保方面へむかうと、すぐに結婚式場で有名な「日本閣」の建物が現われ、そこまでが中野区東中野で、神田川にかかる大東橋という橋を渡ると、そこらへんからが「新宿区北新宿」となる。「コトブキ・ハウス」は、その中央線ぞいの道をしばらくあるいたあたりの左手、今は真新しい「ヨハン東京キリスト教会」が建っている近くにあったとみられる。尾島真一郎はその教会からちょっと行った中央線の柏木ガードのあるふきんで二、三枚、ガードをくぐったところで腕を組んでぼんやり立っている姿を一、二枚、山本宗輔さんに撮ってもらった。もちろん、元「コトブキ・ハウス」跡とみられる「キリスト教会」の前でも何枚か撮った。

父親の『冬の光景』という小説（この小説には尾島真一郎の出生の頃のことがくわしく書かれている）では、このふきんの風景がこんなふうに描写されていたのを思い出す。

> 中央線大久保駅から、東中野に向って走る電車から、柏木五丁目のこのあたりは、谷底のように見えた。ひしめきならぶ人家が、川に向ってトタン、瓦まちまちの屋根をひくめてゆくあたり。アパートは電車の線路へ密着していた。それで電車からも干物のならぶ窓は丸見えだったし、アパートの方から眺めても、上り線が黒ずんだ腹を見せてゆっくり走るのが見える。高架線のへりは、夏場は丈高い葛がまきつき、挨っぽい葉が灰いろによごれていた。

「私小説」を仕事にしている父親の文章だったから、ところどころには誇張やデフォルメもまじっていると思うのだが、戦時中のここいらはたぶんこんな感じだったのだろう。父と母は「コトブキ・ハウス」の二階かどの六号室に住んでいたそうなのだが、そこから安アパートをゆさぶるような省線電車の音がきこえてくるようだ。

「コトブキ・ハウス」はオンボロの木造二階建てだったが、建物じたいはかなり大きなアパートで、一、二階合わせて五十室もあったようで、『冬の光景』にはこうある。

> 二階の廊下にも、二十五室ある部屋の入口が穴をあけていた。リノリュームの廊下には、各戸の漬物桶と下駄箱が出ており、子供のいる戸口には、三輪車だの、乳母車だのが乱雑に置い

てあった。どの間取りもいっしょで、入口三尺の沓ぬぎ場わきに、ガス台の棚があるきり。戸のない敷居をまたぐと六畳間である。それだけだ。

絵にかいたような貧乏アパートの内部がうかんでくるが、そこで乳呑み児の私を抱いた母親が乳をふくませたり、ヘコ帯で私をおぶって掃除したり、買い出しに行ったりしていたのかと思うと、何か昔の小津安二郎の白黒映画でも観るような気がしてくる。おそらく「コトブキ・ハウス」の住人の大半は、下谷産院で子を産むような、いわゆる「細民」とよばれた最下層の人々だったのだろう。

ただ、これもアトから父親の小説で知ったのだが、そうした最下層の人々には最下層の仲間だけに通じ合う温情のようなものがあったようで、母親が生まれたばかりの尾島真一郎を抱いて帰ってくると、隣室や向いの住人たちが何かと世話を焼いてくれたようである。とりわけ六号室の真向いに住むYさん（Yさんは明治大学の法学部に通う学生で学生結婚していた）や、七号室にいた父親の同人誌仲間でもあったTさん（Tさんはのちに朝日新聞社専務取締役、テレビ朝日の社長にまでなった人）は、ミシン内職で忙しい母親にかわって、尾島真一郎のオシメを取りかえてくれたり、近くの神社のお祭りに幼い尾島真一郎を抱いて連れて行ってくれたりしたそうだ。当時の父親は、まだ一人前の物書きにはなっておらず、神田の小さな出版社につとめる安給料の編集者で、毎晩遅くまで飲んだくれていた男だったので、Yさん夫婦やTさんは、尾島真一郎をおぶってミシンをふんでいる母親の姿をみかねて、何やかや幼い尾島真一郎の面倒をみてくれていたのだ。

しかし、それより尾島真一郎がおどろいたのは、「コトブキ・ハウス」前の柏木ガードを通りすぎて、大久保駅のほうにむかってしばらくゆくと、もうすぐそこが、尾島真一郎の通っていた「海城学園」という高校のある新宿区百人町であったことだった。百人町は大久保駅と新大久保駅にはさまれるようにしてある地区で、一丁目から四丁目までが戸山アパートや戸山高校のある戸山ヶ原にぶつかるまでのび、その途中の百人町三丁目の山手線の線路のむこうがわに「海城学園」はあるのだった。尾島真一郎は高校時代、新宿駅から歌舞伎町のコマ劇場の前を通って、「都立大久保病院」よこの細道を新大久保駅のほうにむかってあるいて（つまり新宿から新大久保までの国電代を節約して）通学していたのだが、幼い頃住んでいた柏木五丁目（北新宿四丁目）の「コトブキ・ハウス」がこんなに近いところにあったことが意外だった。

考えてみれば、二歳ちょっとで尾島家に貰われてきた尾島真一郎は、高校時代には自分が柏木五丁目に住んでいたことなど知らなかった。だいたい自分が貰い子だったことを知ったのも、三十五歳をすぎた成人になってからのことである。自分が生まれた「下谷産院」跡に立ったときにも感じたのだが、とにかく尾島真一郎にとっては、鶯谷の下谷産院も、北新宿の「コトブキ・ハウス」も、遠い遠い記憶の外にある場所なのであり、まして七十いくつもの老齢になった今、そこに立ったからといって何の感情もわいてこないのは当り前のことのように思われた。尾島真一郎の不機嫌は、あきらかにそうした「見知らぬ場所」に感慨ぶかげな顔をして立っている自分の、何ともいえぬ居心地の悪さからきているものにちがいなかった。

それにしても、だ。

十代の頃通っていた「海城学園」の目と鼻の先に、この世に生まれて間もない一、二歳の頃の自分が住んでいたアパートがあっただなんて、さすがに自分が生きてきた運命のふしぎさを感じないわけにはゆかない。自分の人生は、最初からそんな何やら得体の知れない運命の糸に支配されていたのではないか、と尾島真一郎はいぶかった。

## 三

それともう一つ、尾島真一郎がある種運命的なものを感じたのは、「コトブキ・ハウス」から大久保方面とはぎゃくの山手通り（環状六号線）のほうにあるき、交通量の多いその通りを越えると、いわゆる戦時中の貧乏画家たちが多く住んでいた上落合、下落合、椎名町、東長崎（通称「池袋モンパルナス」とか「芸術家村」とかよばれていた地域）に近づいてゆくということだった。もちろん尾島真一郎がそうしたことを知ったのは、尾島真一郎が「絵の世界」に関心を抱き、ぽつぽつとコレクションをはじめた頃のことだったのだが、たとえば戦後まもなく気管支喘息で三十六歳で亡くなった画家松本竣介の作品が欲しくて、何ども下落合にお住まいの禎子夫人を訪ねた頃のことが思い出された。あの頃はまったく知らなかったのだが、尾島真一郎は好きな竣介の絵をみるために、自身が幼少期に生父母とともに暮していたアパートのすぐそばまでやってきていたのである。

尾島真一郎は渋谷の明治通りで画廊を経営していた頃、何どか「松本竣介」展をひらいたことがあったが、今から考えると、そのとき画廊の壁に飾られていた竣介の絵（そのほとんどは禎子さんのご厚意で下落合の松本家からお借りしたものだったが）は、昭和十七年前後に描かれた「議事堂のある風景」とか「街」とか「市内風景」とか、いかにもその頃の時代の匂いをただよわせた絵ばかりだった。どの絵もその時代に描かれたものなのだから、そこに当時の庶民の生活の匂いがただようのは当り前といえば当り前なのだが、尾島真一郎はその匂いにたまらなく惹かれていた自分に今になって気づく。

そのときの展覧会には出品されていなかったが、松本竣介の代表作にあの有名な「画家の像」があいた。竣介の絵としてはかなり大きな絵で、今でも松本竣介の画業を語るときには欠かすことのできない世評高い名作なのだが、いちめん赤褐色に覆われた大画面の真んなかに、仕事着を着てすっくと立った松本竣介、そのかたわらに置かれた木箱に、半分背を向けてすわる禎子夫人、夫人の肩ごしにそっとこちらを窺っている少女の眼をみていると、いつまでもその絵の前を離れることができなくなるような作品の力を感じる。何より尾島真一郎が心をうばわれたのは、その三人の家族のむこうにひろがる荒涼たる風景だった。げんみつにいえばその絵は、太平洋戦争に入る四ヶ月ほど前の一九四一年八月に描かれた作品だったのだが、すでに三七年には日中戦争の火ブタがきられていて、日本じゅうに軍靴の音がひびきはじめていた頃だった。「画家の像」の竣介の背後にひしめく小さな家々、廃屋のような建物、心淋《うら》しいビル、赤土の道、いつ戦火が迫ってくるかわからないような不穏な空気がただよう昭和十六年夏の、貧しい市井の人々が生きる街衢《がいく》のひろがり。これも今だからいえることなのだが、その風景をみたとき尾島真一郎は、「ああここはいつか自分のいた町だ」という感覚をもったのである。もっというなら、尾島真一郎はその松本竣介の絵に、何かたまらない「なつかしさ」をおぼえて立ちすくんだのである。

さっきもいったように、ここ落合から椎名町、東長崎あたりにかけては、「池袋モンパルナス」とか「芸術家村」とかよばれるほど、売れない画家、貧しい画家たちが多く住んでいたエリアなので、尾島真一郎は松本竣介以外にも他の好きな画家を訪ねてよくここいらをあるいたものだった。

創立期の新制作派協会で活躍し、四十歳で鉄道自殺した吉岡憲もそうで、奥さんの吉岡菊さんが住まわれていたのは上落合二丁目。画商時代に尾島真一郎はよく菊夫人の家へ通った。上落合は西部新宿線の中井駅で降りたほうが便利だったが、駅から吉岡家にむかう小さな家々やアパートの密集する住宅地をぬけ、生前吉岡憲が「研究所」をひらいていた平屋建ての質素な木造家で、菊夫人からたくさんの吉岡憲のデッサンを見せてもらい（とくに裸婦の木炭デッサンが絶品だった）、そのうちの何点かを安く分けてもらって帰る日は鼻ウタ気分だったのを思い出す。私は吉岡菊さん訪問がきっかけとなって、生前吉岡憲と親しかった麻生三郎や大野五郎、井上長三郎といった重鎮といわれる絵描きたちとも知り合い、ちょっと大げさにいうなら、当時の画廊界で「異色作家を扱わせたらオジマの右に出るものナシ」といった評判を手にしたといっていいのだった。

通っていた百人町の「海城学園」といい、北新宿四丁目の「コトブキ・ハウス」といい、隣接していた「芸術家村」といい、その後の尾島真一郎の「コレクター人生」を決定づけた個性派の画家たちとの出会いといい、何か自分の人生の出発点には、目にみえない大きな偶然の力が働いていた感じをどうしてもぬぐえない。

# 四

尾島真一郎の写真集の撮影隊は、夕方近くになってから世田谷区松原二丁目（京王線明大前駅近く）に移動する。

明大前は尾島真一郎が二十二歳で渋谷の服地店を辞め、それまで親子三人で暮していた甲州街道ぎわの明治大学和泉校舎前の借家を改造して、スナック「塔」（五十三歳で亡くなった日本画家横山操の代表作からとった名だった）を開業した土地である。時に昭和三十八年十一月、翌年十月には東京オリンピックの招聘が決定していて、あちこちで高速道路や高層ビルの建設がはじまり、日本ぜんたいが高度経済成長に突っ走りだした頃だった。尾島真一郎は朝から晩まで「塔」のカウンターにへばりつき、シェイカーをふりフライパンをゆすり、昼間は明大生相手にコーヒーを売り、夜は夜で酒を出す店に変身、近所の住人や都心から帰ってくるサラリーマンたちに、自己流の怪しげなカクテルや焼きウドンを売った。何しろあの頃はまだ、甲州街道ぞいには夜おそく開いている店はほとんどなく、とにかく「塔」はバカ当りしたのだった。

もう何年も前にその「塔」は閉じられていて、現在尾島真一郎が所有する鉄筋五階建てのビルは、地下がブックカフェ「槐多」（もちろん好きだった画家村山槐多からの命名）、それ以外の階は「キッド・アイラック・ホール」という多目的ホールに姿を変えている。このホールは、「塔」を開業した翌年の一九六四年に、尾島真一郎がオープンした都内でも有数の「ライブ・ハウス」であり「ギャラリー」でもあった。いつのまにか開業してから半世紀近くも経つ老舗のホールとなったが、一時は日本の代表的なジャズメンのめんめん、YMOの坂本龍一や坂田明や日野皓正、人気ユニットの頭脳警察やジプシー・ブラッド、ブレッド&バター、オレンジペコ。のちにアルフィーを結成して有名になった高見沢俊彦なんかも顔をみせ、あの頃の「平成パンチ」とか「プレイボーイ」とかいった若者向けの雑誌にしょっちゅう紹介されていたものだった。アングラ歌手のスターだった浅川マキや長谷川きよしが毎晩のようにコンサートをひらき、演劇畑では、寺山修司やつかこうへい、東由多加といった一流どころも「キッド・アイラック・ホール」を使っていた。

「多目的ホール」というぐらいだから、「ホール」は「ギャラリー」もかねていて、その頃絵を描きはじめていた尾島真一郎と親しかった小林励一（梅ヶ丘中学での同級生）が所属していた新象作家協会の若い連中も出入りしていて、ホールの入口の看板は抽象っぽい小林の絵だった。その当時のことを、のちに尾島真一郎は自著の『「明大前」物語』（筑摩書房刊）のなかでこうふりかえっている。

「キッド・アイラック」というこの舌でも嚙みそうな奇妙なホール名は、私が「喜怒哀楽」をもじって付けた名で、今ではこうした施設はめずらしくないかもしれないけれど、当時は都内でもあまりみかけない職業の一つであった。おそらく私のホールが開業した昭和四十年代初め頃には、せいぜい渋谷に「ジアンジアン」、新宿に「紀伊國屋ホール」（両方とも私のホールの何倍もの規模の劇場だったが）があったくらいで、電話番号簿にもまだそうした職種の欄は設けられていなかったのではなかろうか。したがって、都心から数キロも離れた世田谷の明大前という学生街の片すみの、それも小さなスナックの二階にとつぜん誕生した「キッド・アイラック・ホール」は、その頃の美術、演劇、音楽の道を志していた若者たちのあいだではかなり話題になったものなのである。

たしかホールの一番最初の催しは、「新象作家協会」という若手画家グループの展覧会ではなかったろうか。「新象作家協会」は、私と小林励一とが絵を描いていた頃に出入りしていた主に抽象画を描くモダン・アート系の画家たちの集まりで、そこの何人かの幹部画家が私のホールのこけら落しとしてひらいてくれたのが「第一回・新象作家展」だった。オープン当日には、二十坪ほどのホールの壁に三十数点もの会員の力作がならび、下田悌三郎さんや熊谷文利さん、シゲマツミホゾウさんや山下治さんや浅田昭さんといった気鋭の画家もお祝いに駈けつけてくれ、その頃すでに美術評論界の大御所だった植村鷹千代さんがじきじきに乾杯の音頭をとってくださったのをおぼえている。

## 五

撮影に行った日はだれも使っていなかったので、ガランとした黒い壁の「ホール」内でポーズをとった写真を二、三枚、ブックカフェ「槐多」で何気なく本をめくっている姿をやはり二、三枚、最後にホール入口上部のコンクリート壁に、「昭和二十年八月十五日明大前」と記された大きな写真がプリントされているのを見上げている姿を一、二枚、山本宗輔さんが撮影してくれた。この入口の写真は、文字通り太平洋戦争が終結した「昭和二十年八月十五日」の、ここ明大前ふきんがいちめんの焼け野原になっている風景で、世田谷区の資料館にあった写真集から一枚だけ許可をもらってプリントしたものだった。数年前「キッド・アイラック・ホール」を改修するときに、何となく戦争中に尾島真一郎が親子三人で疎開先の宮城県石巻から引き揚げてきた当時の明大前の写真を飾りたくなって、何ども世田谷区に交渉し、ようやく入口の壁に特殊加工してプリントしたのである。

「ホールの入口に終戦直後の焼け跡の写真を飾るなんて、やっぱりオジマさんの仕事のテーマは戦争から離れられないんですねぇ」

パシャパシャとシャッターを切りながら、山本宗輔さんがそういうのを、尾島真一郎は「そうだ」とも「そうではない」ともつかない表情できいていた。

たしかに山本宗輔さんのいう通り、尾島真一郎はふだん意識はしていなかったが、「戦争」という亡霊につきまとわれた人生を生きてきた気がしないでもない。

尾島真一郎は今や信州上田で戦没画学生の遺作を展示する美術館「無言館」の館主をつとめる男でもある。全国の画学生の遺族宅を三年半かけて訪ねあるき、日中戦争や太平洋戦争で犠牲となった画家の卵たちの絵を収集、私財を投じて慰霊美術館を創設した篤志家(?)なのである。その「無言館」もいつのまにか今年で開館二十三年になろうとしている。だれの目からみても、尾島真一郎の仕事がどこかで「戦争」とつながっていると映るのはしぜんなことだろう。

しかし、尾島真一郎自身が感じるこれまでの自分の仕事は、あまりにてんでんばらばらで、単なる「思いつき」の域を出ない仕事の連環のように思えた。高校をビリケツで卒業、渋谷道玄坂下の小さな服地店の店員となり、やがて明大前でスナックをはじめたのが成功（僅か二、三年で都内および近郊に四つのチェン店をひらいたのだから大したものだった）、その資金を元手に若手アーチストの橋頭堡《きょうとうほ》「キッド・アイラック・ホール」をつくったかと思えば、数年後渋谷明治通りに小さな画廊を開業し、それまで美術史上であまり取り上げられていなかった夭折の画家や異端の画家の展覧会を次々に開催、それがその後の信州上田における私設美術館「信濃デッサン館」「無言館」の建設へと発展してゆく。自身が言うのも何だけれど、尾島真一郎は自分は何たる一貫性のない、行き当りバッタリの職業変遷をかさねてきた男かと思う。だから、そんな自分の半生にむかって「戦争をテーマにしている」なんて言われても、今一つピンとこないのだ。

ことによると、と尾島真一郎は思った。

ことによると、尾島真一郎は自分がこの世に「出生」したことじたいが、戦争という歴史によってもたらされたものではないかと思った。「戦争」がなければ、自分はこの世に生まれてくることはなかったのではないか。あの「下谷産院」で産ぶ声をあげることもなかったのではないか。そして、そうした生まれながらに尾島真一郎の心のなかに息をひそめていた「戦争」が、時々尾島真一郎の心理や行動に姿を現わし、その仕事のなかに戦死した画学生の作品を追う衝動や、開業した多目的ホールの入口に終戦直後の写真を掲げる思いつきを生み出したのではあるまいか。要するに、尾島真一郎が意識しようとしまいと、尾島真一郎は自らの「出生」とひきかえに、心のおくに「戦争」というある病をかかえて生まれてきた子なのではないのか。

尾島真一郎は山本宗輔さんのシャッター音をききながら、ふいに渡邊白泉という俳人がつくった「戦争が廊下の奥に立ってゐた」という有名な俳句を思い出していた。渡邊白泉は戦時中言論弾圧によって投獄された自由律の俳人だった。なぜそのとき、そんな句を思い出したのかはわからなかったが。

# 幼年

## 一

前の章で、尾島真一郎は自分の生まれた日を「一九四一年九月二十日」であると書いたが、二歳と九日の尾島真一郎を貰いうけた養父母、つまり明治大学和泉校舎前で靴修理業を営んでいた尾島茂、はつ夫婦は、生父母が付けた「凌《りよう》」という名を「真一郎」に改名し、戸籍上の実子として役所に届け出、「一九四一年十一月二十日」（夫婦が役所に届け出た日）を「誕生日」として登録したので、尾島真一郎は以後ずっと自分の誕生日は、「十一月二十日」であると信じこんできた。成人して運転免許証を取得したときも、銀行に提出する書類や土地の権利書などに生年月日を書き入れなければならないときも、迷うことなく「一九四一年十一月二十日生まれ」と書きこんできた。

名を「凌」から「真一郎」に改名するとき、尾島茂、はつは相当悩んだようである。何しろ「凌」という名は、その頃小さな出版社の編集者をしていた生父のMが、たまたま原稿を取りに通っていた作家武者小路実篤氏に母の妊娠をつげたところ、何と実篤氏自身が「凌」という名を付けてくれたのだという。尾島夫婦にしてみれば、せっかく実子として貰いうけた子の名だから、正真正銘

「自分たちの子」として育ててゆくためにも、「凌」ではなく自分たちが付けた新しい名前にしたいという思いがつよかったのだが、それにしても最初の「凌」という名が、すでに文学界では知らぬ人のいない文豪武者小路実篤氏の命名だというのだからややこしかった。まだ一介の編集者だった父Mの立場もある。姓は「尾島」になるわけだから、名のほうは「凌」のままで納得してもらえないかというのが、当初の生父母たちの意向だったそうだ。

しかしけっきょく、尾島茂、はつのつよい要望を聞き入れて、尾島真一郎は「凌」から「真一郎」という名になることに落ち着いた。いくら今をときめく大文豪の命名であろうと、これからは名も無い靴修理人夫婦の子として育てられてゆくのだから、当然「命名権」は新しい親である尾島茂、はつにあるのである。子を手放した生父母にあれこれ言われる筋合いはない。

もっとも、これはのちにわかったことだが、この「凌」から「真一郎」への改名には、もう一つ面白い話があった。

あれは尾島真一郎が、自分が二歳と九日で生父母と離別し尾島家に貰われてきた子であるという「真実」を知ってからのことだったが、再会した生父のMから

「真一郎君の最初の名である凌は、武者小路実篤先生が、将来は世の中を凌ぎ、親を凌ぐような立派な子に育ってほしいという願いをこめて付けてくれた名なんだ」

ときかされ、へえ、スゴイ人が名を付けてくれたものだな、と尾島真一郎は思ったものだが、ある日たまたま知り合った高島易断につとめるその道のプロの人に、「凌」という名と「真一郎」という名をくらべてみてもらったところ、

「凌という名は最悪だね、姓のほうの字画と合わせると、病気で早く死ぬか、事故に巻きこまれて身体が不自由になるかという運命で、まぁ『前途多難』『大患薄命』を約束されたような名前だよ。仮にこの子が現在存命であっても、将来はにっちもさっちもいかないような人生をたどることがはっきりわかる。それにくらべると、尾島真一郎のほうは、『前途洋々』にして『順風満帆』、大器晩成の典型のようなスバラシイ名だな」

というのだ。

ふうん。ということは、人間の名前というものはいくらエライ人が付けたからといって、金持ちや大人物になれるわけではなく、どんなに無名で無学な人に付けられても、出世する人は出世するもんなんだな、と尾島真一郎は思った。

だが、この年齢になってみると、いったい何歳ぐらいまでが人間の「前途」であり「晩成」なのかという疑問もわいてくる。だいいち、名前一つでそんなことがわかるものなのかどうか。少なくとも尾島真一郎の人生は、八十近くになった今でも、依然としてあっちへフラフラ、こっちへフラフラ、とてもではないがこれが「大器晩成」の姿だなんて思えない。それに、どれほど「真一郎」という名がいいか知らないが、これまで一どとして「前途洋々」だったり「順風満帆」だったときなどありはしなかったのだから。

しかも、尾島真一郎はだれの血をひいたのかわからぬが（だいたいはわかっているが）、およそ「真一郎」という名にふさわしくなく、小中学校時代から、虚勢ばかりはるヒネクレた性格の子に育った。とくに小学校低学年の頃にはよく嘘をついた。尾島真一郎が通ったのは世田谷区立松原小学校、区立梅丘中学校だったが、小中を通して尾島真一郎は「嘘つき真一郎」とか「嘘つき真ちゃん」とかいうアダ名でよばれた。

尾島真一郎のつく嘘は、たいてい「自分を良くみせたい」、「自分を金持ちの子にみせたい」という嘘だった。じっさいは親子三人が折り重なるように寝ている三畳一間のバラック家なのに、「ウチの父親はお医者さんなんだ」とか、「ウチには大きな玄関があって自動車が置いてある」とか、すぐにバレるような嘘を平気でついた。

たとえば、小学校四、五年の頃だったと思うが、こんなことがあった。

担任のフルハタ先生という若い女性教師が、クラスの児童全員に「おウチに庭のある人いる？」ときいたことがあった。当時、庭つきの家に暮す子などめったにいなかったが、尾島真一郎はクラスで何人か手をあげた子にまじって、「ハーイ」と勢いよく手をあげた。すると、つづけてフルハタ先生は

「じゃ、お庭にホオズキの木のあるおウチは？」

ときく。

これにも尾島真一郎は勢いよく「ハーイ」と手をあげた。ところが、運わるくこっちのほうは尾島真一郎一人だけだった。クラスには、庭はあってもホオズキの木のある家はなかったらしいのだ。とうとう翌日の図画の時間に、学校からあるいて七、八分の距離にある尾島真一郎の家へ、クラスじゅうの子が画板をかかえてホオズキの写生にくることになってしまった。尾島真一郎は真っ青に

なったが、もうおそい。

そのとき応対に出た母親のはつが、どこをどう取り繕ってくれたのかわからないが、フルハタ先生の前で小さな身体をもっと小さくして、平謝りに謝っていた姿を今でもおぼえている。


もう一つ、小学校時代の尾島真一郎にはとんでもない悪癖があった。文房具の盗みグセである。といっても、犯行場所は松原小学校内の購買部にかぎられており、そこでは鉛筆や消しゴムといった細々した文房具を中心に、色々な勉強用具を扱っていたのだが、尾島真一郎はそこで当時まだ珍しかったボールペンや色ペン、後ろに消しゴムのついたトンボ鉛筆などを「万引き」した。とくに店番のオバサンが留守をしているときなどは、スケッチブックやコクヨの大型ノートにまで手をのばした。ただ、そうやって盗んだ文房具をすぐには使ったりせず、しばらくは自分のズック鞄の底に仕舞いこんで持ちあるき、時々そっとその収穫物を取り出しては悦に入っていた。子供心に、すぐそれを使ったりすれば自分の犯行だとバレてしまうことがわかっていたからだろう。

まもなく尾島真一郎の犯行が発覚して、教員室によばれた。それは担任のフルハタ先生ではなく、太い眉をして頭のハゲた五十代の教頭先生だったと思うが、先生は尾島真一郎の鞄から一つ一つ万引き品を取り出させ、これまでの余罪も白状しなさいと尾島真一郎を追及した。しかし、尾島真一郎は最後までシラをきり、これは同じクラスのKが盗んだものを預かっていただけだと言い張った。Kは軽い吃音の障害をもった下北沢の桶屋の倅《せがれ》で、校内でもフダつきのワルとして通っていた。それをよいことに、尾島真一郎は自分の犯行のいっさいをKになすりつけ、むしろ自分はKの万引きを手伝わされた被害者だと教頭先生に訴えたのである。

いったい、ああいう狡猾《こうかつ》な性格はどこからきたのだろう。

尾島真一郎は後年その頃のことを思い出すたび、何ゴトにも正直で誠実であれと育ててくれた養父母の茂やはつに、どんな言い訳もできない恥かしさをおぼえた。貧しい靴修理職人夫婦ではあったが、茂もはつも曲ったことが嫌いで、その真ッ正直さが世の中を上手に渡れない要因になっているようなところがあった。そんな両親に育てられながら、自分がもっていた生まれながらのズルさ、卑怯さを思うと尾島真一郎はゾッとした。茂やはつは、どんなに困窮のドン底にあっても、貰い子である尾島真一郎を「自分たちの本当の子」として慈しみ、人間は一生懸命に働いて他人に迷惑をかけないで生きることが何より大切だと教えてくれた親たちだった。それなのに、尾島真一郎はそんな茂やはつの教えを裏切り、「嘘つき真ちゃん」「万引き真一郎」とよばれる幼年時代をおくったのである。

二

ここで少しく、二歳九日の尾島真一郎を実子として入籍した養父母の尾島茂、はつ夫婦のことについてふれておきたい。

養父の尾島茂は、一九〇一年、すなわち明治三十四年の八月十五日に神奈川県秦野《はだの》市郊外の丹沢村（現在の小田急線泰野駅近辺）で炭焼き業をしていた留吉、ワカの長男として生まれ、のちに両親が月島に転居して居酒屋をはじめたため、月島尋常小学校を卒業したあと、伯父である仙太郎（母ワカのイトコ）のやっていた靴店に丁稚奉公、その後港区六本木にあった製靴株式会社に入って靴修理の修業をした。

が、まもなくそこも退職し、当時麻布十番にあった興業会社「大谷芸能」に就職、巡業であちこち転々とするうち、関西の女流浪曲師芙蓉軒麗花の一座と知り合い、最初は座長麗花の付き人として働いていたのだが、やがて舞台の裏方大工を担当するようになり、そこで同じ一座の若手浪曲師だった牧（旧姓）はつと出会って結婚した。はつは茂より二つ下の一九〇三年五月二十五日生まれ、その頃一世を風靡していた関西浪曲界の大御所日吉川秋水の孫娘で、その頃関西では浪曲師のことを「祭文語り」といっていたそうだが、はつはそんな「祭文語り」の名門の血をひいた麗花一座きってのホープで、すでに「日吉川初子」という芸名で舞台に立っていたというから、裏方大工の茂はまさしく「逆玉の輿」を射とめたといってよかっただろう。

しかし、はつと結婚後、座長の芙蓉軒麗花が反対するのを押しきって、茂は一座を辞めてはつとともに上京、知己を頼って世田谷区松原町の明治大学和泉校舎前でうどん屋をひらくのだが、そのうどん屋も一年ほどで閉めてしまい、店舗を靴屋に改造して明大生相手の靴修理業をはじめる。しかし、一九四一年十二月八日太平洋戦争が勃発。人一倍背が低く痩せた体格だった茂は、徴兵検査の丙種にも落ち、出征だけはまぬがれたが、終戦まぎわの一九四五年五月の東京大空襲がそんな茂、はつ夫婦の家財のすべてを奪ってしまう。同月二十五日に東京山手一帯をおそったB29による空襲は、夫婦の虎の子ともいえる間口三間の「尾島靴店」（二階が学生専門の下宿アパートになっていた）を焼きつくし、終戦後の同年九月末、疎開していた宮城県石巻から明大前にもどってきた尾島親子をむかえたのは、草の根一本生えていない、いちめんの焼け野原だった。

そこから、夫婦の戦後の苦闘がはじまるわけだが、戦前「尾島靴店」の下宿で世話になっていた学生たちの口ききで、茂は明治大学和泉校舎の校門前にゴザを敷いて靴修理の仕事をはじめる。場所代として、売り上げの半分近くを大学の学生協同組合に納めなければならない条件だったが、それでも親子三人が何とか食べてゆける仕事場を得たのだった。それまで「尾島靴店」のあった甲州街道ぞいの土地を地主が安く貸してくれて、右隣が「高橋時計店」、左隣が「島田帽子店」のあいだに、ほんの八坪ほどの小さなバラック家を建て、ともかく尾島茂、はつ夫婦の「戦後」はスタートするのである。

そんな尾島夫婦にとって、ある意味尾島真一郎という貰い子は大いなる「生きる糧《かて》」となったといえるかもしれない。さっきもいったが、茂もはつも真面目一途な靴修理職人夫婦で、文字通り眼に入れても痛くないいくらいに尾島真一郎を可愛がった。かれらにとって尾島真一郎を育てることだけが、唯一無二の人生の目標になったといってよかった。じっさい、三どの食にコト欠く貧乏生活にあっても、茂とはつは自分たちが何も口にしなくても、尾島真一郎だけには精いっぱい食べ物をあたえてくれたのである。

尾島真一郎を貰いうけた当時は、夫婦は「尾島靴店」を営み、二階には三部屋もある学生下宿をかまえる中流いじょうの暮しをしていたわけだから、空襲で焼け出され無一物になってからの尾島真一郎の養育は、けっして生易しいものではなかったろう。しかし、ぎゃくにそれが夫婦の心の支ええになっていたこともじじつなのだった。

じっさい、幼い頃尾島真一郎は、茂やはつが何かにつけて

「昔は良かったなァ、空襲さえなければ、真一郎にもっと美味しいモンを食わせてやれたんや」

とか

「戦争が何もかもわてらから取り上げてしもた。せめて家作だけでものこっていてくれれば、こんな苦労をせんでもよかったんや」

とか関西弁で話しているのをきいていたし、幼い尾島真一郎の眼からみても、茂、はつ夫婦は「戦争」によってすべてを喪《うしな》った敗残者のようにみえた。

まして（当時は尾島真一郎はまだそのことを知らなかったが）、養母のはつはかつて関西の浪曲界でホープと目された有望女流浪曲師だったのである。どれほど夫婦が惚れ合って結婚したか知らないが、グチ一つこぼさず茂の靴修理を手伝っているはつの姿は、子どもの眼にも痛々しかった。尾島真一郎も小学生時代、学校から帰ると明大の校門前で働く両親のあいだにすわって手伝いをすることがあったが、二人とも百五十センチにもみたない小柄な身体をバッタのようにかがめ、学生服の明大生の足もとにひざまずいて靴直しをしていた。その頃の大学生といえば、地方から出てきた金持ちの子息が多く、茂はそんな学生がなげだす運動靴や革靴の底をはがし、ヒザにはさんだ半張り台（足型をした鉄製の台）の先にかぶせ、眼にもとまらぬ早さでとんとんと釘うちしてゆく。その出来上った靴に油をつけて磨きあげてゆくのがはつの仕事で、その磨き終った靴を新聞紙にくるむのが尾島真一郎の役目だった。

だが、そうした靴直しをする両親の姿をみていて、尾島真一郎はどこかでそんな二人の生業を軽蔑している自分を知っていた。尾島真一郎は一どとして、自分も将来父親のようになりたいなどと思ったことはなかった。たしかに真面目一筋に働く両親はエライとは思ったが、それはいっぽうで、いかに尾島夫婦が不器用で世渡りが下手かということをあらわしている気がした。どんなに真ッ正直に働いても、お金もたまらず、小さなバラック家で折り重って眠る一生なんて真ッ平だった。靴直しでグローブのように朱《あか》く膨れ上っている茂の手をみるたび、どうしてこの人たちはもっと上手に世の中を渡って、もっと効率のいい儲かる職業につけなかったのだろうと思った。

それと、尾島真一郎がイヤだったのは、茂もはつも新聞一つ読まぬ、無教養な人間だったことだ。茂はほとんど酒も呑まない下戸で、仕事から帰るとはつが夕飯の支度をしているそばで胡坐《あぐら》をかき、小さな身体をふるわせて浪曲をうなっていた。ふしぎなことにはつのほうがまったく浪曲には興味をしめさないで、茂の浪曲について一コトも感想をいわなかったのを尾島真一郎は記憶している。はつが芙蓉軒麗花一座の花形スターで、しかも関西浪曲界の大御所である日吉川秋水の孫娘にあたるなどということは、当時尾島真一郎はまったく知らなかったのだが、（アトでそのことを知ったときには）なぜはつは茂の前であんなふうに浪曲には無関心な顔をしていたのだろうと首をかしげたものだ。はつが茂の前であんな態度をとっていたのには、何か理由があったのだろうか。

夜になってオンボロ三畳間に親子三人が川の字になって寝るときには、その頃ラジオから流れていた玉川勝太郎や東家浦太郎や寿々木米若といった名人の浪曲を、一家じゅうで聞きながら眠りにつくのが習慣だった。おかげで尾島真一郎も、幼い頃から浦太郎「野狐三次」の「火事とケンカは江戸の花、ジャンとぶつかる半鐘の……」だとか、米若「佐渡情話」の「佐渡へ佐渡へと草木もなびく、佐渡は居よいか住みよいか……」などといった十八番の文句は、空《そら》でうなれるようになっていた。だが、ラジオから流れてくる浪曲は、任侠モノ、人情モノ、親子の別れモノといった古くさい内容ばかりで、尾島真一郎は今一つ好きにはなれなかった。そんな夜には尚更、自分がどこか居心地のわるい、本当に生きるべき場所ではないところに生きている気がして心がふさいだ。尾島真一郎は、どうして自分はこんな浪花ブシにしか関心をもたないような無学な人たちのもとに生まれついたのだろうと思った。

だからといって、当時まだ七、八歳だった尾島真一郎に、自分がこの両親のもとに生まれた子ではないなんて想像力があったわけではない。何かそういった具体的な、両親との違和感をおぼえたわけでもない。それはあらゆることが判明したアトになっていえることで、その頃は心優しい靴修理職人の茂とはつに対して、幼い尾島真一郎は貧乏であること以外は大した不満はもっていなかった。無学、無教養といったって、あの頃のほとんどの庶民は働いては眠り、また起きては働くという日々の繰り返しだったろう。長い戦争に疲れ果て、空襲にうちのめされ、だれもかれもが生きるのに精いっぱいの時代だった。そんななかで、親子三人でラジオの浪花ブシを聞き、たとえ生タマゴ一つ、焼海苔一枚の食膳であっても、両親にかこまれて暮す尾島真一郎はまだ幸せな子だったのである。

# 三

尾島真一郎が幼い頃から抱いていた、そんな自分の出自へのボンヤリとした「疑念」にかかわる大きな出来ゴトが起ったのは、忘れもしない尾島真一郎が満九歳になったばかりの一九五〇年の十一月末のことだった。その日は、尾島真一郎がはじめて東京都主催の小、中学校図画コンクールというのに応募して、晴れの東京都知事賞を受賞した日のことだったので、よけいその日のことをよくおぼえている。

それまでテストの成績がいつもビリケツに近かった尾島真一郎にとって、自分の描いたクレヨン画が東京都のコンクールで知事賞をもらうなんて、天にものぼる心地の晴れがましい事件だった。たしか受賞対象となった絵は、夜の海峡（？）にかかる黒い鉄橋を、汽車が煙を吐きながら走り、そこに夜空たかく真っ赤な三日月がうかんでいるという、どこか劇画チックな絵だったのだが、そんな幼い荒唐無稽な想像世界がそのときの審査員には面白く見えたらしかった。尾島真一郎は朝の運動場にならんだ全生徒の前で校長先生から表彰状をもらった日、授業が終ると一散走りに家に帰った。ふだん通信簿をみせるたびに、あまりの成績の悪さにタメ息をつかせるばかりだった茂やはつに、この表彰状をみせたらどんなに喜ぶだろうかと全速力で家に走り帰ったのだった。

だが、家に入るとまだ両親は仕事から帰ってきておらず、尾島真一郎は三畳間の真ん中にある煉炭火鉢のそばにかがんで、貧乏ゆすりをしながら二人の帰りを待っていた。と、そのときふだん見慣れている台所のすみの柱に、一冊のブ厚い帳面がヒモでぶるさげられているのを見つけたのだった。柱が黒くすすけていたので、それまで尾島真一郎はそこに黒い表紙の帳面が吊るされていることに気づかなかったらしいのである。尾島真一郎は何気なくその帳面を手にとってひろげた。そこには、ほとんどが母親のはつが書いたと思われるエンピツ文字で、ズラリとつぎのようなメモが記されてあった。

十月十日
ＰＴＡ百圓也　カミ参拾圓也　ボウシ七拾圓也　ハチマキ弐拾圓也
十月十二日
エノグ百拾圓也　カミ弐拾圓也
十月二十日
バクダン拾五圓也　カミ四拾圓也　ガクヒ百五拾圓也　クレヨン弐拾圓也　シタジキ弐拾圓也　ゴムケシ五圓也　エンピツ拾五圓也
十一月七日
オモシロ九拾八圓也　カミ拾圓也　ノオト拾圓也　ナシクダン拾圓也
十一月八日
フケイカイ百圓也　カミ拾五圓也　ショクパン参拾圓也　ロウセキ拾圓也　ナワトビ百五拾圓也
十一月十一日

コメ五キロ弐百拾圓也　ミカン拾圓也　カミ四拾圓也　フデバコ四拾圓也
十一月二十日
クロアメ弐拾圓也　カンソウイモ拾五圓也　サンパツ弐百圓也
十一月二十二日
カミ拾五圓也　ウンドウグツ八拾五圓也　クレヨン弐拾圓也

日付や金額、品物名は、あとで尾島真一郎が半分想像して書いたものだが、おおよそこんなふうなメモで帳面は埋められていた。

尾島真一郎は最初、その帳面はふだん一家が使っている食費やその他家計費のメモではないかと思ったのだが、表紙のすみに小さな赤鉛筆文字で「真一郎にかかった生活費」と書かれてあるのをみて息をのんだ。その帳面は、一家の生活費をメモしたものではなく、子である尾島真一郎に費やした学費や生活用具や食費の金額だけを書きとめておく、いわば尾島真一郎専用の「家計簿」であることがわかって息をのんだのである。

因みに、メモのなかにある「バクダン」とは当時はつがオヤツに出してくれた「爆弾アラレ」（今のポップコーン）のこと。オヤツは他に「乾燥イモ」（干しイモ）「黒アメ」などがならぶが、「カミ」は尾島真一郎が好きだった絵を描くための画用紙、ワラ半紙のことで、「ボウシ」や「ハチマキ」は運動会のとき買ったものだった。「オモシロ」というのは幼い頃から尾島真一郎が愛読していた「おもしろブック」という少年雑誌（毎月七日に集英社から発行されていた人気の漫画雑誌だった）

のことだった。とにかくその帳面にはぎっしりと、そうした日頃茂やはつが尾島真一郎のために費やしたオヤツ代、学用品代、娯楽用品代等々がコト細かに記録されているのだった。

そのときの尾島真一郎の心境をどうあらわせばよかったろう。

もちろん、当時の尾島真一郎はまだ九歳の子どもだったわけだから、どれほど親の立場や心情を正確に理解できていたかはうたがわしい。たぶん幼い尾島真一郎は、茂やはつがどうして「自分だけにかかった生活費」を記録していたのかについて、あれこれ想像をめぐらすことさえ不可能だったろうと思う。しかし、あの心の底から吹き上げてくるような淋しさは何だったろう。尾島真一郎は正直、親が子どもに使ったお金の額を、そうやって細々と帳面に記録していたという事実がおどろきだった。どこの親もそうするのだろうか、これは自分の親にかぎったことなのだろうかと思った。

尾島真一郎はその日、自分が東京都主催の図画コンクールで知事賞をとったことなどすっかり忘れて、いつまでも薄暗い台所のすみに立ちすくんでいた。

## 四

そういえば、と尾島真一郎は思った。

尾島真一郎が何より茂やはつとの会話のなかで嫌いだったのは、何かにつけて二人が尾島真一郎に対して「何々をしてあげる」といった言葉を使うことだった。「何々を買ってあげる」「何々を食べさせてあげる」というふうに、二人はかならず語尾に「あげる」という言葉をつけ足す。それが子供心に、尾島真一郎には何ともいえぬ不快な思いをあたえた。クラスで遠足にゆくときにも、茂は恩着せがましく「遠足に行かせてあげる」というのだ。もちろん遠足にかかる費用が、貧しい家庭にとっては大きな負担となることぐらいわかっていたが、そんなふうにいうのならいっそ遠足になんか行かなくてもいいと、尾島真一郎は思った。

それと、たまに茂が明治大学の生活協同組合から、当時は高級品だったバナナやチョコレートを貰ってきて尾島真一郎に食べさせてくれるとき、夫婦がそろって「美味しいかい」と尾島真一郎の顔をのぞきこむようにしつこく尋ねてくるのもイヤだった。毎月買ってくれる（それには感謝していたが）「おもしろブック」を読んでいるときも、わざわざそばまでやってきて「真ちゃん、面白いかい」ときいてくる。それはあたかも、「私たちはこんなにおまえを幸せにしているんだよ」「こんなにたくさんのモノをあたえているんだよ」といわんばかりの態度にみえて、尾島真一郎はたまらなくイヤなのだった。

一見関係がないようなことだけれども、台所に吊られていた「真一郎にかかった生活費」をみていらい、そうした毎日の細かいあれこれがすべて一本の線でつながっていることのように思えてくる。

その後、「真一郎にかかった生活費」の帳面は、（尾島真一郎の成長につれて）だんだんと厚みをましてゆくのがわかった。昼に夜に、はつが台所のすみにかがんで帳面に鉛筆をはしらせているのがみえたし、ときには茂が書き入れているのも眼にした。成長すれば、子にかかる食費も衣料費も教育費もふえてゆくのは当然だったろう。とくに尾島真一郎は学校から帰ってくると、一心不乱にワラ半紙にむかって漫画や劇画を描くのが好きだったから、「カミ」代はだいぶかかったろうと思われる。尾島真一郎はそのとき一回きり帳面をひらいただけで、その後は二どとその「真一郎にかかった生活費」をめくることはなかった。黒い表紙の帳面が厚さをましてくるのをみるたび、自分はいつかこの両親の「愛情」に対する「借り」はかならず返さなければならないのだという、ある種の強迫観念のようなものにとらわれて心が沈んだ。それは茂やはつの自分にそそぐ愛情への感謝とか、親孝行をして恩に報いたいという思いではなく、何か生まれながらに自分にあたえられていた、「生まれてきたこと」とひきかえに自分が果たさなければならない「義務」のような気がして心が重くなるのだった。

そして、そうした尾島真一郎の抱く「居心地の悪さ」や「気の重さ」をつなぐ一本の線が、ハッキリとした輪郭でうかびあがる日がやってくる。

尾島真一郎が小、中学生時代に患った大きな病気というと、尿道閉塞（前立腺炎の一種だそうだ）というオシッコが急に出にくくなる病気と、慢性の気管支喘息の二つだったが、もう一つ原因不明の痒《かゆ》みをともなう皮膚病があった。それが成人になってから発症した「乾癬」という根治困難な皮膚病と同質のものであったかどうかはわからないのだが、とにかく冬といわず夏といわず、尻や太ももや足首あたりに白いブツブツが出来て、それがしだいに範囲をひろげてゆくという病に悩まされた。

はつがそんな尾島真一郎を、小田急線梅ヶ丘駅近くにある皮膚科病院に連れていってくれたときだった。

「この体質は親御さんゆずりかもしれませんなァ」

若い医者はそういった。

しかし、いくら考えても病気が親からの血とは思えなかった。父の茂は高血圧症ではあったが、そんな皮膚の病気に罹《かか》ったことはなかったし、はつは色白でスベスベしたキレイな肌をもった女性だった。二人とも、どっちかといえば皮膚のじょうぶなタチの人のようにみえた。

「悪性のできものやったらかなわん思いましてなァ」

はつがいうと
「悪性のものとは考えられません。これは一種の遺伝性のアレルギー体質だと思います。少しジモヤケもできているようですし、やはり寒冷地育ちのお子さんにはよく出てくる疾患だと思います」

医者はそうこたえる。

そばできいていて、尾島真一郎はふと、自分は茂やはつの子ではなくて、もっと寒い地方に育った別の人の子なのではないかという疑いをもった。もしかしたら、自分の本当の両親は他にいるのではないか、この皮膚病はその人たちから遺伝した病気なのではあるまいか。

いったんそう考えはじめると、尾島真一郎の想像は果てしなくひろがった。

医者は自分の皮膚病を、寒冷地出身者の体質といっているけれど、はつの話では尾島真一郎は関西の兵庫県尼崎市生まれだとのことだ。尼崎はどちらかといえば温暖地のほうで、寒冷地ではない。はつの話では、自分が生まれる前に茂とのあいだに「ケイコ」という女の子がいたそうで、生まれてすぐ「ケイコ」は死んでしまったので、二番めの子が尾島真一郎なのだという。だから、近親者にはアレルギー性皮膚炎という持病をもった人間など見当らず、医者のいう「遺伝性」の証拠などないのだった。

疑い出せばきりがなかった。まず第一に、尾島真一郎は小学校の頃から背が高く、中学にすすむ頃には百七十センチ近くあった。運動は不得意なクセに、体格だけはがっちりとした肩幅や胸幅の広い子だった。それなのに、茂もはつもあまりに小柄な「ノミの夫婦」なのだ。親子であるいていると、周りの人から「ずいぶんりっぱな身体のお子さんに育ちましたねぇ」と、少し奇異な眼でみられるほどだった。顔も似ていなかった。どちらかといえば尾島真一郎は丸顔で、顎の張った大きなウチワ型の顔をしていたが、茂とはつのほうは瓜実顔《うりざねがお》というか、顎のほそい小づくりな顔だちだった。だれがみても、尾島真一郎は二人に似ていなかった。

それと、尾島真一郎は学校の成績はあまりパッとしなかったが、なぜか読書好きな子だった。学校から帰ってくると、一日じゅう図書館から借りてきた本に読み耽《ふけ》っている子だった。借りてきた冒険物や時代物の漫画や挿し絵を半紙に模写するのが好きで、放っておくと夜おそくまで卓袱台《ちゃぶだい》にむかって絵を描いていた。だが、父の茂にも母のはつにもそんな趣味はなかった。とくに茂は尾島真一郎が本を読んだり絵を描いたりしていると不機嫌になって、時々「そんなことやっとらんで勉強せんか」といって尾島真一郎から鉛筆やカミを取り上げることもあった。はつのほうは茂よりはいくらか理解があり、毎月甲州街道ぎわにある「明雅堂書店」の店頭に「おもしろブック」や「少年」といった人気雑誌がならぶと、茂にはないしょで買ってきてくれたが、尾島真一郎があまり熱心に漫画の模写をしていると、「いいかげんにせんとお父さんに叱られるよ。将来おまえは絵描きはんになるわけじゃないんやから」、一コト釘をさすのを忘れなかった。

がっかりしたのは、尾島真一郎が例の東京都の図画コンクールで知事賞をもらったときにも、さほど二人が嬉しい顔をしなかったことだ。

茂は尾島真一郎が差し出した表彰状を手にとって、しばらくながめていたが

「真一郎には中学を出たらワシのあとを継いで、りっぱな靴職人になってもらわんといかん。絵を描く器用さを、せいぜい靴直しのほうで発揮してもらわんと」

そばにいるはつに相槌をもとめた。

はつは黙ったまま、茂のよこで針仕事の手を動かしていた。

どう考えても、尾島真一郎には、この両親が自分の本当の親であるとは思えなかったのである。

梅丘の「中島皮膚科医院」で診察してもらった翌日、尾島真一郎ははつにはいわないで、一人でその病院をたずねた。前日、はつに連れられ治療をうけた際に、医者が尾島真一郎の血液型を調べるからといって耳タブから血をとり、さらに父や母の血液型も、はつからきいてカルテに書きこんでいたのをおぼえていたからである。医者にきくと、尾島真一郎の血液型はOで、母はつはA、父茂はABだそうだった。

医者はちょっぴり首をかしげたあと

「お父さんとお母さんには、何かご事情があるようですね。あなたはご養子さんかもしれない」

いささか不用意と思われる発言をした。

尾島真一郎はすぐにはその言葉の意味がのみこめず、ボンヤリと医者の顔をみつめていた。

# 少年、青年

## 一

　そんな幼年時代だったから、松原小学校を卒業して（すぐ近くの）梅丘中学校にすすんだ頃からは、ますます尾島真一郎の自らの出自への疑問というか、不安というか、真実を語ってくれない養父母に対する「疑心暗鬼」は根深いものとなっていった。茂やはつの言葉をまっすぐに受け取ろうとせず（それが尾島真一郎へのやさしい言葉であればあるほど尚更だった）、つねにそのウラ側にひそむ親たちの打算や思惑に眼を光らせる子に育ったのである。

　といっても、何しろ親子三人が三畳間で折り重なって寝るような貧しい住居環境だったから、学校から帰って二人と口をきかぬといった険悪なふんいきになっていたわけではない。相変わらず親子肩寄せ合って食膳をかこみ、夜になるとせまい三畳間に仲良く川の字になって寝た。心のなかでは「この親は自分の本当の親ではないのではないか」と疑りながらも、尾島真一郎は二人の前で一どもそんな話題を出したことはなかった。「真ちゃんにかかった生活費」の帳面の話もしなかったし、中島医院からきいた血液型の矛盾を質《ただ》すこともしなかった。茂やはつに対する疑念は、まるで幼い尾島真一郎の身体のなかでじっと息をひそめるガン細胞のように、ときには大きくふくらみ、ときには小さくしぼんだりしながら、しかし確実にそれは尾島真一郎の心身を侵蝕してゆくのだった。

アトから考えてみると、尾島真一郎が幼い頃からクラスの仲間に虚栄を張ったウソをついたり、購買部の店から文房具を盗んだりしたのも、養父母の茂やはつへの一種の当てつけのようなものだったのではないかとも推測できる。そこには「自分が悪い子になれば両親を困らせることができる」「恥をかかせることができる」といった、何とも理解不能な歪《ゆが》んだ自我があるのだった。まだ十歳になったばかりの尾島真一郎に、そうした自らの性向を正確に分析する力などあったとは思えないのだが、いつのまにか尾島真一郎の心のなかには、そうした自分のヒネクレた性分のほとんどは、「本当のことを話してくれない」「何かを隠している」茂やはつのせいであり、自分のウソや万引グセはそんな二人への抗議の表れなのだという言い訳が用意されるようになったのである。

そして、それはちょっぴり大袈裟にいうと、その後の尾島真一郎の人生全体に、ある種の「演技性」というか「虚構性」のようなものをもたらす結果ともなった。うまく説明できないのだが、何をしゃべっても、どんなことをしても、どこか尾島真一郎の言動には、何者からか命令され強いられているような、ムリヤリそうさせられているような気配があるのである。

そうした兆候は、中学にすすむ頃になるとよけい顕著となり、後年尾島真一郎はよく周りの仲間から

「オジマが話すとみんな芝居のセリフのようにきこえる」

だとか
「オジマは何をやっても何となくワザとらしい。自分が自分を演じている役者みたいなところがあって気持ち悪い」
だとか陰口をいわれるようになった。

二

梅丘中学校に入ってからも、相変わらず尾島真一郎の成績はペケに近かった。何しろ戦時中は「産めよ、殖《ふ》やせよ」の時代だったから、当時の中学校は一クラスが五十人から六十人といった大人数で、おまけに各学年のクラスが五つも六つもあるマンモス校だったのだが、尾島真一郎の成績は何と全生徒のなかでも下から数えたほうが早いくらいの劣等生だった。

だが、そんな尾島真一郎にも得意科目がないわけではなかった。はつがワラ半紙や画用紙を買ってきてくれると、夢中になって漫画や劇画を描いた。尾島真一郎には成長するにしたがって、できれば「絵描き」か「漫画家」になりたいといった夢がめばえていたのだが、高血圧症で病院通いしている茂はすでに五十半ばに近かったし、貧乏靴職人の家計では美術学校や大学にすすむことなんてとうていムリなのはわかっていたから、中学を出たら茂のアトを継いで「靴職人」になるしかないというのが尾島真一郎のえがく自分の将来の姿だった。だいたい「絵を描く」のが好きだといったって、それだけで老いた養父母を養っていけるだけの金を稼げるほど世の中は甘くないことは知っていたから。

それにしても、今になって思うのは、自分の親が本当の親ではないという重大事に見舞われながら、どうして自分はあんなふうに冷静な態度で「尾島茂、はつの子」を演じられたのだろうということだ。たしかにわが子に対して「真実」を話そうとしない養父母には反感を抱き、心の底では憎しみさえおぼえていた尾島真一郎だったが、表面的にはこれまでとまったく変わらない茂、はつの子でありつづけることができたのは、なぜだったのだろう。

今となってはあまり紹介したくない本だが、尾島真一郎は実父である作家のMと戦後三十余年ぶりに再会したときに出した『父への手紙』（この本は再会した父親があまりに有名な人気作家だったためにあちこちのマスコミで取り上げられ、おかげでNHKテレビで連続ドラマ化までされ、今もって尾島真一郎が出した本のなかでは一番売れた本となった）のなかで、尾島真一郎はその頃の気持ちをこんなふうに綴っている。

まったく、それからの日々、私は自分が何ら精神的にとりみだすことのない平穏な毎日をおくっていたことにも、複雑なかんじをもつのである。私はおどろくほど冷静だった。両親も、子のそんな平素とかわらぬ態度をみて、まさか子が自らの出生について決定的な疑問をもつようになったとは気づかなかったろう。いつもと少しもかわることのない親子関係がつづいていた。仕事が終ると、父は相変らず私をつれて「みどり湯」へゆき、笑いあいながら背中をながしあうのだった。帰ってくると、母が夕食の支度をするあいだ、ふたりして大きな声で浪花ブシをうなった。誕生日には、母はかならず大好きなグリンピースごはんをつくってくれ、父は明大の生協から小さな菓子包みを買ってもどってきた。

なぜ、私は（私たちは）、そんなにも心の平静をうしなわずに、おだやかな表情でいられたのだろう。もちろんそれは、肝心の親たちが、子の微妙な心の変化をみのがしていたことにもよるのだが、じっさいその頃の私ら家族にとって、そういった問題が大した意味をもつほどのものではなかったこともじじつだった。つまり、当時のわれわれ親子にとっては、そうしたことに心を奪われている生活のゆとりがなかったといってもいい。私たちはその頃、日々〝生きてゆくこと〟に必死だった。とても〝血縁〟などにかまっているヒマはなかった。

それに、私は父母と自分との血液型によって、自らの生いたちの不明瞭を確実なものにしたが、だからといって、いまの自分の境遇をそれほど不幸にかんじている訳でもなかった。両親はやさしかったし、私をじゅうぶん可愛がってくれていた。そそがれる愛情の糧に申しぶんはなかった。不幸なことといったら、ただ一つ、家が他家にくらべて貧しかったということだけだろう。これもおかしな解釈だったが、貧乏だけは私がいかなる親のもとにうまれついたにしても、かならず自分に与えられたはずの宿命のようなものに思えた。貧乏は、まるで私が自分の身にそなえたうまれながらのハンデキャップだった。だからつまり、私は己れの出生問題なんかのことより、そういう与えられた貧しさの手からのがれたいという願望のほうで、頭をいっぱいにしていたのである。

未熟な文章だが、ここにはかなり正確に当時の「尾島家」のありようが語られていると思う。書かれている通り、私たちニセ親子が平穏でいられたのは、何をおいて「貧乏」のおかげだったのである。たとえ「本当の親子」でなくたってかまわなかった。一家結束して三食にもコト欠く「貧しさ」から脱出することこそが、「尾島家」にあたえられた唯一最大のテーマだったのである。

三

だが、そうした尾島真一郎の将来像に大きな影響をもたらしたのは、梅丘中学校で尾島真一郎のクラス担任をしていた宮垣辰雄先生が、茂とはつに「オジマ君を何とか高校だけにはあげてやってくれないか」と説得してくれたことだった。

宮垣先生は毎日のように明治大学校舎前のオンボロわが家にやってきて、茂とはつの前に膝を折ってすわり

「オジマ君はテストの成績は今一つだが、絵を描いたり詩を書いたりするのが得意な芸術志向の子です。どうかかれには高校にだけは行かせて学ばせてやりたいんです」

そう懇願してくれたのである。

おそらく今では、めったに見かけない熱血教師といってよかったろう。宮垣先生は残念ながら三十代でガンで亡くなられたが、当時はまだ大学を出られてすぐに梅ヶ丘中学校に奉職したばかりの新米先生だったと思う。その宮垣先生が、とにかく毎日毎日わが家を訪ねてきて両親を説得してくれていた姿は、今この歳になっても忘れてはいない。それにしても、いつも社会科しか教えてもらったことのない宮垣辰雄先生が、いつ尾島真一郎が絵を描いたり詩を書くのが好きな生徒であるこ

とを知ったのだろうかと、尾島真一郎はふしぎだったが。

ともかく、この宮垣辰雄という先生の熱意に、茂とはつがとうとう根負けし、尾島真一郎の高校進学を認めたことが、その後の尾島真一郎の人生の一大転機となったといっていいのだった。尾島真一郎は新宿百人町にあった「海城学園」の二次試験を受けてパス、晴れて三年間の高校生活を送ることになったのである。

それと、茂が尾島真一郎の高校進学を許可し、それまで尾島真一郎が中学を終えたら「靴職人」にするといっていた方針をあっさり変えたのには、もう一つ理由があった。それは昭和三十年代の半ばあたりから、新宿の「アメリカ屋靴店」とか、たしか「みなみ」とかいった新興靴店に、続々と廉価なビニール靴が登場し、一足の愛用の革靴を何ども修繕しながら履きつづけるなんていう客がいなくなってしまったからである。

それまで靴直し代に何百円も使っていた学生たちが、こぞって大量生産の安くてオシャレな靴をもとめる時代になり、茂は明大校舎の仕事場から帰ってくると
「もうワシらのような靴の修繕屋では生きてゆけんかも知れんなァ」

そう愚痴をこぼすようになり、はつははつで
「ほなら真ちゃんには高校を優秀な成績で出てもろて、立派なサラリーマンになって稼いでもらわんとな」

針仕事しながらタメ息をつくようになっていたのだった。

加えてもう一つ、茂の靴修理業を直撃した出来ごとがあった。

それは一九五九年、すなわち昭和三十四年頃から三十五年にかけて国内に吹き荒れたいわゆる「六〇年安保闘争」だった。安保国民共闘の統一行動として、全学連のデモ隊が国会突入を図って警官隊と衝突、東大生樺《かんば》美智子さんが犠牲になったのもその頃。岸信介首相が強行する日米安保条約の締結をめぐって、文字通り若い世代を中心にした反対運動が各地で勃発した。その闘争によって明治大学和泉校舎の周りにもロックアウトの板が張られ、茂のような靴修理屋はもちろん、業者や学生の通行が一切禁止され、それが延々一年近くにもおよんだのだった。当然ながら、そのあいだ「尾島家」はまったくの無収入になってしまうわけで、カナヅチも革切り包丁も手にすることがなくなった茂の姿は、子供の眼にも哀れだった。

けっきょく、すったもんだの挙句、日米安保改定は国会を通過、有力新聞各社がいっせいに「暴力を排し、議会主義を守れ」という共同宣言を発表し、安保共闘十五万人余のデモ隊が国会を包囲するという騒動になったが、岸首相の「新安保条約の擁護成立までは国会解散はしない」という姿勢に変わりはなかった。東京山谷で貧困労働者たちの暴動が起こるなど世相は荒れ、ヤミ米の値段が一挙に低下、配給米を買わぬ家庭がふえ、米屋はその防衛に追われる。そして、次に政権を握った池田勇人内閣が「所得倍増」スローガンをぶちあげて国民の熱狂を得るのだが、蔵相時代に有名な「貧乏人は麦を食え」をはじめとして何かと失言の多い首相だったのは知っての通り。

そうした、慌しい社会の変化のなかで、茂やはつにのこされた唯一の希望といえば、高校を卒業して一日も早くどこかに就職して給料をもらってきてくれる、貰い子の尾島真一郎の稼ぎにしかなかったのである。

## 四

ところが、それからの尾島真一郎の「高校生活」といえば、とてもではないが茂やはつの期待に沿うものではなかった。

高校二年の半ばあたりから、尾島真一郎はほとんど学校に通わなくなった。登校日数の不足から進級じたいも危ぶまれたが、とにかく成績が悪かった。中学時代にはまあまあついていけていた国語や社会科も普通点以下だったし、数学や物理なんかではまともな点数をとれたためしがなかった。その頃の「海城学園」は、都内の私立校では頭角を現わしつつあった進学校で（そう考えると尾島真一郎は良く合格できたものだと思う）、クラスが成績順に編成されていたのだが、尾島真一郎が入っていたのは、卒業後は大学に行かず高卒のまま就職をするという組だったので、周りには素行不良の生徒も多く、夜おそくまで新宿の盛り場でウロウロしているような連中ばかりだった。尾島真一郎はたちまちそんな仲間にひっぱりこまれた。

だが、そんな尾島真一郎が不良仲間からぬけ出せたのは、その頃から「演劇」に興味をもちはじめ、何人かの同好者と「劇団」もどきのグループをつくり、時々学校のグラウンドで「野外劇」をやるのに夢中になったためだった。尾島真一郎は自分で台本を書いて、同級のキヒラやアンザイたちといっしょに顔に白粉やドーランを塗り、学校の階段の踊り場を舞台にして面白おかしいアチャラカ劇をやって喝采をあびるのが楽しかった。

それと、文芸部で出していた「あけぼの」というタイプ刷りの同人雑誌の発行にも熱中した。その頃から尾島真一郎は「物語」や「童話」を書くのが好きだった。文芸部には、片岡陽一郎さんというシャレた現代詩を書く先輩がいて、尾島真一郎は時々新宿区柏木二丁目で印刷業をしていた片岡さんの家へ泊まりにゆき、おそくまで詩や小説の話をして盛り上った。そのうち、片岡さんを中心に島田晋吾君（のちに平凡社に入社して尾島真一郎の本を多く出してくれた人）や、山内昇さん（山内さんも演劇出版社の編集者として活躍された）や、池袋の芝浦工業高校の夜間部に通っていた前沢正輝君（大江健三郎の大ファンで、のちに日教販の取締役をつとめた）なども参加して、「ATTACK」（攻撃）という同人誌を発行し、一どだけ何とかいう同人雑誌批評の専門誌に取り上げられたときには一同有頂天になり、白山下にあった山内さんのアパートで盛大なお祝い会をひらいたことをおぼえている。

そして、その後の尾島真一郎といえば、明大前の家に近い世田谷区松原一丁目にあった演出家八田元夫氏の率いる劇団「東京演劇ゼミナール」（現在の劇団「東演」）の研究生になったり、梅中時代の親友だった小林励一に誘われて新宿の絵画研究所に通いはじめ、当時主体美術協会の分流であるモダン・アートから独立したばかりだった「新象作家協会」の会友になって油絵を描きだしたり、代々木にあった「サカキプロ」というエキストラ専門のプロダクションに所属してテレビドラマの通行人役をやったり、かと思えば当時「カスバの女」や「三本マストの白い船」といった歌が大ヒットしていたエト邦枝という歌手がやっていた下北沢の歌謡学院の生徒になったり……ほとんど「放浪」というしかないよるべない「高校生活」をおくるのである。

どうしてそんな状況のなかで卒業できたのかわからないのだが、尾島真一郎が「海城学園」を卒業したのは昭和三十五年三月で、在学中からアルバイト店員をしていた渋谷道玄坂下にある婦人服地店「東亜」にそのまま就職させてもらった。四階建てビルの一階にある売り場で、スカート地やカーテン地を鋏で切って袋につめる係だったが、目黒にある杉野ドレメや南新宿の文化服装学院の若い娘たちが売り場に列をつくったので、しぜんと尾島真一郎のテンションはあがった。しかし、何といっても月給が交通費を入れてもやっと五千円という薄給だったので、それでは半分も家計を助けることができず、尾島真一郎は「東亜」の勤めが夕方に終ると、渋谷から水天宮浜町ゆきの都電にのり（たしか運賃が十五円だった）、有楽町にあるニッポン放送八階の「N製版」という印刷所でも働くようになった。ラジオで放送する台本を謄写版で刷って台本にする仕事だったが、六階のスタジオまで出来上った台本を届けにゆくと、当時超売れっ子だったザ・ピーナッツや橋幸夫や西郷輝彦といった流行歌手たちに出会えるのがうれしかった。

『父への手紙』には、この時分のことがこう書かれている。

いつまでもこのままであってはいけないという焦り。何かに追いたてられてでもいるような落ち着かぬ気分。身も心も宙にういているようなたよりない日々。まるで、与えられた人生そのものが、最初からすわり心地わるい寸法のちがった椅子であったみたいに、私はふらふらとあるきはじめていた。

私は高校をでてから、きちんとした定職をもとうとするのでもなく、ただ何となし無目的に、夢遊病者のようにあるきはじめたのだった。

（略）

どれもこれも、私にとっては映画のセットのような、ハリコ細工みたいな人生だった。心の奥に、何とかして金を貯めたいという吝嗇は棲んでいたけれど、それもいつか、自分にとっては手のとどかぬ理想人生に思えた。こんなことをしていたら、とってもダメだという焦りが、日に日に、私の心をせつなくゆするのだった。

## 五

だが、そんな尾島真一郎の「放浪」にもピリオドがうたれるときがやってくる。

渋谷の「東亜」の休みの日に、ほんの短期間清掃係として雇われた千駄ヶ谷の「かえで荘」というツレコミ旅館のオカミさんに気に入られ、尾島真一郎はその横山アキ子さんから五十万円のお金を借りて、茂、はつと住んでいた明大前のボロ家を改造して「スナック」を開業するのである。何でも横山さんは、静岡県熱海のほうで大きな養蚕の会社を経営している社長さんのお妾さんだったそうで、「かえで荘」を切り盛りするかたわらいわゆる貸金業のようなことをやっているという噂だった。その横山さんがどういうわけか、「自宅を改造して小さな水商売をはじめたい」という私の夢を知って、ポンと五十万円もの大金を無利子で貸してくれたのである。

人間の運命なんてわからぬものだ。それまでまったくのアカの他人だった横山おばさんの応援を得て開業したスナック（その頃はまだ居酒屋という呼び名は登場していなかった）が、尾島真一郎の人生を一変させる。人生を一変させるどころか、あと何ヶ月かで二十二歳になろうとしていた尾島真一郎の「生き方」そのものも一変させる。そのあたりのことは、これまであちこちの本に書いてきたのだが、もう一どその頃の尾島真一郎の生活の激変ぶりを『父への手紙』からぬき出してみる。

酒場開業の商いは、文字通り「当った」という表現がぴったりだった。屋号を「塔」といった。酒場にしては不似合いな名だったが、明大の正門前という地利をいかして、昼間はコーヒーもだすのだった。正確にいうと、開店は昭和三十八年十一月初めのことで、約一年の営業でもう店の成績は順調に軌道にのっていた。最初は二、三年を覚悟していた横山おばさんからの借金も、たった半年で返すことができたのだから大したものだった。

時代の趨勢もだいぶ味方していたのだろうと思う。まだ東京にも深夜営業の水商売が少なかった頃で、ボウリング場や夜間映画館、ゲームセンターなんかもなかった。若者が、夜おそくまでたむろできる場所は皆無だった。だから、明け方近くまで灯りをともしているわが「塔」には、おもしろいように客があつまった。また、何といっても、甲州街道に面して明治大学正門前にあるという地理条件もありがたかった。夜はドライヴ客に酒をうり、昼は学生相手の軽食やコーヒーでもうけ、笑いがとまらなかった。

そのかわり、誰れが働いてくれるという訳でもなく、私は店主兼バーテン兼コック兼ボーイだったから、連日睡眠が三、四時間という日がつづいた。若いといっても、さすがにつかれたが、それでも金がもうかると思えば寝ていられなかった。一日の売り上げが、成績のよい日で一万円、わるい日で五千円、会社づとめの頃より三倍も四倍も収入があるのだからこたえられない。

（略）

いくつも思い出はあるが、中でもとりわけ、手づくり便所（私がつくった）の肥え壺がすぐいっぱいになってしまった悩みが思い出される。私が地中にうめた急造の肥え壺が、とても浅くて、少し客がこんだ日などには大小便が壺からあふれだすのだった。私は未明に店がはねると、両手にゴムの手袋をはめて、バケツに何杯も汚物をくみだし、それをひと気のない玉川上水の土手まであるいてすてにいった。それをしないと、肥え壺がいっぱいになって、あした開店できなくなるのだった。当然のことだが、客がこんだ日には、両手に客の大小便のバケツをさげて甲州街道を行き来する回数が、三往復にもなった。汚物をすてにゆく頻度が、その日の売り上げ収入と比例したのである。私は、寒い日にウンコのバケツをもってすてにゆくのはイヤだったが、それでも、これでお金が入るかと思えばうれしかった。

今読み返しても、何だか当時のワクワクした臨場感がよみがえってくるような「サクセス・ストーリー」の幕あけである。

とにかく日本じゅうが高度経済成長の階段を駈けのぼりはじめた頃だった。「塔」が開業した翌昭和三十九年十月には東京オリンピックの招聘が決定していて、店の前を通る甲州街道の道幅が五メートルから十五メートルに拡張され（マラソン当日にはそこをエチオピアからきたアベベ選手や日本代表の円谷幸吉選手が走った）、もう何年も前から首都高速道路と中央高速道路の工事が急ピッチですすめられていた。幼い頃尾島真一郎が遊んでいた草っぱが、高層マンションやテナントビルの建設用地となり、茂とはつが働いていた明大前和泉校舎の校門前をながれる玉川上水路も暗渠《あんきょ》に変わり、その上にいつのまにか小ジャレた小公園が誕生した。

新聞が報じたところによると、「オリンピック東京大会」の開催には、「オリンピック担当大臣」なる新ポストまで設けられ、当時のお金で一兆八百億円、この年の財政投融資額とほぼ同額の巨費が投じられたというのだから、いかにこの一大国際スポーツイベントに、日本が国運を賭けていたかの証拠だったろう。そして、そんな敗戦の対価とでもいうべき経済成長の最終列車に、尾島真一郎は辛うじて飛び乗ることができた幸運児だったともいえるのである。

因みに、これは「東京オリンピック」とは関係のないことだが、当時二十一歳十一ヶ月だった尾島真一郎が、約十五年後に再会を果たす実父の作家Mの書いた代表作『飢餓海峡』がベストセラーになったのはこの年のことで、その頃流行していた歌は、「南国土佐を後にして」「東京五輪音頭」「お座敷小唄」「網走番外地」など。

# 死生のほとりで

## 一

M・R君へ

何だかひどくなつかしい、どこか仄酸《ほのずっ》ぱい匂いのする気持ちで貴君に手紙を書きはじめています。そのなつかしさには、これまで遠くへ押しやっていた記憶のなかの貴君の前に、すっかり老いぼれた自分の姿を晒《さら》す羞《はず》かしさと重なるものがあります。書きはじめたペンの先が少しふるえています。ともかく、八十路近くまで生きてきて、しみじみと感じるのは、月並みながら何と歳月の経つのは早いものかという実感です。鴨長明の「ゆく河の流れは絶えずして、しかももとの水にあらず。よどみに浮かぶうたかたは、かつ消え、かつむすびて、久しくとどまりたるためしなし」じゃありませんが、まことこの世は無常迅速、人の命の儚《はかな》さが胸にせまる年齢になりました。

そんな心境になったのも、ここ数年のあいだに、不意討ちを食らわせるように私をおそってきた一連の病気のせいでしょう。何たって次から次へとおそいかかる奴らは、どいつも手強《てごわ》かった。クモ膜下出血なる生存率五分五分という脳天カチ割りの病が去ったかと思ったら、老いぼれしぼんだチンポの先にガンが張りつき、僅か三時間半の手術によって、私は哀れ竿ナシ老人となってシャバに放り出されたのです。もう四十年いじょうも東京と信州で離れ離れの別居生活をしている妻の紀子が、「好き勝手しているから天罰が下ったのよ」と半分真顔でいっていましたが、私は竿やタマを取られるほどの罪は犯してはおりません。ま、四十年も気ままに信州で一人暮ししているような男ですから、そのあいだに何もなかったといえばウソで、なかには真剣にこの女とこの地で新世帯を、と考える相手がいなかったわけではないのですが、やはり水商売時代から自分をささえ、伴走し、いわばわが絵狂い人生の裏方をつとめてくれた妻とのエア夫婦関係を解消する気持ちにまではなれませんでした。

ま、それはそれとしてM・R君、いま私はこの手紙を東京新橋にある東京慈恵会医大附属病院の四人部屋のベッドの小机で書いています。

じつは二〇一九年四月二十九日、私の営む戦没画学生慰霊美術館「無言館」で催された第十七回「成人式」の会場で、私はとつぜん間質性肺炎（最初に診てもらった別の病院での診断でしたが）による三十九度の発熱に見舞われ、翌朝早く美術館の職員の運転する車で地元上田の「医療センター」に運びこまれ、その後以前から縁のあったこの病院に転院するという始末になったのです。今考えると、すでに病の兆候は数日前からあらわれていて、ここ二、三日微熱と咳に悩まされ、相当身体が参っていたことはわかっていたのですが、何しろ「成人式」は無言館における一大イベントともいえる恒例行事で、館主の私ぬきには開催できません。開催前夜はゲストとしてお招きした人類学、霊長類学の第一人者で、ゴリラ研究の世界的権威にして京都大学総長でもある山極壽一博士を、中央本線の篠ノ井駅（長野駅一つ手前の駅）まで車で迎えにゆき、当日は北から南から参集してくれた三十名ほどの新成人のお世話、職員やボランティアの方々とともに、会場の椅子ならべやマイク設備なんかを手伝い、もはや式典が始まったときにはヘトヘトといった状態でした。そして、山極博士のスピーチの次にマイクの前に立ち、毎年読んでいる「無言の詩《うた》」という自作詩を何とか朗読し終えて席にもどったとき、とうとうその場にブッ倒れてしまったのです。

すなわち私は、この四、五年間のうちに前立腺肥大、クモ膜下出血、陰茎ガンなどいくつもの大病におそわれ、今またトドメといってもいい間質性肺炎にとりつかれて病院のベッドで点滴の管につながれているというしだいなのです。私の身体はいったいどうなってしまったんでしょうか。

何よりツライのは、もはや宿痾《しゅくあ》ともいうべき「尋常性乾癬」によって、毎晩明け方近くまで眠れないことです。

身体じゅうに鱗屑《りんせつ》とよばれる白いカサブタ状の発疹がおこる難病の皮膚病「乾癬」の痒さは、経験したことのない人には想像もできないようなツライ痒みです。一ど搔き出したら、もう狂ったように搔きむしるしかない地獄のような痒み。湯上りの全身にステロイドの塗布薬ドボペット軟膏をぬりたくり、処方された痒み止めをのみ、何とか痒みをおさえて寝床にもぐるのですが、とてもじゃないがすぐ眠りに入れるような状態ではありません。痒み止めといっしょにマイスリー、デパスといった導眠剤を適量ギリギリまで服用、昨日も今日も、窓の外が白みはじめる四時すぎになってようやく眠りに入ったものの、早や七時前には眼がさめるといった毎日がつづいています。

そして、私は明け方近くにかならず奇妙な夢というか、一種ふしぎな幻覚症状におそわれるのです。

二

あれはたしか、大正八年に二十歳で死んだ画家関根正二の「群像」という木炭デッサンだったと思うのですが、ちょうどあんなふうに、杖をついたり子の手をひっぱったりしてあるく農夫たち（でしょうか）のように、物言わぬ人々の群れが私にむかってスローモーション動画のようにせまってくる。もっというなら、あの「原爆の図」や「沖縄戦の図」で知られる丸木位里《いり》、俊《とし》夫妻が描いた「戦傷者」たちの群れ、というより、もはや息絶えた「死者」たちの群れが、呆然と立ちすくむ私にむかって無言であるいてくる。

恐怖を感じるのは、そうした人々が私の身体スレスレにまで近づいたとき、きまって恐ろしい憎しみのこもった視線を私にぶつけ、そのまますうっと背後に消えてゆくことです。倉敷の大原美術館にある関根正二の代表作「信仰の悲しみ」は、いくつかの評伝によると、持病である蓄膿症が悪化した関根正二が、日比谷公園の公衆便所から女の群像が出てくるという幻視《イリュージョン》の世界を描いたものといわれていますが、もしかすると私は夢うつつのなかで、関根正二と同じような体験をしているのかもしれません。

そんな幻影のなかの「群像」にもまれるうちに、いつのまにか私自身もその「群像」の仲間に入ってしまい、うなだれ、肩をおとし、トボトボとあるきはじめます。耳をすますと、私を取り囲む人々からは小さな嗚咽《おえつ》がもれてくる。それは「死者」たちの己の宿命に対する嗚咽のようにもきこえ、まるで死んだ自分にむかってうたわれる御詠歌か巡礼歌のようでもあります。私もまた気づかぬうちに、洟《はな》をすすり、眼にいっぱい涙をため、そうした見知らぬ群衆のなかの一人となって重い足どりであるきはじめているのです。

そして、その場面はとつぜんもう一つの、まったく正反対の阿鼻叫喚とでもいっていいこんな騒々しいシーンに切りかわります。

すすり泣きながら、私たちがあるいてゆく前方に、何か大騒ぎしている一団があらわれる。制服姿の大学生、遊び人ふうの刺青男、鞄を脇にかかえてジンをあおる中年サラリーマン、尻までみえるような短いスカートの厚化粧女、なかには私がまだ二十二、三歳だった昭和三十年代後半に流行した石原裕次郎や赤木圭一郎といったアクションスターそっくりの、サングラスをかけて大股をひらいて立つ若い男たちもいる。そのうちの一人が、派手な外国製のオープンカーにのって、原色のアロハシャツの胸に銀色のペンダントをぶらさげているのもみえます。

その一団の足もとには、やはり昭和三十年代に初めて登場した、「三種の神器」ともよばれていた白黒テレビ、電気洗濯機、冷蔵庫、……扇風機、パン焼き器などが廃材のように積み重ねられています。それらの家電製品は、どれもがもうとっくに使いモノにならないほど壊れていて、なかには錆《さ》びついたドラムがガタガタと音をたてて身震いをしている洗濯機もある。眼をこらすと、その廃材のような家電製品の真んなかには、（ああ、これも見覚えのある）「ＳＥＧＡ」というマークの入ったジュークボックスがきらびやかな電飾光を点滅させています。そういえば、私の経営するスナックの一番の稼ぎ頭は、そのジュークボックスだったのを思い出します。東京オリンピックの招聘でわき立つ高度経済成長下、大繁盛していた世田谷明大前の私の店のバックグラウンド・ミュージックといえば、ジュークボックスから大音量でながれる森進一や青江三奈や藤木孝の流行歌。オープンカーにのったサングラスのアロハ男が、歌のリズムに合わせて口笛を吹き、腰をふっている。その集団の中央には、蝶ネクタイでカクテルをつくる私の姿もみえる。私は時々廃材のなかからとんでくるテレビのブラウン管や、羽根のとれた扇風機や、フタのないパン焼き器から身をかわしながら、半分傾いたカウンターの裏でフライパンをゆすり、シェイカーをふり、自分の前の酔客たちのグラスに酒をつぎ、崩れるような笑顔をふりまいている。

そして、そうした昭和四十年前後の頃の私のバーテン姿がはげしくフラッシュバックする光景のむこうには、さっきから荒れ狂うような風が吹き、店の屋根をゆらし、時々窓の外を明るくするような稲妻の光がはしる……私は自分をおそうそんな幻覚の世界に、どう立ちむかってよいかわからず、ただ棒をのんだみたいに突っ立っているばかりなのです。

三

こうなると、もうシッチャカメッチャカ、もはやどこからどこまでが現実の出来ごとで、どこからどこまでが非現実な出来ごとなのかもわかりません。

要するに私は、高熱にうなされる病臥のなかで、自分が生きてきた過去の時間を思いおこし、その思い出したくない記憶のなかをのたうち回っているといった按配《あんばい》なのです。おそらく最初の「死者」たちが私にせまってきて、やがて私もその「死者」たちにまじってあるきはじめるという幻覚は、私がすごしたあの時代を共に生きた人たちとの連帯を意味しているのでしょう。あの金稼ぎ物稼ぎに明け暮れていた経済成長時代の仲間たちと、フぬけになったような身体をひきずりながらあるいてゆく、あの忌《いま》わしい経済戦争を生きのびた仲間たちとの沈黙の行進をあらわしているのでしょう。

同時に、その前にとつぜん登場したスナック経営時代の光景は、文字通りあの当時の自分たちの姿をオンタイムで記録した狂気の光景であるともいえます。

いや、まったくもってあれは「狂気」でした。何しろ昭和三十八年十一月に東京世田谷の甲州街道ぞい、明治大学和泉校舎前にオープンした間口二間ほどのオンボロ・スナックが大当りし、蝶タイ・Gパン姿のマスター（私）は、早朝七時からモーニングサービスの厚切りサンドウィッチで明大生をあつめ、昼はカニコロッケやアジのフライの学生ランチ、夜は夜で勤め帰りのサラリーマン相手の酒商売で愛嬌をふりまき、まるでそれが自分の人生にあたえられた「唯一最後の勝負」であるかのように、深夜二時、三時まで働きづめに働いていたのです。閉店後、シロウト大工でつくったカウンターのかげで数えるヒゲの板垣退助が印刷された百円札……ああこれで憧れの一軒家に住める、自動車が買える、靴修理屋の貧乏暮しから脱出できる……。私の満身をふるわせていたあの燃えあがるような労働の充実を忘れられません。

あの頃の僅か五坪ほどの、猫のヒタイといってもいい店内に置かれていた巨大なジュークボックスからながれる、森進一の「女のためいき」や青江三奈の「恍惚のブルース」や藤木孝の「24 00のキッス」の残響は、今こうして貴君に手紙を書いていても、当時の自らの生の根底をゆするような歓喜、昂奮、昂揚を伝えてやまないのです。そしてまた、そうした喧騒のなかにくりひろげられる我を忘れた光景が、今の私を羽交締めするような孤独と後悔のふちに追いこんでゆくのです。ああ、何て自分は思慮のない愚かな、その場しのぎの金稼ぎに没頭していたのでしょう。暗いところから明るいところへ、低いところから高いところへ、薄暗い裸電球の三畳間に親子三人が折り重なってねむる暮しから、少しでも豊かで上等な生活へ——高校ビリケツ卒、偏差値サイテーの男の頭のなかは、とにかくそんな上昇志向と金銭欲でいっぱいだったのですから。

こう書くと、きっと貴君は言うにちがいありません。

それはべつにアナタだけが経験したことではなく、あの頃の日本人すべてがそうだった。みんな必死で戦後の焼け野原から立ち上り、眠る時間を惜しんで働き、少しでも良い生活を手に入れるべく額に汗していた時代なのだ。地方から就職列車で多くの若者が都会にやってきて、いつか故郷に錦を飾ることを夢みて一心不乱に働いたのもあの時代だった。それなのにアナタはなぜそんなに、ほとんど自虐的にあの時代の自分の生活を否定し、引け目を感じ、あたかも自分一人が大罪をおかしたかのような気持ちを抱きつづけているのかと。

でもM・R君、コトはそう簡単ではないのです。

ご存知の通り、私は現在、「無言館」という日中戦争や太平洋戦争で戦死した画学生の遺作を展示する美術館を営んでいますが、かれらの絵の前に立つと、あの戦争で亡くなった若い兵士たちの

「声なき声」（「無言館」とはわれながらよく付けた名前だと思います）がきこえてくるのです。否応なく、かれらの絵が発する言葉が胸に突き刺さってくるのです。それはけっして、よくマスコミが報じる「戦争は良くない」「平和は尊い」という教科書的な啓示の言葉ではなく、もっと単純にして明快な問いかけ——あなたがたは自分たちが死んだあの戦争終結後の七十余年もの月日をどんなふうに生きてきたのか、何を考え、何を目指して生きてきたのかという声がきこえてくるのです。

　おそらくこうした画学生に対する感情は、これまで二十数年間にわたってかれらの作品とむかい合い、いっしょに暮してきた私でなければわからない特殊な感情といえるでしょう。いや、特殊な感情というより、私自身が画学生の問いにむかって、何をどう答えればいいのか、そもそも答えるべき言葉を自分はもっているのかといった、ある種の怯《おび》えとでもいったらいいでしょうか。

　これを読んだ貴君の、何ともいえないふくれっ面が眼にうかぶようですが。

## 四

　ただ、だからといって、私は自分の収集家としての人生の終着点がこの「無言館」であるなどとは思っていません。戦没画学生の遺作や遺品をあつめることが、コレクターたる自分の目標地であるだなんて考えたことはない。それどころか、最近は時々、なぜ自分はこんな美術館をつくってしまったのかという後悔にすらおそわれるのです。これまでいくつもの本のなかでのべているように、私が「無言館」をつくったのは、戦場から生還した一人の画家との出会いがきっかけだったのですが、それにしても私が全国の遺族宅を訪ねあるき、「無言館」建設にやみくもに突進したのは、少々早計で無謀な行動だったのではないか、今頃になってそう思うのです。

今回の長野県への「信濃デッサン館」コレクションの売却についても、私はホトホト悩みぬきました。苦しんで苦しんで、苦しみぬきました。もちろんこの売却話の基点には、私がいつのまにか八十路に達する高齢者となり、そのうえここ数年次々と大病におそわれ、いつまでも「信濃デッサン館」と「無言館」という二つの美術館を経営しつづけてゆくわけにはゆかない、という健康上の理由があったことはたしかなのですが、直前まで私を迷わせ悩ませたのは、「無言館」存続のために「信濃デッサン館」を失っていいのかという問題でした。いかに戦争の不条理を憤《いきどお》り、絵筆を銃にかえて戦地に駆り出された画学生たちの無念に共感したからといって、あの深夜スナックでコツコツ貯めた金であつめた己が分身ともいえる村山槐多や関根正二や野田英夫（あのつぶらな瞳の黒人の子を描いた日系移民の画家です）や松本竣介のコレクションを失っていいものか。私はどうしても、この股裂き刑のような「二者択一」を素直にうけいれることができなかったのです。

なかでも私がおおいに傷ついたのは、美術館仲間のあいだで「信濃デッサン館」のコレクションが長野県立美術館へ売却される話が知られはじめた頃、ある新聞に「オジマ氏は無言館の経営の安定のために愛蔵するコレクションの売却を決心したようだ」という某評論家の談話が掲載されたことでした。「戦没画学生の遺作の修復保存には、これからもかなりの費用がかかる。館の存続にもカネがかかる。オジマ氏はその費用の捻出のために愛する村山槐多ら夭折画家たちの作品を手放すことを決心したらしい」。私はその記事を読んだとき、自分がコレクターとして完全に敗北者の道をあゆんでいることをはっきりと認識したのです。ああ、これでコレクターオジマの人生は終っちまったと。

　少なくとも、それまでの私は、いわゆる絵の収集とは、社会的な「使命」とか「義務」とかいった理念とはまったく無縁な行為であると考えていました。好きな画家の好きな絵を身ゼニを切ってあつめる――それはきわめて個人的な密室行為であり、呑気《のんき》な趣味人《ディレッタント》の遊びであり、社会の何ものにも煩《わずら》わされることのない趣味の領域にあるものと信じてきました。そこに何ものにもかえがたい誇りと歓びを見出してきました。

　にもかかわらず、今まさに私の全人生の集積たる「信濃デッサン館」のコレクションが、志半ばで戦場に消えた画学生たちの「無言館」の将来のために売却（約四百点のうち十分の九は寄贈という形なのですが）されようとしている。それは私が長いあいだ邁進してきたコレクター道（？）にもとる行為なのではないのか。痩せても枯れても「夭折画家のコレクター」として、私財を投じてコレクションした画家たちを顕彰する私設美術館までつくった私が、そんなに簡単に宗旨替えしていいものなのか。私は新聞に載っている「オジマさんは戦争の犠牲になった若い画家たちのために、自分が苦労してあつめた絵描きたちの作品を手放そうとしている」という美談を眼にしたとき、思わず心のなかで「イヤ、そうじゃないんだ」と叫んだのです。

　「信濃デッサン館」のコレクションと「無言館」の絵との違いは、何をおいても前者は私が好きな画家の作品を身ゼニをきってあつめたものであり、後者はあくまでも戦没画学生のご遺族からの「預かりもの」であるという点でした。「無言館」にならぶ作品は、戦後五十年（私が全国をあるいた当時のことですが）の風雪をこえて、ご遺族が守り通した画学生の「遺品」の一つであり「形見」なのです。もっというなら、「無言館」の絵は私が所有するものではないのです。そんな「預かりもの」の画学生の絵と、趣味人オジマの絵を取り替えっこするだなんて、私が逡巡するのもムリのないことではないでしょうか。

何どもいいますが、だいたい私のコレクションは「世のため人のため」にあつめられたものではないのですから。

## 五

しかしけっきょく、迷いに迷ったすえに私は長野県への作品移譲にサインすることにしました。何といっても八十歳近くなった年齢に加え、クモ膜下出血、ガン、肺炎等々多くの病をかかえ、とくに日々皮膚がクロワッサンみたいにはがれてゆく尋常性乾癬の痒みによる睡眠障害が、私から平静な判断力を奪っていたといえるかもしれません。最後の最後には、県から提示された「リニューアルオープンする新・美術館の一かくに『信濃デッサン館』コレクションの常設コーナーを設ける」という温情ある条件にホダされて、ついに四百余点の夭折画家たちのコレクションを県に手渡すことを決心したのです。いったんそう決めたいじょう、あれこれ言い訳がましい言葉をならべるのは、それこそ往生際の悪いコレクターの遠吠えにしかきこえないでしょうから、これからは慎しまねばなりません。

私はひそかに、今回のコレクションの移譲も、晩年にいたって数々の羅病に見舞われたことも、すべては最初から私にあたえられていた一つの運命のような気がしているのです。私が戦後の経済成長下の水商売で成功をおさめ、その資金で趣味の絵画収集に走り、やがて私にとっては他人の故郷でしかない信州上田の地に美術館を建設し（しかも二つも！）、そして最終的にはこうやってコレクションのぜんぶを県に譲渡して、最後にのこされた戦没画学生の「無言館」の主《あるじ》として生きることになったのも、私が生きてきた時代によって初めから決定されていたストーリーであり、シナリオだったのではないかとさえ疑っているのです。別居女房の言葉じゃないですが、私のこれまでの人生の成りゆきは、すべて昭和、平成、令和にいたる自らの生きた時代が私に下した「天罰」だったのではないか、そう思っているのです。

もしかすると、私がこうまで往生際悪く、「信濃デッサン館」コレクションの売却話に抵抗したのも、そういった自分の人生をじゅうりんしてきた時代に対するものだったのかもしれません。時代に流され、時代にゆさぶられ、いつのまにかその運命にしたがって生かされ、今や「死」と「生」のほとりに立つ年齢となった、己が終末へのみっともない悪あがきだったのかもしれません。

いずれにせよM・R君、今私は肺炎の病床にあります。

幸い上田の「医療センター」に入院したときの病名は「間質性肺炎」という肺炎のなかでもかなり厄介な部類の病だったのですが、その後転院したここ東京慈恵会医大附属病院循環器内科での診断では、それよりはるかに軽い「中度の急性過敏性肺炎」であると病名が変更され、何よりホッとしているところです。担当医の話では、どうやら今住んでいる上田のマンションのエアコンの不整備や、加湿器の不具合も影響しての発症だったというのですから失笑モノです。まもなく点滴の管からも解放されるでしょうし、一週間ぐらいすれば退院できるのではないかというお墨つきをもらいました。

余談めきますが、じつは今回の「肺炎」の誤診については、最初に担ぎこまれた「信州上田医療センター」にも多少同情すべきところがあるのです。

先にもいいましたように、私がとつぜん高熱を発して倒れたのは二〇一九年四月二十九日、「無言館」で開催された「成人式」の席上だったのですが、ちょうどその日は例の「平成」から「令和」へと年号が変わるいわゆる「皇位継承週間」の真ッ只中で、上田じゅうの病院に「本日休診」のフダが下がっていたときだったのです。ご記憶と思いますが、折しもその頃日本列島は祝賀ムード一色、前代未聞の大型十連休という「国民一斉休暇」に入っていて、それでなくとも医療体制万全とはいえない信州の一地方都市である上田の中小病院も軒並み連休モードに突入し、救急車に乗せられた私は二、三の病院を転々としたのち、ようやく唯一空いていた「医療センター」に運びこまれたのですが、その期間「センター」には見習いのお医者さんと看護師さん十数名しか常駐しておらず、取りあえず入院はさせてもらえたものの、四月末から五月六日にかけての一週間はほとんど満足な診察がうけられなかったというのが実状なのです。

いったい、私たちにとって「年号」が変わるということはどういう意味をもつものなのでしょう。思い出すのは、戦時中にも「紀元二千六百年」を祝って、国民こぞって提灯行列や祝賀大集会に酔いしれ、その結果翌年には相手にとって寝耳に水の真珠湾攻撃、ついには太平洋戦争へと突きすすみ、「無言館」の画学生たちのように三百十数万人にもおよぶ自国民が亡くなり、人類史上最悪ともいえる広島、長崎への原爆投下、沖縄が焦土と化したすえに敗戦という結末をむかえた日本の暗黒史です。何だか、今回の私の「間質性肺炎」から「過敏性肺炎」へと病名が変わったいささか滑稽な顚末にも（それじたいは私にとって僥倖でしたが）、そんな私たちの国がもつ「歴史」そのものへの腰の軽さがあらわれているような気がしてならないのですが、いかがでしょう。

退院して信州へもどったら、あらためてゆっくり手紙を書くつもりです。もう何十年も会っていないM・R君を、こうした一向にラチのあかない人生相談まがいの文通相手にえらんだのも、貴君と私との運命共同体ともいえる間柄ゆえのこととおあきらめください。

では、今回はこれで。

オジマシンイチロウ

# 一冊の画集

## 一

それにしても、尾島真一郎が「絵」というものの存在に惹かれたきっかけはいつ、どこであたえられたのだろうか。

思い当るのは、尾島真一郎が「塔」を開業してまもない頃、新宿の「緑屋」という月賦屋の絵画即売会で、当時パリ遊学から帰って活躍していた二科会所属の洋画家織田廣喜の「パリジェンヌ」という三号の油絵を買ってきて店に飾ったことである。三号というのは、ちょうど弁当箱を二つならべたくらいのサイズで、その小さな画面の真んなかにパッチリとした睫毛の眼の可愛らしいパリ娘が描かれている絵だった。その頃「塔」には、（尾島真一郎の趣味もあって）出版関係や芸能関係の客、とくに若い画家のタマゴや売り出し中の俳優なんかが多かったのだが、尾島真一郎が買った織田廣喜の「パリジェンヌ」はそんな客たちにひどく評判がよかった。「マスターは絵がわかるんだねぇ」とか、「さすが昔絵描きを志しただけあって、絵をみる審美眼はたしかだよ」とか、カウンターの尾島真一郎に最敬礼する客がいっぺんにふえたのである。

ことに織田廣喜画伯とは仲が良く（たしかお二人とも世田谷祖師谷あたりにお住まいだった）、ご自身もヨーロッパから帰って日動画廊で大々的な「帰朝記念展」をひらいていた原精一画伯は、明大前にあったイガラシという絵具屋さんの主人とよく「塔」に顔をみせられていたが、その原先生が

「織田君の絵のなかでもこの作品はピカ一じゃないかな」

そう褒《ほ》めてくださったので尾島真一郎はすっかり舞い上った。

もっとも、織田廣喜の「パリジェンヌ」についての話題はそれきりで終って、それより原先生が感心してくれたのは、尾島真一郎がスナックをひらく何年も前に、渋谷の古書店で大正時代に夭折したある画家の画集をみつけて購入していたことについてだった。尾島真一郎はまだその当時、その画家の実際の作品を観たことはなかったのだが、たまたま手にした「一冊の画集」に心をゆすぶられ、「いつかこの画家の絵を観てみたい」「自分はこの画家の絵を観なければならない」といった思いに駆られていたのである。

二

画家の名は村山槐多。

尾島真一郎は道玄坂下の服地店「東亜」に勤めていた頃、通勤の途中に何気なく立ち寄った「中村書店」という小さな古書店で、原先生の恩師にあたる洋画家萬鉄五郎《よろず》（昭和の初めに四十一歳で亡くなった画家だった）に大きな影響をあたえたという大正期の夭折画家村山槐多の、病没直後にアルス社から出版された「槐多画集」という本をみつけて買いもとめ、そのシャレた装丁が気に入って

店の洋酒棚に立てかけておいたのだが、原先生はすぐにそれに眼をとめられ

「お、ムラヤマカイタの画集があるね。キミはカイタを知っているのか」

ベレエ帽をかぶり、大きなパイプを咥《くわ》え、特徴あるギョロリとした眼をむいて、赤シャツ・マスターの尾島真一郎にそう声をかけられたのである。

そして、カウンターで絵具屋のイガラシさんと、好物の「ホワイトホース」(「塔」では一番上等な舶来酒だった)のロックグラスを傾けながら、先生はカイタのことを熱っぽく話しはじめた。

「キミ、カイタはいいよ。あの画家は本モノだよ。カイタが使っていたガランスって色はね、赤であって赤ではない、強烈で純粋な命の色なんだ。たった二十二歳何ヶ月かでスペイン風邪で死んじゃったけどね、あの色はカイタの人生そのものをあらわした色でもある。そんなカイタの画集を手に入れたキミには、本モノの絵をみぬく才能があるのかもしれないよ」

原先生はだいぶ酔われていたし、半分わかって半分わからないような解説だったのだが、とにかく尾島真一郎はそのときはじめて、「絵を観る歓び」というか、「一枚の絵が人間にあたえる力」のようなものに気づかされたのだった。

同時に、これまで何に対しても今一つ自信のもてなかった尾島真一郎は、今をときめく人気画家である原精一画伯から「キミには本モノの絵をみぬく才能がある」といわれて夢心地にならぬわけはなかったろう。

原先生は興がのってくると、絵だけでなく詩人としても多くの名詩をのこした村山槐多の、とくにお気に入りだった「一本のガランス」を朗読された。何しろ「塔」は五坪にもみたない小さな店

だったから、先生の声にだんだんギアが入ってくると、他の客から文句が出やしないかと尾島真一郎はヒヤヒヤしたものだったが。

ためらふな、恥ぢるな
まつすぐにゆけ
汝のガランスのチユーブをとつて
汝のパレットに直角に突き出し
まつすぐにしぼれ
そのガランスをまつすぐに塗れ
生《き》のみに活々と塗れ
一本のガランスをつくせよ
空もガランスに塗れ
木もガランスに描け
草もガランスにかけ
魔羅をもガランスにて描き奉れ
神をもガランスにて描き奉れ
ためらふな、恥ぢるな
まつすぐにゆけ

汝の貧乏を
一本のガランスにて塗りかくせ。

原先生はじつに気持ちよさそうに、朗々と槐多の詩をうたいあげる。

ともかく、この原精一画伯をつうじて「村山槐多」という詩人画家の存在を知ったことは、尾島真一郎にとってこの上ない体験となった。まさにそれは、当時の尾島真一郎にこれまでまったく考えもしなかった「人間の生き方」を教えてもらった体験なのだった。人間はどう生きるべきか、人間の命は何のために費やされるべきか、というテーマがそこにはあった。しかも、その体験は尾島真一郎がさほど深くも考えず（きわめて衝動的に）、ぐうぜん手にした一冊の画集がもたらした「出会い」なのだった。織田廣喜の「パリジェンヌ」を買ったのもぐうぜんだったし、開店まもないスナックに織田画伯と親交のある原精一画伯がこられたのもぐうぜん、今考えるとすべてが、尾島真一郎がムラヤマカイタを知るために敷かれた一本の助走路だったような気がしてくる。

つい昨年（二〇一九年）のことだけれど、尾島真一郎は編纂と監修を依頼された没後百年記念の『村山槐多詩集』（書肆林檎屋刊）の解題に、スナック時代に原精一画伯と出会って村山槐多についてのレクチャーをうけたときの思い出をこんなふうに書いている。

のちになって私は、原精一画伯が近代洋画の先駆者萬鉄五郎を師と仰ぐ人であり、その萬もまた槐多を敬愛し、つよく意識していた画家だったことなども識るのだが、とにかく私の店で朗誦する原さんの「一本のガランス」はバッグン、だった。

私はききながら、この詩は槐多が生涯を賭けて取り組んだ「絵を描くこと」の言語化、詩化であり、二十二年の「生」をささえた槐多の人間宣言ではないかと思った。そう、ここにうたわれているガランスとは、たんに槐多が画布に塗りこんだ絵の具の色ではなく、槐多の全人生を染めあげていた命の色彩なのだ。同じ二十二歳の自分に、このような自らの人生をつらぬく、「まっすぐな」色彩はあるだろうかと思った。

薄明りの東雲《しののめ》に、かすかに点滅する希望の光とでもいおうか、折しも世の中はあげて戦後の高度経済成長の坂をのぼりはじめていた。昭和三十九年十月の東京オリンピックの招聘がきまっていて、日本じゅうが沸き立っていた。甲州街道ぎわに朱い粗末なガラス看板をともした私のスナックは、大学の正門前という地の利もあっておおいに繁盛した。私は朝七時からモーニングサービスのパンを焼き、コーヒーを沸かし、夜は夜で暁け方近くまでビールの栓をぬき、フライパンをゆすって働きづめに働いた。

流行歌をがなり立てるジュークボックス、酔客男女たちの嬌声、グラスのぶつかる音、充満する煙草のけむり……。

そんなときに登場したムラヤマカイタは、まさしく私にとって、「人間はどう生きるか」という命題をひっさげて疾駆する一頭の奔馬にちがいなかった。

三

ただ、一つフに落ちないのは、このとき尾島真一郎は、まだ一ども実物の村山槐多の作品を観ていなかったことだ。尾島真一郎は渋谷の「中村書店」でアルス社刊の「槐多画集」を手にとり、ぺらぺらとめくるうち、そこに収められた「尿《いばり》する裸僧」（後年尾島真一郎がコレクションすることになる作品）や「バラと少女」や、「二少年図」や「庭園の少女」といった烈しい色彩が渦まく作品群をみて度肝をぬかれたことはたしかだったが、それらの実物に接したのはスナックを開業して何年かしてからのことである。実物を観ないうちに、その画家から「生きる力」をもらったとか、「人間の生き方」を教えてもらったとか、そんなことが可能なのだろうか。

このちょっぴりフに落ちない村山槐多との出会いは、ある意味において尾島真一郎のその後の「コレクター人生」の特質をあらわしているように思われる。

よく人は、一点の絵の前に立ったときに電気にうたれたように立ちすくんだとか、一枚の絵を観たときに「人生が変わった」などというけれども、尾島真一郎にはそれがなかった。尾島真一郎が出会ったのは、あくまでも「一冊の画集」だった。そこに載っている何点かの代表的な油絵やデッサンと、いくつかの短い詩を読んだだけだった。つまり尾島真一郎は、じかに槐多の絵や詩にふれたのではなく、画集に紹介されている一人の画家の「人生」というか、その「生涯」に魅了されたのである。それはその後尾島真一郎が「槐多の絵を蒐《あつ》めよう」と思い立った動機が、たんに画家がのこした作品にあったのではなく、画家が生きた人生の軌跡をあらわすもの、いわば画家が「生きていた」証拠物件のほうにあったことを示している気がするのだ。

じっさい、尾島真一郎が村山槐多の実物の絵と出会うのは、原精一画伯から槐多のレクチャーをうけてから一、二年後のことで、竹橋の北の丸公園にある国立近代美術館にあった「バラと少女」や「コスチュームの女」、鎌倉近代美術館にあったデッサン「風船をつく女」、銀座の画廊に飾られていた「湖水の女」や「カンナと少女」等々、槐多が描いた名作といわれる名作と次々に対面してゆくのだが、どちらかといえば尾島真一郎にとっては、一番最初に眼にした「槐多画集」での槐多との出会いのほうが何倍も感動的だった。もちろん実物の前に立ったときには、あらためて「ああこれがムラヤマカイタか」、「こんな画家が日本にいたのか」という全身がふるえるような感覚におそわれたことはたしかだったが、やはり尾島真一郎には、「中村書店」で買った「槐多画集」で初めてカイタを知ったときにわいてきた感情のほうが上なのだった。

余談めくが、その後何年かして、尾島真一郎は「評論の神様」といわれた小林秀雄が『ゴッホの手紙』のなかで、初めてフィンセント・ファン・ゴッホがオーヴェルの丘で短銃自殺をとげる直前に描いたという「カラスのいる麦畑」を観たとき、思わず床にしゃがみこむほどの衝撃をうけたという文章を読んだのだが、そのゴッホの絵が「複製画」だったということにも奇妙な共感をおぼえた。小林秀雄は本モノの絵を観て感動したのではなく、どこにでもある複製画を観ただけで、何かゴッホの巨大な眼に射すくめられた気がして、床にしゃがみこんだというのである。その後小林秀雄のもとに作家の宇野千代から、件《くだん》の「カラスのいる麦畑」の複製画が送られてきたというのだが、それを観ても小林秀雄はさほどの感動をおぼえず、一番最初に上野の美術館で観た複製画の「カラスのいる麦畑」を忘れることができなかったという。

尾島真一郎は何となく、自分が村山槐多の絵と出会ったときの感覚とよく似ているなと思った。「評論の神様」を引き合いに出すのは気がひけたが、自分もまた、一冊の画集と出会ったことによって、自分が生まれるずっと前の大正時代、火花のような二十二年の人生を生きた村山槐多という画家の、まるで尾島真一郎のすべてを見ぬくような巨大な眼に射すくめられて、思わず床にしゃがみこんだ男なのではないかと思ったのだ。

## 四

その後の尾島真一郎の「絵」へののめりこみは一直線だった。店はほとんど無休で営業していたので（とにかく忙しかった）、昼間から美術館や画廊をめぐることなどできなかったが、明大前駅のそばにある小さな本屋から何冊も興味のある画家の画集や評伝を取り寄せて、客のこないときにはカウンターのすみの小椅子にすわって読み耽った。とくに村山槐多が死んだ同じ大正八年に、槐多よりさらに二歳も若く二十歳で亡くなった関根正二や、戦後まもなく三十六歳、三十八歳で死んだ松本竣介や靉光（本名石村日郎）の作品にはとりわけ関心をもった。そうした短命な人生しかあたえられなかった画家の絵には、いかにも「一枚の絵」のもつ儚さと頼りなさ、同時に画家がその絵にこめた命の重さのようなものが感じられて惹かれるのだった。

たとえば、関根正二や松本竣介のデッサンを観るだけで、かれらの人生そのものが消しゴム一つで消えてしまう儚いものであることがわかった。そこには戦争、病、貧困、孤独、画家たちがそれぞれの宿命とたたかった軌跡が描かれていた。とくに関根正二の「自画像」、松本竣介の「画家の像」などには、一本一本の線に、いつ死んでも悔いはないような画家の覚悟みたいなものがある。人間はかならずいつかは死ぬ。だからこそ画家は一日一日の一瞬の生を画布にきざみこむのだ。そして、そうしたかれらの絵の前に立つということは、絵を観る者自身が自らの命の儚さを知ることでもある。もう一コトいうなら、そんな関根正二や松本竣介の絵とむかい合うことは、見知らぬ画家たちが生きた時間を共有することでもあるのだ。

尾島真一郎の「美術」に対する傾斜が、いちだんとヒートアップしたのは、尾島真一郎が四つめの「塔」の支店を、神奈川県藤沢市につくった頃からだった。大当りに当った明大前のスナック「塔」は、ほんの二、三年のあいだに世田谷の東松原（井の頭線明大前の隣駅）、小田急線沿いの玉川学園、相模大野などにも進出し、文字通り飛ぶ鳥を落す勢いだった。一番最初にオープンした明大前店でのウェイトレス募集に応募してきた森井紀子と結婚、その三歳年上の紀子が北海道の片田舎の雑貨店の娘で、愛嬌のある商売上手な働き者だったことも尾島真一郎の店の繁盛におおいに寄与した。開業時に借り入れた銀行からのローンもまたたくまに完済、何もかもが順調で、こわいくらいだった。チェーン店が三店舗になった頃には、尾島真一郎は世田谷区成城町九丁目に五十坪ほどの土地を買い、念願だったコンクリート造ての一軒家を建てた。それまでカウンターのなかでシェイカーをふり、フライパンをゆすっていた赤シャツマスターの尾島真一郎は、いつのまにかパリッとしたスーツを着こなす「少壮実業家」となっていたのである。

なぜ藤沢に支店を出した頃から、尾島真一郎の絵好きが加速したかといえば、藤沢から出ている江ノ島電鉄の二つめの「柳小路」駅の近くにあった「塔」に集金に行った帰りに、車で三十分ほどの距離にある神奈川県近代美術館に立ち寄り、日本近代美術研究の泰斗といわれる土方定一館長が企画する展覧会を立てつづけに観ることができたからだった。靉光や松本竣介や野田英夫といった異端画家たちの作品にじかにふれたのも、その柳小路の店の帰りに寄ったカマキン（鶴岡八幡宮境内にあった神奈川県立近代美術館は愛好家のあいだではもっぱら「鎌倉近代美術館」、通称「カマキン」とよばれていた）でひらかれた展覧会でだった。柳小路の「塔」は、他のチェーン店にくらべると一まわり小さな店舗で、収益もそんなに多くはなかったのだが、尾島真一郎にとってはかけがえのない「絵との時間」をあたえてくれる貴重な店だった。

日本の画家だけでなく、たしかパウル・クレーやアンリ・マチスやオーギュスト・ルノワールの名品を観たのも、このカマキンでだったと思う。何というタイトルの展覧会か忘れたが、そうした西欧の巨匠から影響をうけた梅原龍三郎や硲《はざま》伊之助や岡田三郎助といった日本の近代美術を代表する洋画家たちの、教科書に出てくるような有名な絵を観たのもそこでだった。これはまだ藤沢に店を出していなかった頃のことだったと思うが、「麻生三郎・森芳雄」（あとで尾島真一郎はこのお二人の画家とも親交をむすぶ）という展覧会には、尾島真一郎は明大前から二どもカマキンへ足を運んだ。

当然といえば当然だけれども、尾島真一郎が若い学生や酔客を相手にすごすスナック商売には、一瞬たりとも「一人の自分」にかえる時間などなかった。だから、たまに自分の好きな絵のならぶ美術館に佇《たたず》む静謐《せいひつ》にみちたひとときは、何モノにもかえがたい「宝物のような時間」に思えたものである。

# 五

――と、ここまでこんなふうに書いてくると、あたかも尾島真一郎には生まれながらにこうした美術的素養がそなわっていたかのように思われるかもしれないが、そんなことはない。

じっさい「海城学園」に通っていた頃も、尾島真一郎は文芸部に入って同人誌のようなものは出していたが、部室のすぐ隣にあった美術部には所属していなかったし（その頃「海城学園」の文芸部と美術部は学校の屋上に隣り合せにあった）、当時の美術部の顧問は、のちに尾島真一郎と深い交流をもつことになる洋画家の利根山光人氏だったのだが、在学中尾島真一郎は、若くしてメキシコに渡り壁画家のシケイロスやオロスコの薫陶をうけ、帰国後日本の洋画壇にも大きな足跡をのこした利根山先生とは一コトも会話を交わしたことがなかった。尾島真一郎は小学校時代に東京都絵画コンクールにクレヨン画を出品して一どだけ都知事賞をもらった経験をもち、「海城学園」に入って一、二年してから、梅中時代の同級生小林劢一の影響をうけて油絵を描いていた僅かな期間はあったものの、スナックをひらいてからはほとんど「美術」とは縁のない生活をしていた。

ただ、「塔」を開業してまもなく、二階に「キッド・アイラック・ホール」と名付けた演劇や舞踏、詩の朗読会もやれば美術展もやるという多目的ホール（当時としては珍しい業種だった）をオープンしてからは、時々催される美術展――たとえば小林劢一の紹介でひらいた「新象作家協会」の展覧会などによって、しだいに尾島真一郎の眼が肥えてきたことはじじつだったろう。直接自分が絵を描くことはなくても、多くの有名無名の画家たちの絵にかこまれて生活するうち、しぜんと尾島真一郎のどこかに、いつか原精一画伯から誉められた独自の「審美眼」というか、尾島真一郎流の「絵の見方」がそだってきたこともたしかだったのである。

　それと、何といっても尾島真一郎の心をみたしたのは、店にやってくる客たちから「絵のわかるマスター」、「芸術を理解する酒場の主人」としてみられる歓びだった。歓びというより、優越感(?)に近かったかもしれない。カウンターで交わされる客との会話も、絵描きの話や絵の話、最近評判になっている展覧会や映画の話、話題になっている小説や芝居の話になることが多く、尾島真一郎はそんなとき、店の売り上げがあがることといじょうに、「この商売をやってよかった」という気分になるのだった。

　今ふりかえると、尾島真一郎があんなに「美術」に自己没入したのは、「美術」だけではない人間の芸術表現すべてに(たとえば音楽とか演劇とかにも)ただひたすら憧れていたからではないかと思う。憧れといっていいか、恋心とでもいっていいか、尾島真一郎は「美術」の世界に、自分の日常にはあたえられていない未知の昂奮を感じていたのではないかと思う。もっというなら、あの頃の尾島真一郎の心を充足させていたのは、「美術」それ自体だったのではなく、「芸術」という正体不明の、摩訶不思議な領域への片想いのようなものだったのではなかろうか。

　つまり、こういうことなのではないかと思うのだ。

尾島真一郎にはいくらスナックが繁盛し、経済的に人生が成功しても、世田谷の一等地に待望の持ち家を建てても、どこかそれだけでは満たされない自分がいたのである。ジュークボックスから流れる流行歌や、酔客の声や談笑の渦のなか、満面の笑顔でシェイカーをふる日常に辟易している自分がいたのである。そして、そんな自分を見失った日々からひそかに脱出する手段が、「芸術」にふれること、すなわち好きな絵を観ることであり、できればその絵を自分のそばに置くことだったのである。

ずっとアトになってからのことだが、尾島真一郎はそんな自分と「絵」との出会いを、「絵の声・画家の声」という小エッセイのなかでこんなふうに書いている。

人はよく絵が「わかる」とか「わからない」とかいうけれど、私にはそれがよくわからない。たしかに私は好きな絵と出会ったとき、正体不明のふしぎな感動におそわれ、思わずその絵を自分のものにしたい衝動にかられたが、だからといってそれが絵が「わかる」ことになるのかどうか自信がなかった。それは瞬間的に「ハッとする」「ドキッとする」といった感情であって、「理解」とか「解釈」とかいったこととは無関係の、ひどく本能的で生理的なものに近かった。あとから、いくらその感動を追いかけてみても、もう二度と味わうことのできない零コンマ何秒かのほんの一瞬の出来ごとなのだった。

だから、多くの先達の評論家先生の本をよんでも「なるほど、この画家はそういう画家だったのか」「この絵はそういう絵だったのか」「そういう歴史的背景をもっていたのか」という知識を得ることはできたが、自分がなぜその絵をみてハッとしたのかという回答にはならなかった。これは(多少誇張していえば)、画家の声、絵の声が自分にむかってよびかけてきたのであり、その画家の言葉、絵の言葉をきいたのは広い世界で自分だけしかいないのだった。私はそれでいいのではないかと思った。零コンマ何秒かの感動でじゅうぶんだ。いろんな知識や学問なんかぬきにして、絵が自分にむかって語りかけてくる言葉をすなおにきくことこそが、絵を鑑賞することでありコレクションすることではないのか。

# 六

そんな絵好きの病膏肓が高じ、ついに尾島真一郎が明大前店以外のスナック「塔」のチェーン店四つを閉じ(「明大前店」だけは妻の紀子にまかせて継続した)、銀座八丁目の日航ホテルの前にあったKビルの四階を借り、「キッド・アイラック・コレクション・ギャルリィ」と名付けた小さな画廊を開業したのは昭和四十七年二月のことである。たまたま「塔」の二階の「キッド・アイラック・ホール」を手伝ってくれていたA嬢の父上の紹介で借りることができた二間四方の小部屋をギャラリーに改造、それまでコレクションしていた何点かの小品を飾ってのスタートだった。なぜスナックの経営者から画廊主に転身したのかといえば、画廊を経営すればもっと好きな絵と出会う機会がふえるだろうし、いい絵が手に入る近道になるだろうという単純な動機からだった。

しかし、そんな甘い考えで「画廊」がやってゆけるわけはない。

当り前のことだが、「画廊」は絵を売ってナンボの商売。自分の好きな絵を壁に飾って客を待っているだけでは収入にはならない。これといった人気画家に作品を描いてもらおうにも、ついこのあいだまで一介のスナックのマスターだった男には何のツテもない。ましてすでに故人となった著名画家の作品を手に入れるのは至難で、しかもそういった作品を買ってくれる顧客をさがすのはもっと大変だ。いくら銀座八丁目の表通りにめんしたビルであっても、外に出した小さな看板をみて四階まで上ってくる客などめったにいないのだ。これじゃあ、まったく商売にならないし、家賃も払えない。

ただ、そうした甚だ心細い船出であっても、尾島真一郎にはなぜか「画廊経営」に自信があったのがふしぎだった。それは約十年近いスナック商売で身につけたある種の人間接触術というか渡世術というか、どんな異業種の人に対しても物おじせずに近づいてゆける尾島真一郎独流の人付き合いへの自信のようなものだったかもしれない。たしかに自分は画商という職業の世界では新参者かもしれないが、そこに「美術品」や「絵」が介在しているいじょう、尾島真一郎はそうした分野への関心や情熱のようなものにはだれにも負けない確信があるのだった。

そして、そんな何の根拠もない確信と自信が、「キッド・アイラック・コレクション・ギャルリィ」を開業してほんの一、二ヶ月したあたりから、徐々に成果をあげてきたのだ。

ほとんど客のこない四畳半ほどの画廊にいても仕方ないので、日中の大半は近所の画廊（銀座八丁目界隈は画廊が多い地域だった）めぐりに費やした。そのうち、だんだん尾島真一郎の顔が知られるにつれ、その新参画廊を応援しようという同業者が現われはじめた。なかには尾島真一郎が持っている絵に関心を示すような客を紹介してくれる人の好い画商もいた。もちろんそうした場合は、売買で得た利益の何十パーセントかを仲介者に払わなければならなかったのだが、それでも尾島真一郎のような新米画商には有難い援軍だった。とくにKビルの裏通りにあった「ギャラリー・トクセイ」の主人Kさんや、真向いのSやFといった老舗画廊の番頭さんたちとはたちまち仲良くなり、近所のソバ屋や洋食屋で食べるランチのあいだ、二人から絵の入手先や顧客の情報を色々と教えてもらったりした。二、三ヶ月もすぎると、そのあたりの画廊では「今度Kビルで開業したオジマという男は面白いぞ」といった評判がたつようになり、根っからの絵好きな画廊の番頭たちが、商売ぬきで「キッド・アイラック・コレクション・ギャルリィ」にやってきて、熱っぽく画家の話や絵の話をして帰ってゆくようになったのである。

それから約三年、画廊は銀座から信濃町、渋谷明治通り、同区センター街の交番前へと転じたが、経営はまあまあ順調だったといってよかった。初めて売れた絵は、依田郁子の「けしの花」、小野州一の「カンヌ風景」しめて三十万円也で、人伝てにきいて訪ねた杉並区の製薬会社の社長さんが買ってくれたもので、社長さんは画廊が信濃町や渋谷にうつってからも何点かの作品を買ってくださった。また、相模原市に住む司法書士のSさんも私の画廊の上客になってくれて、他画廊から預かっていたピカソの版画を気に入ってぽんと五百万円で買ってくれた。それまでビール一本いくら、サラダ一皿いくらの日ゼニ商売をしていた尾島真一郎にとっては、目がとび出そうな高額な取り引きだったので、Sさんが五百万円の札束を置いていった日には、翌朝銀行があくまで尾島真一郎はまんじりともしない夜をおくった。めったに売れないが、いったん売れると絵とは儲かるものだと思った。

東京だけではなく、地方にも親しい画商仲間が何人もできた。知り合いの画廊から借りてきた絵をワゴン車の後ろに積み、岩手県盛岡や宮城県仙台、遠くは北海道帯広のデパートにまで駆け合って即売展をひらいたのだが、その土地土地の画廊さんとも交流ができて、なかには「キッド・アイラック・コレクション・ギャルリィ」の名を知っている人もいたりして、尾島真一郎の画商界での人脈は急速に広がっていった。

何どめかに盛岡で展覧会をひらいたとき、地元で有名なD画廊を営むUさんから
「あなたはいつまでも即売展なんかやっている人じゃないな。本当はだれの展覧会をやりたいの？」

といわれたので
「松本竣介です」

尾島真一郎はそくざに答えた。

いつか観た松本竣介の「画家の像」や「運河風景」や「議事堂のある風景」を忘れられずにいたからだった。竣介は東京生まれだったが、幼い頃は盛岡の隣の花巻ですごし、終戦直後に気管支喘息で三十六歳で亡くなった画家だった。Uさんにきくと、尾島真一郎の記憶にきざまれた竣介の名品「議事堂のある風景」は、現在盛岡在住の大学教授Kさんが所蔵されているという。地元では顔のきくベテラン画商のUさんに、もし自分の画廊で「松本俊介展」をひらいたらその絵を貸してもらえるだろうかと相談してみると、「何とか頼んでみましょう」とUさんは約束してくれた。Uさ

んの協力を取りつけた段階で、尾島真一郎が長いあいだ心のなかで温めていた「松本竣介展」は、もう半分実現したようなものだった。

Uさんの熱心な交渉によって、K教授から「議事堂のある風景」を借用することができ、渋谷明治通りの画廊で待望の「未発表作品をふくむ—松本竣介展」を開催したのが昭和四十九年十一月末、やはりUさんの紹介で竣介と盛岡中学（現・盛岡第一高等学校）で同級だった彫刻家の舟越保武先生や、竣介研究の第一人者だった美術評論家の朝日晃先生、また竣介夫人である松本禎子さんからも多くの作品を借りることができた。展覧会は初日当日の朝日新聞や毎日新聞の文化欄に大きく取り上げられ、尾島真一郎は意気揚々と新聞記者たちのインタビューに応じた。

それをきっかけとして、翌昭和五十年から五十二、三年にかけて「華麗なる静謐—古茂田《こもだ》守介珠玉展」「村山槐多未発表デッサン展」「靉光未発表デッサン展」「処女作より絶筆まで—野田英夫展」……夢のような展覧会が次々と実現されたのだから、尾島真一郎にとって盛岡D画廊のUさんと、戦時下に同じ盛岡で育った難聴画家松本竣介（竣介は幼い頃から耳が不自由だった）の存在は、スナックのマスター尾島真一郎の本格的な画廊経営への転身を後押しした大恩人といえただろう。「松本竣介展」だけでなく、他の夭折画家たちの展覧会もあちこちから作品を借りあつめてきた売りモノ無しの非売品展だったから、経済的には赤字つづきだったが、何にもまして画廊を訪れる有名画家や評論家の人たちに開催の労をたたえられるのが尾島真一郎の励みになった。何だか、自分までがいっぱしの芸術家、美術評論家の仲間入りをしたような気持ちになって心がおどった。

それと、その頃から尾島真一郎のもとには、「夭折画家について書いてくれ」とか、「コレクションの体験談を書いてくれ」とかいった原稿依頼がくるようになっていた。尾島真一郎は展覧会のたびに新潮社から出ている美術雑誌「芸術新潮」に小さな広告を載せていたのだが、そこに毎回添える尾島真一郎の短い文章が編集者の眼にとまったらしかった。専門的な知識は何も持っていなくても、尾島真一郎はスナック時代から、ちょっとしたキャッチコピーや宣伝文句を考えるのが得意だったので、そんな才能が美術界に入ってからも役に立ったのだと思う。

何の文章だったか、「芸術新潮」に初めて原稿用紙十枚ほどのエッセイを書かせてもらったとき、夭折画家や異端画家のコレクターとしてつとに知られ、その頃「芸術新潮」に人気エッセイ「気まぐれ美術館」を連載中だった「現代画廊」の主人洲之内徹氏から、わざわざ「いい文章でした」というお誉めの電話をもらったときには、尾島真一郎は文字通り天にものぼる心地だった。

# 道化と風船

## 一

今ふりかえると、昭和四十七年に銀座八丁目に「キッド・アイラック・コレクション・ギャルリィ」という小画廊を開業してからの十数年間は、尾島真一郎の人生にとってもっとも忙しく、もっとも充実した年月だったといってよかったろう。

何年か前になるが、北海道小樽の小樽市文学館で「尾島真一郎展」がひらかれたとき、文学館が簡単な年譜を編んだカタログを発行してくれたのだが、それを読んでみても、この四、五年のあいだの尾島真一郎の仕事は、尋常では考えられないほどの飛躍をしめしていた。画廊も銀座、信濃町、渋谷へとめまぐるしく移転、前述したような希少価値のある画家の展覧会をひっきりなしに開催するいっぽう、「デフォルマシオン」という年四回刊行の小冊子を創刊し、それに合わせて明大前の「キッド・アイラック・ホール」に著名な画家や評論家たちを招いて連続セミナーをひらいた。講師として招かれたのは洋画家難波田《なんばた》龍起《たつおき》氏、井上長三郎氏、寺田竹雄氏、寺田政明氏、詩人長谷川龍生氏、松永伍一氏、作家中野孝次氏、美術評論家朝日晃氏、中原佑介氏、針生一郎氏、ヨシダ・

ヨシエ氏……キラ星のごとき論客が顔をそろえ、その活動はたびたび「美術手帖」や「芸術新潮」などの誌面を飾った。

それだけではない。そのあいだに尾島真一郎は村山槐多や関根正二、松本竣介や靉光の遺作をもとめて全国東へ西へと飛び回り、画商仲間からきいた所蔵家や画家の血縁者のもとを訪問、着々とコレクションを充実させていった。いくら当時の槐多や正二の絵の値段が今より安価だったといっても、目ぼしい秀作を収集するにはカネがかかったが、そこには尾島真一郎独流のコレクション術があった。いわゆる「トカゲの尻ッポ切り」収集法とでもいったらいいか、たとえば所蔵家から二点の作品を譲りうけたら、そのうち自分の気に入った絵をのこしてもう一点のほうを手放す（売却する）。手放した絵の売価によっては、のこされた好きな作品のほうがタダ同然になっちゃうなんて場合もあった。あくどいといえばあくどかったが、あくまでもコレクション道（?）というものは、先にお目当ての作品を手に入れた者のほうが勝ちときまっているのだから仕方ない。ぎゃくに、作品の買い取りに手間取っているうちに、他の画商にちゃっかり横取りされてしまい、けっきょくその画商から絵を買うはめになったこともあった。とにかく、尾島真一郎のコレクションは、そんなふうにしてしだいに質量ともに充実していったのだ。

そうしたなかで、とくに収集に苦労した画家といえば野田英夫だったろう。

野田英夫（米名ベンジャミン・ノダ）は、一九〇八年米国加州サンタクララに移民の子として生まれ、三歳のとき帰日して熊本中学校を卒業後、再び加州サンノゼで果樹園を営む両親のもとに帰り、サンフランシスコ美術院で学んだあと、国吉康雄や石垣栄太郎ら当時米画壇で活躍していた日本人画家とともにニューヨークを中心に活動し、ウッドストックで知り合い結婚した白人女性ルース・ケルッ夫人といっしょに十数年ぶりに祖国の土をふむのだが、信州野尻湖畔に滞在中脳腫瘍を発症して、一九三九年一月三十歳五ヶ月で死んだ画家だった。尾島真一郎はまだスナックを経営していた頃、一どだけ友人を頼って渡米した経験があったが（一時はニューヨークに進出して「ヤキトリ屋」をひらく夢をもっていたが頓挫した）、東京国立近代美術館で野田英夫の代表作「帰路」を観て一目惚れ、何とその後十数年にわたって計四十数回も渡米をくりかえし、サンフランシスコ、ロスアンジルス、シアトル、ニューヨークへと、野田英夫の足跡を追って彷徨《さまよ》いあるくのだ。そして、ついに一九八七年七月、すなわち昭和六十二年四十五歳のときに（その頃すでに信州上田につくった「信濃デッサン館」は開館八年めに入っていた）、一時野田英夫が画友ジャック山崎や鈴木盛たちと住んでいたニューヨーク州北西部ウッドストック・マーベリック通りのアトリエを改造し、「ノダ・メモリアル・ミュージアム」という二つめの美術館まで開館してしまうのである。

銀座八丁目での画廊開業、数多くの早世画家や異色画家の遺作展開催、全国の所蔵家をめぐる作品収集、野田英夫を訪ね四十数回の渡米、「信濃デッサン館」の建設、米国ウッドストック「ノダ・メモリアル・ミュージアム」の開館——。

ことわっておくが、これらはすべて尾島真一郎が銀座に画廊をオープンした昭和四十七年からの十五年余のうちにおこった出来事である。野田英夫追跡とかぎらず、この十数年の画廊経営時代、尾島真一郎を駆り立てた狂気のような「収集熱」「画家愛」はいったいどこからきたものなのだろうか。

## 二

尾島真一郎自身、なぜ自分はこうまでして早世した画家たちを追い、かれらの遺作あつめにうちこむのか、よくわからなかった。

ただ一つ言えるのは、それは早く世を去った画家が不憫だったとか、その画家の絵に後世に伝えるべき才能が秘められていることがわかったとか、いわゆる「芸術作品」に対する評価や理解から生まれたものではないことはたしかだった。かれらの才能を伝えるだけだったら、絵を仕入れて客にすすめるだけでじゅうぶんだったろうし、経済的に苦労し家族を犠牲にしてまで（東京では紀子が一人で「塔」明大前店を切り盛りしていた）、見知らぬ土地に美術館を建設したり、何どもアメリカまで出かけたりしなくたって他に方法はあったろう。しかし、それだけでは収まりきれない何かが尾島真一郎にはあるのだった。それが何であるかが、尾島真一郎自身にもわからないのである。

こうした分析が当っているかどうかはべつとして、後年親交のあった作家の中野孝次氏が、昭和五十七年に出版した『人生を闘う顔』（新潮社刊）という本のなかで、「尾島真一郎――信濃デッサン館をつくった男」という文章を書いていて、尾島真一郎はそれを読んであらためて、自分の人生が他人の眼にも甚だ理解しがたい、どこか頼りない、まるでフラつきながら闇空を飛んでいる飛行機のような人生であることを自覚したものだった。

中野氏はその文章のなかで、「尾島真一郎」なる人間についてこう書いているのである。尾島真一郎にとっては光栄な、あの名著『ブリューゲルへの旅』やベストセラー『清貧の思想』、『ハラスのいた日々』等で知られる中野孝次氏が自分について書いてくれた貴重な文章なので、少し長いけれども主要部分を紹介しておくと――。

彼がまずやったのは、自分が心から尊敬する夭折画家たちの未亡人や遺族を訪ね、徹底的に画家の痕跡を掘りおこす作業である。右も左もわからぬ世界を素手で掘ってゆくにひとしいが、ともかく徒労を覚悟で当ってゆくしか手だてがなかった。事実そのようにして彼は、美術史家や画商の手のとどかなかった分野を独力で少しずつ開拓していったのである。ひとの心をとらえ信頼させる何かと才覚がなければ叶わぬことだが、そこにはともかく自分の手で、埋もれていた絵やデッサンを発見するよろこびがあった。その間むろん、ギルドを形成している画商や、官公立美術館のえらい先生方から、小生意気な小僧扱いされる屈辱があったろうことは想像にかたくない。が、それが人当りはいいが芯の強い人間に彼を仕立てていったことは間違いない。低い声で物柔かに話す尾島には、野性と優しさとのいりまじったところがあり、表面はいかにもおだやかだが、その目がキラッと一瞬実にきびしい光を放つときがある。それは思い上りや欺瞞を鋭く刺すように作用する。人の心の真偽を見わけるこの鋭さは、おそらく何百何千人の人びとを訪ね歩いた、その探索行の中で身についたものであろう。

銀座、信濃町をへて渋谷に画廊をつくった。「キッド・アイラック画廊」と名付けた。わたしがK新聞の○君に紹介されて、初めて彼と出会ったのはここである。小さな画廊であった。壁には村山槐多のデッサンが展示されていた。三人で食事をしながら彼はへりくだった丁重な物言いで、しかし言うことの内容ははげしく、官費で旅行して思い上った態度をとる美術研究者や、絵を商品として売買するだけの画商について批判した。自分は本当に尊敬できる画家たちばかりを集めてゆきたい、とも言っていた。

（略）

だが、なぜ尾島は画商になっての十年間、憑かれたようにひたすら戦前の夭折画家のあとばかり追いつづけたのか。槐多、英夫、竣介、靉光、正二、富永太郎、小熊秀雄――彼が追い求めた画家や詩人に共通するのは、どれも生きた時間は短いが妥協せずに生命を燃焼しつくしてたおれていったような芸術家たちばかりである。わたしは尾島を知った最初のうちはその彼を促す衝動が何であるのか、本当のところはわからなかった。わからぬままともかくかれらを語る尾島の口調になにかキラキラ光るものがあるのを感じ、それが彼自身の自己発見の道に重なっているらしいとぼんやり想像していただけだった。そのうち、彼を通じて、槐多、竣介、靉光、小熊秀雄がわたしの身近な存在になりだし、その過程でようやく尾島をとらえている衝動がいくらかわかって来たというのが事実である。

彼は、「おのれの冗漫な日々に耐えきれなかった。その空っぽな青春を戦前の夭折画家の青春がピッタリの寸法で埋めてくれることを発見した」、と言う。

いささかキザっぽい言い方だが、嘘を言っているわけではない。彼の本能が憧れ求めひかれつづけているのは、かれらのそのはげしく燃焼する生命にたいしてなのである。彼が槐多展のパンフレットに書いた言葉をかりれば、「火だるま槐多、おまえの炎の軌跡をみつめたい」、という気持なのだ。

こんなふうに、作家中野孝次氏の眼が捉えた「尾島真一郎像」が語られているのである。

当の尾島真一郎はこの文章を読んだとき、正直、自分でも気付かなかった自身の姿というか、今まではっきりつかめなかった自分の実像が眼前にぼんやりと浮かび上ってきた気がした。中野氏の前で「おのれの冗漫な日々に耐えきれなかった」なんてカッコイイ台詞を言った記憶はなかったが、「空っぽな青春を夭折画家が埋めてくれた」のはたしかなことだった。欲しかった絵、求めていた画家の作品を射とめたときの歓び、それはまさしく日頃抱いている尾島真一郎のコンプレックスや孤独を吹きとばすほどの歓びだった。手に入れるのに苦労した絵であればあるほど、その歓びは大きかった。好きな絵を持つことで、あたかも尾島真一郎自身がその画家になったような気分、画家がその絵を描くために費やした人生の時間を自分もまた生きた気がしたのである。

だが、中野孝次氏の「尾島真一郎像」には少し買いかぶったところもあった。

たしかに尾島真一郎には、「ひとの心をとらえ信頼させる才覚」、あるいは「人の心の真偽を見わける目の鋭さ」に近いものがあったのかもしれなかったが、それはスナック時代に身についたある種の渡世術のようなものにすぎなかったろう。「この客にはこういう態度で接すれば喜んでもらえる」、「こういう言葉を使えばこの客の機嫌は良くなる」といったいわゆる瞬発的な商才といっていいものが、尾島真一郎にはそなわっていた。それは少なくとも芸術の世界に生きる人間がもつ美意識とか美的感覚とかとはべつの、そこらへんにいるちょっと気の利いたバーのママやマスターがもつ「客扱い」の才覚みたいなものだったといったほうがよいかもしれない。

尾島真一郎が一つだけ自慢できるとしたら、中野氏が書いている「そのうち彼を通じて、槐多、竣介、靉光、小熊秀雄がわたしの身近な存在になりだし」という部分である。これは本当のことで、じっさい中野氏は尾島真一郎の影響をうけて、そうした早世した一群の画家や詩人たちに関心を抱きはじめたようである。

あれはたしか、中野氏が一九七九年に平林たい子賞を受賞した『麦熟るる日に』という小説集の表紙だったと思うが、ある日中野氏から電話が掛かってきて、「今度のぼくの本の表紙に似合う画家の絵はないかな」というので、尾島真一郎は迷わず松本竣介の「Y市の橋」を推せん、中野氏は早速出版元の河出書房新社に連絡して、『麦熟るる日に』の表紙カバーに竣介の「Y市の橋」が採用されたということがあった、北関東の大工の子に生まれた氏が、戦前戦後をつうじてどう生きたかという半自叙伝的な小説『麦熟るる日に』には、いかにも竣介が描いた暮れなずむ運河にかかる鉄橋の上にぽつんと（竣介自身と思われる）一人の点景人物が配された静謐にみちた画面がぴったりと思ったからだったが、中野氏はそれをきっかけにぞっこん松本竣介に入れこんでいったようで、何年かするとＮＨＫＴＶの「日曜美術館」という番組に出演して竣介論を語るほどの、文壇きっての竣介通の作家になっていた。

この小説に入っていた三部作のうちの「麦熟るる日に」の他の作品は、その年の芥川賞候補ともなり、「麦熟るる日に」は結果的には最も中野文学にふさわしいと思われる平林たい子賞を受賞したのだが、その一端を新米画商の尾島真一郎が担ったのかと思うと、少しばかり鼻が高かった。

三

さて、ここでもう一ど、尾島真一郎がこれほどまでに早世画家の絵に血道をあげた理由について考えてみたいのだが、尾島真一郎は時々、自分にとって追いかけるものはかならずしも早世画家ではなくてもよかったのではないか、もっというなら、画家や画家の作品でなくてもよかったのではないかと考えることがあった。

それくらい尾島真一郎には「信念」といえるものがなかったのだから。

くりかえすが、スナックのマスター時代の尾島真一郎がもとめたのはカネでありモノであった。家を建てたい、自動車を持ちたい、少しでも人より良い暮しがしたい、頭のなかにあったのはそんな貧乏脱出への悲願であった。その当時の尾島真一郎は、ただただ「貧乏はイヤだ」「金持ちになりたい」の一心で、朝早くから夜更けまで働いていたのだった。それが、なぜ「世間でまだ認められていない画家たちの絵をあつめたい」という志向に変わったのか。なぜ「絵」でなければならなかったのか。自分のことながら、そのところがまだ一つわからないのだった。

先述した小樽文学館でひらかれた「尾島真一郎」展のカタログの冒頭に、尾島真一郎は「道化と風船」と題したこんな文章を書いたのをおぼえている。

私は小学生の頃「道化」というアダ名だった。人前でおどけたり、奇抜なことをしゃべったり、人を笑わせるのが得意な子だった。どんなに真面目な話をしても、体験談を語っても、しゃべり方が「まるで役者の台詞《セリフ》のようだ」とみんなに笑われた。

私は七十六歳の今日まで、ずっと「道化」のまま生きてきた気がする。それはたぶん、人よりいくらか複雑なところがないではない生いたちや、貧しかった食糧難時代の養父母との暮しや、物心ついた頃から自分をとりかこんでいた「戦後」の空気のようなものと無関係ではないと思っている。戦後の日本人のだれもがそうであったのと同じように、私もまた、自分以外の自分になるための国民総参加のレースを走り出した一人だった。とにかく私は、いつも自分を偽わり、自分をかくし、自分を少しでも大きく立派にみせようと腐心してきたのである。

若い頃つくった演劇人の橋頭堡「キッド・アイラック・ホール」もそんななかから生まれた仕事だったし、今年で開館三十九年めになる信州の美術館「信濃デッサン館」も、二十年前に開館した戦没画学生の絵をあつめた「無言館」もそうだった。こんなふうに、拙《まず》い文章で原稿紙を埋める作業もそうだったかもしれない。精一杯ふくらませた風船を、私は息をきらせて追いかけてきた。（後略）

これに似た文章を、尾島真一郎は「信濃デッサン館」が開館十五周年記念のときに出した『所蔵作品集』のなかにも書いたことがあった。

だいたい私にとっての絵画蒐集とは何であったか、ふりかえってみるに定かな答えはない。

ただ、太平洋戦争突入直前の動乱期に生まれ、親の庇護のもとに戦火をくぐりぬけた第一期団塊世代の私には、戦後の高度経済成長期の恩恵によって家もち小金持ちの微財はあたえられはしたものの、他者にむかってこれが自分だといいきれる人間としての主体精神というものがなかった。一億総参加の物欲レースに疲れはて、気づいたときには身も心も空っぽだった。そんな何一つ誇れるものないバブル男の人生に、仄かに「再生」の灯をともしてくれたのが、この画家たちの凝縮し燃焼しつくした生の輝きであったといえるのではなかろうか。

ここにも、尾島真一郎得意の「一億総参加」というフレーズが出てくる。「道化と風船」のなかでは「国民総参加のレース」だったが、『信濃デッサン館所蔵作品集』のほうでは「一億総参加の物欲レース」となっている。

要するに、自分が無我夢中で働いていた昭和三十年代後半から四十年代半ば頃にかけての日本の姿は、国民という国民が物カネめがけて一斉に突きすすんだ競争社会のはじまりであり、尾島真一郎もその戦列に並んでいた戦後日本人の典型の一人だったと言っているのである。そして、そういう時代に生まれ金稼ぎ物稼ぎに没頭して生きた尾島真一郎は、いつのまにか「本当の自分」を見失い、一つとして「これが自分だ」と言い切れるもののない空っぽな人間になってしまったと言っているのである。

加えて「道化と風船」では、尾島真一郎に生まれながらにそなわっていた「虚構」への親和性についても書かれている。親和性という表現が適当かどうかわからぬが、いってみればそれは、「事実」よりも「虚」のほうに惹かれる性質《たち》といっていいものだったろう。子どもの頃から「道化のようだ」と囃《はや》されて育った尾島真一郎。むしろそっちのほうが「本当の自分」であるとさえ考えていた尾島真一郎。それはどこか、昭和三十九年の「東京オリンピック」招聘を一頂点として、一斉に「虚構社会」の構築へと突っ走りはじめた日本という国の歩みと軌を一にする。つまり、日本の「経済繁栄」という虚構に歩調を合わせて道化の道をあるいた尾島真一郎の、そんな戦後体験のなかにこそ、尾島真一郎が人生最大の関心を「絵」に見出そうとした要因があるのではないかと思われるのだ。

そう、生まれながらの「道化」だった尾島真一郎は、自らにそなわる「嘘」の不可欠な舞台衣装か小道具の一つとして「絵」をえらんだのではないだろうか。そして人生が終りかけに入った今になっても、尾島真一郎は自分でふくらませた「嘘」の風船を懸命に追いかけている人間なのではあるまいか。

## 四

おかしなことを言い出すようだが、最近尾島真一郎は、自分の絵のコレクションは自分がどう生きたか、生きたいと願っていたかというアリバイづくりの行為だったのではないかと思うことがある。

うわべだけみれば、尾島真一郎は戦後の経済成長期の波にのって一稼ぎした成功者のようだが、それだけが自分の姿ではないのだという証拠品が、収集した村山槐多であり関根正二であり、野田英夫であり松本竣介であり靉光だったのではないかと思う。村山槐多のあのガランス（深紅色）一色に染まった「花」や、関根正二の鋭い眼差しの「自画像」や、野田英夫や松本竣介や靉光の、あの孤独と静寂につつまれた「建物」や「運河」や「薔薇」に惹かれ、それらの作品にスナックの売り上げを惜しげもなく費やしたコレクションという行為は、じつは自分があの経済競争に無抵抗にのみこまれていたわけではないという唯一の証《あかし》なのであり、いってみれば「尾島コレクション」は、もう一人の隠された自分の存在をしめす痕跡でもあるのだった。

　そしてそれらは同時に、尾島真一郎の絵さがしが、ひるがえって「自分さがし」（あまり好きではない言葉だけれど）でもあったことをしめしている。

　三十歳をすぎたあたりから、尾島真一郎はいっそう「自分とは何者か」という疑念に苦しみはじめていた。養父母である尾島茂やはつの尾島真一郎にそそぐ愛情にはどれだけ感謝しても足りないくらいだったが、折にふれてこの世のどこかにいるにちがいない生父母への思いがつのった。すでに血液型で茂やはつが実の親でないことははっきりしている。ではいったい自分はいつどこで、だれの子として生まれた人間なのか、とにかくそれが知りたかった。スナックが成功して画廊経営にに転じ、いくらか生活が安定してくると、よけい自分の出自が気になるのだった。このまま本当の親と出会うことなく一生を終えるなんて、想像しただけでも恐ろしかった。真実を知っている（はちがいない）茂やはつは、口を閉ざしたままだったし、こうなったら自分自身でその真実をたぐり寄せるしかないといった気持ちが、ふつふつと尾島真一郎の心に湧き上っていた。

　当時の心境が『父への手紙』に綴られている。

私にしてみたら、自分の胸の底にきざまれた山や川や海のすべてが、いわば名前をもたない身元不明の海や川なのだった。それらは、自分のことがわかっていなければ金輪際こたえられるはずのないシロモノだった。自分があってこそ、それらもあったのだ。山、川、海だけでなく、人もそうだったし、物も、生き物も、この地上におけるすべてのものがそうだった。おまえのふるさとはどこか、おまえのそだった川は何川か、山は何山かと問われても、「親なし子」「故郷なし子」にはこたえるすべがなかった。「実体」のないからっぽな自分を、私は必死で「実体」のあるがのごとき自分につくりあげ、それがうまれながらの自分がもっている真実の姿であるといいはることに熱中していった。すなわち、心のなかにひそむ山河自然、人間についての何を語るにしても、私はそこへたくさんの虚偽をまぶしてしか言葉にすることのできない子になっていったのである。

ことによると、こうした「親なし子」「故郷なし子」といった境遇も、尾島真一郎の「絵あつめ」にいくらか影響をあたえていたのかもしれなかった。どこで生まれたのかもわからぬ、だれが父や母かもわからぬ境涯に生まれた尾島真一郎には、人一倍名も無い画家、まだ世の中から認知されていない画家に寄せる独特の感情があった。画家が病や事故や戦争で早死にしていれば尚更なのだった。自分の手でそういった画家たちの仕事を世間に知らせたい、画家たちを自分と同じような「身元不明者」にはしたくないという欲求がつよかったのである。

幸い、画商に転身してからは全国あちこちに出張することが多くなり、スナック時代にくらべれば何倍も、生父母の消息を調べるための時間ができたのがありがたかった。尾島真一郎はある大阪在住のコレクターを訪ねた帰りに、養母のはつが浪曲の旅回り一座に所属していた頃世話になっていた女流浪曲師の芙蓉軒麗花さんの家を鴻池新田に訪ね、売れっ子浪曲師だったはつ（芸名日吉川初子）が舞台大工をしていた茂と結婚して一座をやめたあと、幼い尾島真一郎の手をひいて連れてきた日のことをきく。静岡で即売展をひらいたときには、茂の出身地である神奈川県秦野市に立ち寄り、茂が丹沢山麓のいわゆる炭焼き業の家の長男で、地元の尋常小学校を出たあと諸地を転々、その後大阪に出て芙蓉軒一座に入って一時は本格的に浪曲師をめざしていたことなどを知る。戦時中一家で疎開していた宮城県石巻市の「鶴岡洋服店」の主人鶴岡由松さんと会い、まだ二歳になったばかりの尾島真一郎を母親から預かって、以前から子をほしがっていた尾島茂、はつ夫婦のもとに手渡した明治大学法学部に通う学生山下義正さん、妻の静香さんのことをきき出せたのも、石巻に近い塩釜市内に村山槐多や関根正二のコレクターとして有名だったTさんという病院長がいたからだった。何のことはない、尾島真一郎の「絵さがし」は、いつのまにか「親さがし」という側面をおびる旅になりつつあったのである。

いずれにしても、尾島真一郎はそうやって画廊経営、夭折画家のコレクションに励みながら、しだいに本命である生父の作家Mのもとに近づいてゆく。

# かえりみて

## 一

M・R君へ

初めてお便りをしてから、まだそんなに月日が経っていないような、イヤもう何年もの月日がながれたような、どっちともいえない気分でペンを執っています。正確にいうなら、M・R君に自分の半生の報告をするというこの手紙を書いているあいだ、ことによると私の頭のなかの時計は止まったままだったのではないか、そんな気分におそわれているといっていいでしょうか。

じつは最初にお便りを差し上げたとき、もうアト何日かで退院できると申しあげたのですが、あれから再び病状が一進一退、けっきょく今や私のホームグラウンドとでもいうべき東京慈恵会医大附属病院（他に心臓病とガン、皮膚病の治療をここで受けています）の循環器内科病棟に約一ヶ月間入院、ついこのあいだようやく上田のマンションに帰ってきたばかりといった按配なのです。病院のベッドに繋がれているうちに、すっかり信州の空の色、樹々の色は変わり、マンションの軒先にここ数年やってくるツバメの巣づくりの声がうるさくきこえています。

最初の手紙でもさんざん己の老化を嘆いた覚えがありますが、上田と東京で約二ヶ月半を費やした入院生活の影響は大きく、とりわけ足腰の衰えが甚だしい。ついせんだってまで、歩いてほんの四、五分で着いた上田駅に出張のキップを買いにゆくのに、今ではヨッコラショと自動車を運転して出かけるという始末です。人間、歳には勝てないとは若い頃からきかされた言葉ですが、アト何年かで八十路に入らんとする私は、もはや押しも押されもせぬ後期老齢者の仲間入りをしたといってもいいのでしょう。

昭和十六年の真珠湾攻撃の約三週間前に生まれた男が、いよいよ「八十坂」に差しかかる本格的老人となった今、やはり考えるのは「これで自分の人生は良かったのか」、「これで自分は満足して死んでゆけるのか」といった自らへの問いかけ以外にないといえるかもしれません。いくら貯金通帳の額がふえたって、土地財産を貯めこんだって、そんなものが人生の「成果」にカウントされないことは、この歳になりゃだれだってわかる。自分自身で命名した坂なので、ちょっぴり滑稽な感をぬぐえないのですが、文字通り私は今、「無言館」第二展示館の前から下の市道へとつづく「自問坂」をあるきだした老人であるともいえるのです。

正直いって、わが八十年の人生は、世間の人より多少コト、、の多い人生だったと申せましょう。戦時下の混乱期における二歳九日での生父母との離別、子のない靴修理職人夫婦にひきとられた貧窮の幼少時代、空襲と疎開、高校卒業後の二十数種にのぼる転職につぐ転職、高度経済成長下での水商売の成功、小劇場「キッド・アイラック・ホール」の開設、画廊経営への転身、夭折画家の作品をもとめる全国行脚、直木賞作家の生父との再会、信州上田「信濃デッサン館」の建設、隣接地での戦没画学生慰霊美術館「無言館」の開館……こんな慌ただしい「戦後」を送った人間もそう多くは居りますまい。というより、こんなまるで木の葉が急流にのまれるような、行き先定まらぬ人生をあるいた男もそう多くは居りますまい。

そして、最近つくづく思うのは、やはりこうした私の落ち着きのない人生を支配していたのは、「昭和」という時代だったのではないかということです。

よく「子は親を選べない」などといわれますが、同じ道理でいえば「人は生まれてくる時代を選べない」ともいえるでしょう。太平洋戦争開戦の昭和十六年に生まれ、昭和二十年八月の敗戦、その後の経済成長時代を生き泳ぎ、何とか現在の衣食足りる生活を築くにいたった私の「サクセス・ストーリー」は、おそらく「昭和」という時代がなかったら生まれなかったものかもしれません。私の脳裡には、あっちの岸にぶつかりこっちの岩にぶつかり、時には岸辺のツタにひっかかって身動きがとれなくなり、何かの拍子にふたたび川の流れに押し出されたりしながら、ようやく「昭和」という時代の河口に辿りついた一本の流木の姿がみえるようなのです。

二

かえりみると、私の青春をすっぽりのみこんだ「昭和」という時代は、数々の歴史的、社会的事件、事故、災害、動乱等々に見舞われた時代でもありました。

たとえば、私がまだ有楽町のニッポン放送八階にあったN製版の印刷部で働いていた一九六三年、すなわち昭和三十八年秋末には、人類初の衛星放送が実現、わが国でも初めての宇宙中継がオンタイムで流れるという一大慶事がありましたが、同じ日にジョン・F・ケネディ米国大統領がダラスで暗殺されるという事件が起こり、記念すべき一番最初の衛星テレビの画面では、その大統領銃撃の場面が繰り返し報じられるという巡り合わせになりました。N製版の夜勤からの帰り、有楽町駅のホームに立っていましたら、当時有楽町駅の真ん前にあった毎日新聞社の電光ニュース（今でいう電光掲示板）に、「ケネディ米国大統領暗殺される」という大文字が何ども流れていたのをはっきりと思い出します。

それから何と言っても強烈に頭に焼き付いているのは、昭和四十五年十一月二十五日に作家の三島由紀夫が、「楯の会」会員四名とともに自衛隊東部方面総監室に乱入、総監を人質にとって自衛隊員一千余名をあつめて演説、その後総監室で割腹自殺をとげたという衝撃的な事件です。あの頃私はすでに明大前の「塔」が軌道にのり、都内および近郊に四店舗ものチェーン店を出すまでになっていたのですが、さすがにあの事件には昂奮してロクに仕事が手につかない状況でした。何しろあの頃、「塔」には中央公論社の校閲部長西紋士郎さん、バタイユ研究家の出口裕弘さんはじめ多くの出版関係者、売り出し中の新進作家などもたくさんきていて、しょっちゅう三島由紀夫や小林秀雄の話で盛り上っていましたから、事件当夜は何人もの常連客が三島由紀夫の生首の転がった新聞記事や号外を持ち寄って、血走った眼で「ミシマの死は是か非か」を語り合ったものでした。

その他にも同年三月に起きた日航機「よど号」ハイジャック事件、翌一九七一年六月の「沖縄返還協定調印」、そして「日本列島改造論」をひっさげた田中内閣の誕生、しかしその数年後、文藝春秋に発表された立花隆氏の「田中角栄研究」に端を発し「ロッキード事件」が発覚するなど、いやはや「昭和」の流れは私の人生いじょうに忙しくめまぐるしかった。そのめまぐるしい「昭和」の濁流のなかで、私はスナックを店じまいし、かねてより夢えがいていた憧れの画廊経営、夭折画家さがしの旅へと人生の舵をきってゆくわけです。

これも、今ふりかえっての話ですが、私がスナックをやめて画廊経営にふみきったのも、たぶんにそういう時代の匂いをどこかで嗅ぎとってのことでした。何どもいうように、私が「塔」の開業によって「わが世の春」を満キッしたのは、あの頃地方から東京に出てきた若い学生たち、あるいはその後の団塊世代を形成する若い勤め人たちの存在があってこそのことで、当時はだれもかれもが希望に燃え、自らがすすむ道を模索するエネルギーにあふれ、同じ世代である私自身もまたそれに刺激され、鼓舞されていたこともじじつだったのです。しかし、昭和三十九年十月の「東京オリンピック」が閉幕した頃から、そうした学生、サラリーマン、自由業の人たちの生活意識には明らかな変化がみられるようになりました。「オリンピック」の開催によって、国際的にも一等国を標榜するようになった自国の背のびに合わせるように、多くの庶民はもう一つ上の生活、単に衣食が足りるだけの暮しから、各人がもつそれぞれの価値観による趣味や娯楽のほうに関心がむかいはじめたというのが、私の直感でした。

それでなくても、店をはじめて七、八年がすぎた昭和四十年代半ば頃になると、甲州街道沿いには大資本のドライブインやレストランが軒をならべるようになり、私の店のような小規模店の出る幕はなくなりつつありました。郊外に出した四つのチェーン店も同様で、どこもかしこも閑古鳥、そのうちしだいに飲酒運転や駐車違反の取り締りもきびしくなって、仕事帰りに一杯ひっかけて帰るという生活スタイルなど通用しなくなってきたのです。いつまでも夜明けまで酒を売り、柿のタネを売り、酔客相手に媚《こび》を売る商売をしている時代ではない。今こそ自分自身が心から満足する仕事、私がそれまで得てきた好きな画家や絵の知識を活かす仕事に挑戦するチャンスがきている。私にとってはまったく未経験の世界である「画商」という仕事をやってみようと決心したのは、そんな世の中の変化を無意識のうちに察知したからではないかとも思うのです。ちょっぴり驕《おご》った言い方をするなら、それは生来私という人間にあった一種の嗅覚、動物的なカンのようなものだったかもしれません。

というのは、何しろ私が銀座八丁目に「キッド・アイラック・コレクション・ギャルリィ」を開業したのは、正確にいえば一九七二年、昭和四十七年二月三十歳のときで、その頃は「日本列島改造論」をかかげた田中内閣が発足、叩き上げの庶民派宰相、今太閤とうたわれた田中角栄氏が、意気揚々中国との国交を回復するいっぽう、次々と大型公共事業を押しすすめ、日本じゅうが土地や株式への投機に沸き立っている時代でした。私はそんな日本のハリボテのような繁栄をどこかで見やぶり、こんな時代にこそ自分は「自我」の道をあるこうと思ったのですから、いやはや見上げたモンじゃありませんか。

そして案の定、まもなく田中内閣は「金脈問題」で失脚し、昭和四十八年の十月にはオイルショックをむかえ、三年後の昭和五十一年七月には東京地検が田中前首相を受託収賄罪で逮捕、一挙に日本経済は低迷期へとむかってゆくのですが、当時ヒットした交通安全標語「せまい日本、そんなに急いでどこへ行く」が代弁するように、庶民のあいだには何もかもをカネという「対価」によってふりまわされる日々にイヤ気がさしてきたこともじじつでした。私がひらいた「キッド・アイラック・コレクション・ギャルリィ」が立てつづけに企画した夭折画家や異端画家の展覧会に、絵好きな趣味人たちが注目したのも、そんな日本人の精神状況が少なからず影響しての現象だったのでしょう。

三

いやいや失礼、つい長々と私説「昭和史」に力が入ってしまいましたが、M・R君にはさぞ退屈な話だったでしょう。

しかし、こうして話してくると、あらためていかに自分の青春が「昭和」の只中にあったか、というよりほとんど、いかにその時代と自分がいっしょくたになって生きてきたかが再認識されるのです。

私を貧困から救ってくれたスナック「塔」の繁盛も、高度成長の落し子ともいえる「東京オリンピック」に沸く夜空に打ち上げられたつかのまの花火のようなものといえたでしょうし、その後の「キッド・アイラック・ホール」も「キッド・アイラック・コレクション・ギャルリィ」も、そうした時代の余勢をかっての船出だったことは間違いありません。ただ「ホール」や「ギャルリィ」が、それからの私の人生を決定する大きな指針となり出発点となったことは、M・R君もよくご存知のはずです。「ホール」は何とその後五十三年という長きにわたって営業され（残念ながら三年前に閉業しましたが）、そこからは、今では一線で活躍する数多くのミュージシャンや劇作家、舞踏家たちが巣立ってゆきました。同時に「ギャルリィ」もまた、三十数年にわたって多くの物故画家たちの遺作展、新人画家たちの展覧会を開催、それがやがて信州上田に建設された夭折画家の館《やかた》とよばれる私設美術館「信濃デッサン館」の、またそれを追うように開館した戦没画学生慰霊美術館「無言館」の礎《いしずえ》となったことはたしかなのですから、まあやはり私は、「昭和」という時代に手を合わせなければならない人間なのかもしれないのです。

それと、私がこんなふうな唯我独尊（？）の道をあるきはじめた背景には、例の幼い頃から抱いていた己の出自に対する疑念、養父母への不信、そこからくる何ともいえない孤独感のようなものがあったことも告白しておかねばなりません。

恥かしながら、私はスナックのマスターをやっていても、「ホール」のプロデュースをやっていても、また「ギャルリィ」の営業で東へ西へと飛び回っていても、いっときとして自分の「本当の親」のことを忘れたことはありませんでした。先にものべましたように、私はまだ世間に名の知られていない画家たちの作品をさがして全国をあるくかたわら、まるで興信所の職員か探偵のように自らの出自に関係する人々を訪ねまわり、ついに昭和五十二年六月、念願だった生父の所在をつきとめて戦後三十余年ぶりに対面、その約一ヶ月後には生みの母とも会うことができたのですが、ふしぎなことにそうやって無事に親子再会を果したあとも、幼い頃から宿痾のように抱いていた

「孤独感」から解放されることはなかったのです。あれほど会いたかった父、追いもとめていた母と出会ったというのに、相変わらず私の心のなかからは独りぼっちの感覚というか、自分は天涯孤独なのだという思いが消えることはなかったのです。

そして、そんな自分の心奥にひそむ積年の孤独感が、無名のアーチストを世に送り出し、埋もれていた画家の画業を多くの人に知らせたいという欲求につながったといったらいいでしょうか。私は今あらためて、これまで自分がやってきた仕事は、すべて自分の心にある孤独との闘いに起因するものであって、「信濃デッサン館」も「無言館」も、ただただ自分自身を孤独の底からひっぱり上げるための方策の一つだったのではないかとさえ疑っているのです。

もちろんそこには、再会した父親がふつうの人ではなく、人口に膾炙《かいしゃ》する有名小説家であったことも多少関係しているとは思うのですが、いずれにしても私は「事実を知った」だけの子であり、養父母からも生父母からも「本当のこと」を知らされずに育った子であることに変わりありませんでした。もっとキツイ言い方をするなら、私がさがし出さなかったら、私が見つけ出さなかったら、今もかれらは他人のままの人だったのです。それは私にとって、何より「自分は愛されていなかった」という証明なのであり、事実が判明したことに対する無上の喜びや安堵《あんど》はあっても、「自分はこんなに愛されていたのだ」という確信を得るにはほど遠い結末だったというしかないのです。

口にするだに羞かしい言葉ですが、私はどこかで心の芯から自分が愛するもの、いや自分を心の芯から愛してくれるものをさがして生きてきた男なのではないでしょうか。

## 四

そういう幼い頃からかかえてきた「孤独」を、こうやって八十路に入ろうとする今もひきずって生きている老人がいることに、おそらくM・R君は失笑されると思うのですが、まあこれだけは性分というか、私自身の生来の「孤児気質」のようなものでしょうから、どうにもなりません。まったくこんな歳になってもウジウジと、「愛されたい」だの「愛したい」だのという欲求に身を焦がしている老人を、私自身がもてあましているというのが実情なのです。

ところで、思わず「孤児気質」などという言い方をしてしまいましたが、「孤児」とはいったいどんな子を指すのか。辞書でひくと「孤児」はいわゆる「みなし児」「親なし子」と表記されていますが、私の場合は正確にいえば、途中で親がみつかった「元孤児」であり「孤児体験者」なのです。しかし、だからといって、私が純粋な意味において「親のある子」かといえばそうではない。産んで育ててくれた当り前の親をもっていないという点では、やはり私は「孤児」のままなのです。産んでくれた親がいて、育ててくれた親が揃っているのだからそれで幸せではないかと言われそうですが、コトはそう簡単ではないのです。

これもあまり紹介したくない文章なのですが、私は生父母との再会後に出した『母の日記』（平凡社刊）という本のなかで、こんなことを吐露しています。

私には生まれつき世の中にたいするどこかオドオドしたひっこみ思案なところがあるのだか

らなさけない。太宰治の「生まれてきてすみません」ではないが、まるで「生まれてきた」そのことじたいが身にそぐわぬような、そんな卑屈な世の中への接し方が私にはあるのである。それは、前にも少しふれたが、まるであたえられた人生そのものが最初から自分の寸法にはあわない他人の人生でもあったかのような、どこか空ろな、落ちつきのないフワフワした居ごこちの悪さとでもいっていいものだった。「生まれてきてすみません」というより、「生まれさせていただきました」「生きさせていただいています」といったふうな自己卑下の感情に近かったかもしれない。

（略）

しかも、「生まれてこなければよかった」子は必死にその自己存在の稀薄さと孤独をうずめるべく、日々「ふつうの子」の演技をつづけるのである。いかに自分が「大きな夢と志をもって生まれてきた子」であるかを演じようとするのである。ときとしてそれは、慣れぬせりふを一生懸命口にするヘタな役者の見本のようにもみえる。何をしゃべっても、どうふるまっても、ぜんぶがぜんぶどこか虚勢をはった、わざわざそうやっているとしか思われぬ道化役者の芝居のようにもみえる。すなわち、生まれながらに己の「真実」をしらずにそだった「孤児」は、その「真実」を自分でつくりだそうとしてウソをかさね、自らをかざりたてて日々をおくるとでもいったらいいだろうか。

またまた「道化役者」の登場です。

今読むと、ここも直したいここも書き改めたいと思うところだらけの文章なのですが、これはこれで当時（四十代半ばだったでしょうか）の私の偽らざる心境だったことは確か。そして、『真実』をしらずにそだった私が、「その『真実』を自分でつくりだそうとしてウソをかさね、自らをかざりたて」……云々の箇所は、あれから四十年以上の歳月をへた現在にあっても、かなり私という人間の本質をとらえていると思われるのです。

そして、ふと気づくのは、そんな私が夢中になって追いかけた画家たちの多くが、私と同じような「孤児」的境遇をもった絵描きたちだったことです。

たとえば戦前の洋画壇に数々の名作をのこした広島生まれの靉光や、北海道旭川で新聞記者をしていたプロレタリア詩人でかつ画家の小熊秀雄、それに恐慌期のアメリカ画壇で活躍した日系画家野田英夫などがそうです。靉光は本名を石村日郎といって、三十八歳で応召先の上海で戦病死した画家ですが、じっさいの生父母とは七歳のときに別れて叔父のもとに養子に出され、成人するまで自分の本当の出自を知らぬまま育った画家でした。また、小熊秀雄の場合は、もともとは三木清次郎という洋服仕立職人の子として小樽に生まれたのですが、母親が秀雄を入籍していなかったので出生届のない私生児として育てられました。その母親は秀雄が三歳のときに病死し、やがて秀雄は父と継母のもとをはなれて多くの職業を転々（何だか私の若い頃と似ています）、十七年も経ってから幼児期に別れた異父姉と対面し、そこでやっと自分が「戸籍をもたない子」だったことを知らされ、それまでの「三木姓」をすてて「小熊姓」になるという道を辿ります。靉光にしてもそうですが、小熊秀雄ののこしたいくつもの絵、詩、あるいは童話に、何ともいえぬシニカルな社会諷刺というか、ちょっと世の中を斜めにみようとするヒネクレ具合があるのは、明らかにそんな生いたちがもたらしたものと考えていいでしょう。

そして私がアメリカまで追いかけ収集した野田英夫ですが、野田もまた三十年の短い人生を「自分の居場所」をみつけるために捧げた画家でした。貧しい移民とはいえ野田にはちゃんと両親が揃っていたのですから、他の「孤児」画家といっしょにするわけにはゆかないのですが、アメリカにいれば日本人、日本にいればアメリカ人、三十歳五ヶ月で亡くなるまで何ども日米間を往来し、終生どこか二重国籍的な一所不在の人生をおくったという点では、やはり「孤児」的画家の一人だったといっていいでしょう。一九三〇年代の世界的恐慌のどん底にあったアメリカで、貧困と差別に苦しみながら、社会の底辺に生きる黒人労働者や子どもの姿を描きつづけた野田英夫の「絵心」には、生涯移民の親のもとに近寄ることなく、一人異郷の地を彷徨《さまよ》った孤立無縁のさみしさがあったにちがいないと私はみているのです。

『母の日記』のなかで、私はこうした一群の「孤児」画家、あるいは放浪画家についてこんなふうに書いているのですが、M・R君はどんな感想をもたれるでしょうか。

この「孤児」画家たちに共通していえるのは、そういう自分たちの出生の事情や人生の曲折を、ひるむことなく力強いエネルギーにかえて生きているという点だろう。生きるエネルギー、いいかえればくじけようとする自らをはげます反ぱつ力、人生への突進力といっていいものかもしれない。どんなに根なし草的な自分の足もとであっても、グチなどこぼさず、めそめそせず、自分が信じた一すじの道をまっすぐにつきすすんでゆこうとする不屈のファイトがここにはある。なみはずれた実行力と、たゆまぬ精神と、闘志とがここにはある。靉光も、小熊秀雄も、野田英夫も、そうした意味では、己の根のなさを武器にしふみ台にして、人一倍きびしい画道をあゆむことのできた幸福な画家だったともいえるのである。

今読むと、何だか画家たちのことを語っているというより、当時出自の問題に苦しんでいた自分自身にハッパをかけているような文章に読めるのですが。

五

そうそう、ここで話はガラリと変わりますが、たぶんM・R君も大いに気にかけておられるにちがいない私のペニス喪失、例の「陰茎ガン」の手術後の経過についてご報告しておくことにしましょう。

おかげさまでといっていいでしょう、月日の経つのは早いもので、私が東京慈恵会医科大学附属病院泌尿器科で「陰茎ガン」の手術をうけてから早や一年が経とうとしていますが、その後三回におよぶ検査では幸い他部位への転移はなく、今のところ肺にもリンパにも異常は認められないとの診断が下されています。T担当医師の話では、一般に「陰茎」という部位から他所に転移するガンの確率はさほど高くないそうなのですが、やはり油断は禁モツ、少なくともアト五、六年は年三回のCT、MRI検査が必要とのことです。ま、他にもクモ膜下出血の後遺症、動脈瘤、心臓弁膜症、また乾癬という長きにわたる皮膚疾患等々、数えきれないくらいの多病をかかえる老人ですから、その検査メニューに「陰茎ガン」が一つ加わったと考えればいいのですが、やはり年三回信州上田の山から降りてきて慈恵会医科大学附属病院のCT検査台に横たわり、そのあと診察室でT医師から三ヶ月間の「執行猶予」の判決をもらって帰るときには、さすがに心底ホッとします。

ただ、いくら八十路近くなった老人であっても男は男、生まれてきてからずっとそこにあったチンボが失くなるという喪失感はたとえようもなく大きく、風呂場でシャワーを浴びているときなどふとそこに眼がゆくと、跡カタもなく消え去った自らの局部に絶望感さえ覚えることがあります。白毛のまじった陰毛のカゲに力なく垂れさがった睾丸の先には何も無い。往生際が悪いといわれてしまえばそれまでですが、何でまたよりによってそんなところにガンが発症してしまったのか、ン百万人に一人という病に取りつかれてしまったのか、そもそも局部の切除という方法以外に手当ての選択肢はなかったのか、今更どうすることもできない現実を前にして、哀れ七十七歳の老人は己の悲運を嘆くばかりなのです。

思えば、私の知り合いのなかに二人ほど、乳ガンに罹って片一方の乳房を切除したという女性がいました。比較的早期の発見だったので、すでに術後十年をへた現在も元気に暮している様子なのですが、私は当初その人たちに、「命が助かったんだからめっけもんですよ」とか、「それくらいのことで済んだのだから気を落さないで」とかいった慰めの言葉を連発していたものです。今考えれば、それがどれほど彼女たちにとって辛い残酷な言葉だったかに気づかされます。（二人とも私とほぼ同年代の人たちでしたが）女性が女性のシンボルたる乳房にメスを入れるという極限の悲しみを、当時の私はちっとも理解していなかったことに気づかされるのです。平凡な言い方ですが、人間は自分が同じ身になってみなければ、同じ経験をしなければ、他人の心身の痛みを真に理解することなどできないという見本だったかもしれません。

それにつけても、今私を苦しめている最大の問題は、ペニスの切除によって生じることになった一種の排尿障害です。排尿障害といっても、小便が出ないとか出にくいとか、あるいは尿意をもよおさないとか頻尿になるとかいった類の症状ではなく、小便が周辺に飛び散って始末に負えなくなるといった半分笑い話のような苦しみなのです。

つまり、「陰茎」そのものが欠損しているわけですから、いってみればホースのない消火栓のようなもので、よく台風による浸水被害を伝えるTVニュースなどで、マンホールの蓋が水圧で外れ、噴水のように高さ何メートルもの水柱があがっている光景を眼にすることがありますが、ちょうどあんなふうになってしまうのです。何より切実なのは、局部切断による間断ない尿漏れ、咳一つするだけで漏れ出てくる尿の始末です。最近は吸水性のすぐれた男性用品も出回ってくれていますが、しょせん紙パンツは紙パンツ、時として対客中に上ズボンにまで尿が滲み出てくるときさえあるのです。また、最近は男性用小便器を使わずに、個室の便座にすわって用を足すようにしているのですが、それでもオシッコが貯まっているときには要注意、便座と便器とのほんの数センチのスキマから小便が勢いよく吹き出して周囲を汚してしまい、大慌てでトイレ掃除しなければならないなんていう破目にも。

ああ、あの男の勲章である「立ちション」が自由に出来ていた時代が懐かしい！

それともう一つ、こんな深刻な悩みもあります。

妙な話ですが、どうも「陰茎」を切除してからのほうが、何倍も性に対する関心が高まった感じがするのです。ま、以前であれば女性のセクシャルな姿態を想像するだけで、いわゆるわがムスコは勃起の栄誉に浴していたわけですが、私には今やその勃起するモノじたいが無いわけですから、性欲が高まってもその高まりにはどこにも出口がないのです。しかし明らかに、そうした性欲の高まりを覚えると、股間のあたりに何かが蠢《うごめ》く気配を感じます。嗚呼、残酷ナリその悶々たる性煉獄。T担当医によると、陰茎を切除したといっても、私の場合はあくまでも二分の一を切除したのであって、根元の部分はまだ睾丸のなかで生きているのだそうで、健康な男性であればその根元に漲《みなぎ》りを感じるのは当然のことなのだそう。場合によっては、じゅうぶん射精も可能だというのです。私はまだその恩恵にさずかったことはありませんが、いずれにしてもT医師の話をきいて、男の性もまた「灰になるまで」なのだとつくづく感じ入っているしだいです。

何だか、さっきまで靉光、小熊秀雄、野田英夫らの高邁な「画家論」を語っていたのに、話がとんでもない方向に飛んだ気もしますが、こんな話はわが盟友M・R君にしか打ち明けられませんから、どうかお許し下さいますように。では、また。

オジマシンイチロウ

# 再会狂騒曲

## 一

尾島真一郎が生父である作家のMと、戦時中に離別していらい三十余年ぶりに再会したのは、げんみつにいえば昭和五十二年六月二十八日のことである。「げんみつ」とことわるのは、尾島真一郎がじっさいに自分の父親がMであることを知ったのは、それより六日ほど前のことで、事実を知った尾島真一郎がMの住む東京世田谷区成城四丁目の自宅に手紙を出し、その六日後に生父が仕事場にしている軽井沢の別荘で初めて対面することになったからである。

　父発見にいたった尾島真一郎の探索旅は、ざっくりいうとこんな経緯を辿った。

　まず大阪出張の帰りに大阪府鴻池新田に住まわれていた女流浪曲師の芙蓉軒麗花さんを訪ね、尾島茂、はつ夫婦が二歳になったばかりのわが子を見せにきた日のことをきく。そのとき麗花さんが「赤ちゃんの名は？」と尋ねると、二人が「まだ決まっていない」と答えたので、ちょっとふしぎに思ったそうだ。二歳にもなって、まだわが子を名無しの権兵衛のままにしていることに疑問をもったからだが、尾島真一郎はそれをきいて、ますます自らの出生についてナゾを深める。

つぎに訪れたのが、戦前から明大前で尾島夫婦とは隣組の付き合いをしていて、戦争がはげしくなると夫婦を自分の故郷である宮城県石巻に疎開させてくれた「鶴岡洋服店」の主人鶴岡由松さん。由松さんからは、「真一郎」という名を付けたのはじつは由松さんだったこと、また尾島夫婦のもとに幼い尾島真一郎を連れてきたのは、その頃明治大学法学部に通う学生だった山下義正さん、静香さん夫婦であったことを知らされる。その時点で、尾島真一郎は自分を尾島夫婦に手渡してまもなく出征し、フィリピンで二十七歳で戦死した山下義正さんこそが自分の父親であると信じこむのだが、数日後静岡県磐田市にご健在だった義正さんの両親を訪ねてみると、義正さんの父親はこういうのだ。

「残念ながら、あなたが義正の子とは思えない。まるで顔かたちが似ていないし、もし義正と静香のあいだに生まれた子であれば、二人が私たちに知らせないはずがない。だいたいあなたが生まれた頃、まだ義正と静香とは結婚していなかったし、尾島さんのところにあなたを連れていったときには、まだ召集されてもいなかったのだから」

尾島真一郎の生父母さがしは、これでふり出しにもどったかにみえた。

ところがさらにそれから一ヶ月後、念のため磐田市に近い静岡県富士宮市で再婚されていた山下義正さんの妻静香さんを訪ねてみると、そこで初めて尾島真一郎は生父Mの名を知らされるのである。

「あなたのお父さんの名はね」

静香さんは尾島真一郎を正面から見据えるようにして言った。

「有名な作家の先生なのよ」

「作家の先生？」

「そう、あの越前竹人形や飢餓海峡という小説を書いたMさん。戦時中にMさんご夫婦が暮していた東中野の同じアパートに住んでいた私たちが、お母さんから預かった子があなただったの」

まさに青天の霹靂、地球がひっくり返るような驚愕とはこのことだったろう。自分の書棚に何冊もならんでいる直木賞作家が、戦争中に別れた実の父親だったなんて。

尾島真一郎はただしばらくボウ然と突っ立ったまま、眼を見開いて静香さんの顔をみつめていたものだ。


こんなふうに綴ると、尾島真一郎の親さがしが、案外トントン拍子にゴールをむかえたように思えるかもしれないが、あくまでもこれはざっくりと要約した経過の報告であって、じっさいにはこの何倍もの時間と労力を要した。大阪の芙蓉軒麗花さんを訪ねるまでには、当時まだ現役バリバリの人気浪曲師だった麗花さんにアポイントをとるのも容易でなかったし、戦後明大前の店を引き払って石巻に引っこんでいた鶴岡由松さんの洋服店さがしも、空欄だらけの戦時中の明治大学の学籍簿から山下義正さんの生家を割り出すのも、山下さんのご両親からきき出した静香さんの再婚先のお宅をつきとめるのも難航をきわめた。テレビの推理番組ではないが、一つ一つの点をむすんでしだいに真実に近づいてゆく作業を、画廊の展覧会開催や無名画家の発掘、その頃まだ盛んだった「キッド・アイラック・ホール」の活動と併行してつづけてゆくのだから、そこには相当の忍耐と執拗さが要求されたのである。

尾島真一郎は時々、自分の親さがしはある意味、好きな画家の作品を追いかける仕事と同じ重さをもつ営みだったのではないかと思うことがある。少なくとも尾島真一郎の人生にとっては、親をさがすことも無名画家の絵を発掘することも、どちらが欠けても自分という人間を完成させることができないパズルの一片だったのではないかと。

それから、こうも思うのだ。

尾島真一郎は自分の出生の秘密を知ることによって「自分は何者であるか」を解明しようとしたのだったが、同時に好きな画家の絵をあつめることも「自分が何者であるか」をつきとめる大きな手がかりとなったのだった。いいかえれば、尾島真一郎は「自分は何者か」がわからなかったからこそ、親を追い絵を追いかけたのである。証拠に、尾島真一郎は自分の生父がMであることを知ったとき、天地がひっくり返るほど驚いたのはじじつだったが、いっぽうで「ああそうだったのか」という気持ちにもおそわれた。それは心のどこかで、自分の父親がそういう人であることを半分予見していたような受け止め方だった。そしてそれは、ちょうど村山槐多や関根正二といった早世した画家の作品に辿りついたときに抱く、あの「ああやっぱりここにあったのか」「自分が見つけるのをここで待っていてくれたのか」といった感覚とどこか似かよったものだったのである。

## 二

それにしても、Mと出会ってから尾島真一郎の生活は一変した。貧しい靴修理職人の子だった尾島真一郎が、一夜にしてベストセラー作家の子になったわけだから、周りの人々の尾島真一郎にそそぐ眼が変わったのも当然だったろう。

しかし、いくら人気作家の子であることが判明したといっても、それは昭和五十二年六月二十八日の時点においては、一市井人の家庭におこったごくプライベートな出来ごとであり、すぐに尾島真一郎に対する世間の扱いが変わったわけではない。尾島真一郎にそそぐ周囲の眼が変わったのは、その事件が約一ヶ月半経った同年八月四日付の朝日新聞の社会面に、デカデカと報じられてからである。この朝日新聞のスクープ記事さえなければ、二人の「父子再会」が全国に知れわたることなどなかったのだから。

では、なぜそんなふうに大新聞の一面を飾るニュースになったのか、そこにはこんないきさつがあった。

これまでにも何回か書いてきたが、尾島真一郎の好きな画家に昭和二十一年三十八歳で応召先の上海で病死した靉光（本名石村日郎）という広島生まれの画家がいて、この靉光も七歳のときまで親を知らぬまま育ったという経歴をもつ画家だったことから、尾島真一郎は靉光の未亡人である石村キエさんとは日頃から親しく交際し、自分の「親さがし」についても何かと相談にのってもらっていたのだった。だから、作家のMが生父であるとわかった日、尾島真一郎は喜び勇んで石村キエさんに吉報の電話を入れたのだが、キエさんのご長女である紅《こう》さんのご主人が当時朝日新聞の編集委員をされていた岩垂弘氏だったため、翌日岩垂氏ご自身が画廊にこられ尾島真一郎に直接取材、一挙に「父子再会」のニュースが同紙の社会面にスクープされることになったのである。

さらに余談がある。

岩垂氏は最後まで「これはあくまでもプライベートな事件、公にしていいものだろうか」と逡巡されていたそうなのだが、そのとき岩垂氏に記事にすることを強くすすめたのが、当時岩垂氏の上司にあたっていた朝日新聞の専務で、のちにテレビ朝日の社長となる田代喜久雄氏だった。これも前にのべた気がするが、田代氏は戦前父のMと東中野の貧乏アパート「コトブキ・ハウス」で苦楽を共にし、同じ文学を志していた同人雑誌仲間で、飲んだくれていたMにかわって幼い尾島真一郎のオシメを取りかえたり、おんぶして近所の神社の祭りに連れていってくれた人。

田代喜久雄氏は岩垂氏から尾島真一郎とMの再会話をきいたとき
「岩垂君。これは目出度い話だ、すぐ記事にしなさい」

言下にそう命じたという。

奇縁といえばこれまた奇縁というしかない話だが、とにかくそういった偶然がいくつも重なって、昭和五十二年八月四日付朝日新聞朝刊の社会面のトップに、「捜しあてた父は作家M氏」「〝孤児の一念〟戦後の空白を克服」といった大見出しのおどる記事が三段ぬきで掲載されたというわけなのである。


では、その結果どんなふうに尾島真一郎の生活は一変したのか。

一変したといっても、現実の尾島真一郎の生活がとつぜん変わったわけではなかった。「キッド・アイラック・ホール」や、「ギャルリィ」を経営し、無名画家や夭折画家の作品を探しあるき、コレクションが充実してくると企画展を開催するという仕事ぶりにも変わりはなかった。相変わらず銀行からの借り入れローンに四苦八苦しながら、妻子や養父母に生活費を仕送りし、赤字覚悟の展覧会を次々にひらく。有名な作家のお父さんと再会したからといって、急に暮しがラクになるなんてことはありえなかったし、尾島真一郎が尾島真一郎であることに何ら変わりはなかったのである。

だが、明らかに尾島真一郎がMの子であることがわかったことにより、尾島真一郎の営む「ギャルリィ」の知名度が増したことはたしかで、絵を買ってくれる顧客も若干多くなった気がした。また尾島真一郎が関心をもつ画家の情報をもってきてくれる同業者や、これまで口もきいてくれなかった大手画廊の主人から展覧会共催の話を持ちかけられたり、著名な画家に作品を注文するのも電話一本で済むようになった。何より尾島真一郎が嬉しかったのは、これまで縁のなかった名だたる美術雑誌や文芸雑誌から原稿の依頼をされることが多くなったことで、尾島真一郎にとって事実上のデビュー作となった半自叙伝（Mと出会うまでの体験記）の執筆を、何と中高時代から憧れていた出版社である筑摩書房の、現在は歌人として活躍されている編集者持田鋼一郎氏からすすめられたのも、Mとの劇的再会があってこそのことだったといえるだろう。悪戦苦闘のすえ二年がかりでようやく書きあげたこの『父への手紙』は、刊行と同時にあちこちの新聞の書評で取り上げられ、NHKの連続テレビドラマにまでなって、文字通りその後の尾島真一郎を「物書き」の末席にすわらせてくれる一冊となった。

それと、これもまたMと再会したことによって尾島真一郎が得た幸福の一つだったが、とにかく

Mと話をしていると楽しいのだった。それは初対面のときからそうだった。美術や文学の話はもちろんのこと、芝居や映画の話をしていても時間の経つのを忘れた。三十余年も離れ離れに暮していた父子なのに、そんな空白がウソのように二人はウマがあうのだった。

もちろん尾島真一郎と再会した当時は、今より何倍も本が読まれていた時代だったので、売れっ子のMは猛烈に忙しく、月に何本もの連載をかかえるかたわら、講演や取材で全国を飛び回り、親しい劇団で次々と上演される自作の芝居の演出まで手がけていた。また尾島真一郎のほうも（Mほどではなかったが）、絵の売り買いや展覧会の準備で忙しく出歩いていた頃だったので、二人でゆっくりすごす時間などなかなかつくれなかったのだが、それでも月に一、二どは父の軽井沢の山荘に泊まらせてもらったり、いつもカンヅメになっているホテルオークラの仕事部屋を訪ねて、これまで食べたことのないような高価なステーキやお寿司をご馳走になったりした。とくに軽井沢を訪ねたときには、父は行きつけの「万平ホテル」のバーに連れて行ってくれて、そこで最近新しく取り組んでいる小説の話（とくにその頃「新潮」で連載が開始されていた「金閣炎上」の話題になると熱っぽくなった）や、ぎゃくにその頃から尾島真一郎が上田に建設をはじめていた「信濃デッサン館」の話などで盛り上った。

尾島真一郎はつくづく「血」とはふしぎなものだと思った。

よく「血は争えない」とか「血は水よりも濃し」とかいうけれども、たしかにMと尾島真一郎には同じ血が流れている感じがした。お互い文学や美術、演劇が好きなこともそうだったが、それ以外でもやることと為《な》すことすべてが似ているのだ。額に垂れた前髪にしょっちゅう手をやったり、鼻のよこをクスンと指先でこすったり、時々話す相手の顔をのぞきこむように見つめたりするところなど、尾島真一郎は何だか鏡でもみている気がした。しかもそれが、三十何年も離れて暮していた父子なのだから、何ともふしぎでならない。こんなことがあるのだろうか。

加えて、これはあくまでもまだ想像の域を出ないことなのだが、どうも生父のMも尾島真一郎も「女好き」の血をもって生まれてきた男のように思える。もちろん一介の貧乏画廊の主《あるじ》である尾島真一郎と、有名女優やクラブの美人ママとの噂の絶えないモテモテの艶福文士（Mは文壇でも何本かの指に入るイケメン作家だった）とくらべるわけにはゆかないのだが、どこかMには尾島真一郎とも共通する「女好き」な眼の光があるのだった。馴じみの店に連れて行ってもらったりしたときなど、父が女性にそそぐ眼には独特の絡みつくような光があった。尾島真一郎はそれをみたとき、「あ、この眼の光は自分にもあるな」と感じたのである。

もう一つ、ある種「放浪癖」とでもいっていい一所不在の生活を好むという点でも、Mと尾島真一郎は似ていた。

尾島真一郎も信州上田に「信濃デッサン館」をつくってからというもの、東京に妻子をのこしてめったに家に帰ることのない生活をしていたが、生父のMにも、ざっと四、五ヶ所の「仕事場」があった。東京世田谷区成城四丁目の一等地には八百余坪の敷地に建つ邸宅があり、そこにはふだん奥さんの叡子さん、叡子さんの妹容子さん、それに蕗子、直子という二人の娘が住んでいた。が、Mは都内にいるときはほとんどホテルオークラ暮し（もちろん出版社もち）をしていて、成城の家には年に数回しか帰らない。また、その他にも尾島真一郎がよく行く軽井沢南ヶ丘の一千坪近い山荘、京都の百万遍にある3LDKマンション等々、Mはほとんど渡り鳥のような生活をおくっているのである。

これはマスコミでもたびたび取り上げられた話なのだが、尾島真一郎の妻子が住む東京の家がぐうぜん同じ世田谷の成城だったこともふしぎだった。ここまでくると、何か眼にみえない糸で結ばれていたというしかない父子といえた。もっとも、再会を報じた週刊誌は、「めぐり会った父子の家はつい目と鼻の先にあった」などとその奇跡ぶりを伝えていたが、じっさいは尾島真一郎の家は成城の西の外れの九丁目で、父は正真正銘高級住宅地成城のド真んなかの四丁目だった。スナック時代に建てた尾島真一郎の家は、父の大邸宅とは比較にならない五十坪そこその土地に建つ小住宅だったが、週刊誌には「再会した子も事業に成功し父に負けない成城の豪邸に暮していた」なんて書いてある。しかしいくら近くに家があったって、父子ともそこにはめったに帰らないというのだから、さながら二人は渡り鳥の血をひいた父子だったといってもいいのだろう。

ある日、軽井沢で飲んでいるとき

「どうやら、シンちゃんにも良からぬ虫が棲《す》んでいるようだのう」

と父がいうので

「かもしれませんね、先生ほどじゃありませんが」

尾島真一郎はわらって答えたものだった。

三

しかし、人間はゼイタクなものである。

父と再会して一、二年ほどが経過すると、しだいに尾島真一郎は他人から「さすがはM先生の息子さんですね」とか、「やはりよく似ていらっしゃいますね」などといわれるのが鬱陶《うっとう》しくなりはじめた。鬱陶しいというか、不快になりはじめた。再会した当時は、「ホール」や「ギャルリィ」に出入りする人たちから、「やっぱりオジマさんの仕事はお父さんのDNAを引き継いだものなんでしょうね」なんていわれると、何となく胸を張りたい気分になったものだったが、だんだん馴れてくると、そんなふうに何もかもを父親の才能にむすびつけられることに、抵抗を感じるようになってきたのである。

とくに一九七九年、昭和五十四年の六月に念願の私設美術館「信濃デッサン館」が上田に完成したとき、何人かの友人知己から「新しいお父さんにずいぶん手助けしてもらったんでしょうね」とか、「M先生から相当資金的な援助があったんでしょ」とかいう言葉が投げかけられたのはショックだった。今更説明するのもおかしいが、尾島真一郎は戸籍上はれっきとした尾島茂、はつの実子なのであり、三十余年ぶりに再会したMとは何の姻戚関係もないのである。そんなとつぜん登場した父親から経済的援助をうけるなどという発想がどこから出てくるのか。考えるだけでも不愉快なのである。

カネの問題だけではない。

何だかそんなふうにいわれると、これまで尾島真一郎が半生を賭してつづけてきた「ホール」や「ギャルリィ」の活動、そして十数年がかりで夭折画家の作品を収集し、借金までして開館にこぎつけた「信濃デッサン館」までが全否定された気がして心が滅入るのだ。自慢じゃないが、尾島真一郎はこれまでの自分の仕事に、ビタ一銭銀行以外から助けを借りたことなどなかった。「東京オリンピック」時代のスナックも、「ホール」や「ギャルリィ」の開設も、その後の二つの美術館の建設も、ぜんぶ尾島真一郎が額に汗して働いたお金が元手になっていた。「さぞM先生が援助されたんでしょうね」などという無責任な発言は、そうした尾島真一郎が徒手空拳であるいてきた道そのものを否定する言葉に他ならない。しょせん世間なんてそんなものさと片付けられるかもしれないが、尾島真一郎にはとうてい許される言葉ではなかったのである。

しかし、そうした尾島真一郎の心の内部に生じた複雑かつ屈折した感情は、あくまでも尾島真一郎自身が解決せねばならない問題であった。生父であるMに責任や非があるわけではないのだった。尾島真一郎にそんな感情をもたらしたのは、ひとえにMが世間で知らぬ人のない有名な作家だったからなのであり、M自身が悪いわけでも罪をおかしたわけでもないのである。

証拠に、尾島真一郎はMの存在をちょっぴり疎《うと》ましく思いはじめてからも、相変らずMから誘われるといそいそと軽井沢に出かけ（上田から自動車でほんの数十分だったし）、お手伝いさんのもてなす晩メシをご馳走になったり、「万平」のバーで飲んだり、夜更けまで文学論に花を咲かせたりしていた。文学や美術の話をするときのMは、少年のように眼をキラキラと輝かせ、尾島真一郎が上田に開館したばかりの「信濃デッサン館」や、新しく見つけた画家の絵の話をはじめると、身体を乗り出すようにしてふんふんと肯《うなず》いてくれる。今まで生きてきて、こんなに熱心に自分の話をきいてくれた人がいただろうかと尾島真一郎は思った。

それだけに、ふだん一人になったときの、Mの存在を鬱陶しく思う自分がわからないのである。おそらくそれは、尾島真一郎の心裡《うち》にある「自我」とでもいっていい感情だったろう。「自我」というか、これまで一人で生きてきた自分への「自己愛」とでもいっていいものだったかもしれない。尾島真一郎は自分でも意識しないうちに、自分が生きてきた三十余年という人生に人知れぬ誇りと自負をもっていたのだ。それが、有名作家の父親が現われたことによって、周辺の人から「ぜんぶ親からのDNA」「親の庇護によるもの」といわれるようになり、強烈に自尊心を傷つけられたのではなかったか。それは尾島真一郎が文学者としてのMを信奉しているとか敬愛しているとかいったこととは関係のない、尾島真一郎の心の底にある「自我」の仕業であったにちがいない。

だいたい、Mを三十数年がかりで捜し出したのは尾島真一郎なのである。べつにMのほうから「捜してくれ」と頼んできたわけではなく、尾島真一郎が東へ西へと訪ねあるいて、勝手に見つけ出した父親なのである。その父親がたまたま有名作家だったことがすべての要因なのであって、明らかに画廊経営や物書きの世界でその恩恵にあずかっておきながら、今頃になって「自分は自分」「自分の仕事は父親とは関係ない」と言い張るのは、少々ムシのいい話ではないか。尾島真一郎は時々そう思うこともあった。

だが、やはり「自分は自分」でありたい。貧しい靴修理職人に育てられ、やっとこさ高校を卒業しあちこちを転々、必死にもがきながら生きてきて、ようやく夭折画家の美術館「信濃デッサン館」を開館した「尾島真一郎」を失いたくない。

# 四

時々尾島真一郎は、もし再会した父親が直木賞作家なぞではなく、一般の何でもない会社員だったり中小企業の課長か何かであったら、自分の人生はどうだったろうと想像することがあった。少なくともそうであれば、尾島真一郎は「自我」だとか「自尊心」だとかいった問題に悩まされることのない、たとえ無名であっても静かで平穏な自分の世界を生きることができただろうと想像する。どんなに世間に名を知られなくとも、雑音に煩わされることのない一人の自由な道をあるくことができたような気がする。

愚痴ついでに言えば、大げさではなく生父との再会いらい、尾島真一郎にはつねに「作家Mの子」というレッテルがつきまとい、そのことからいっときも解放されることはなかった。尾島真一郎がどれだけ夭折画家や異端画家の発掘につくし、かれらの評伝や研究書を発表しようと、新聞をにぎわした「戦後三十数年をへて有名作家との再会を果たした奇跡の子」というのが尾島真一郎に対する一般の人々の認識であり評価であった。それは「信濃デッサン館」や「無言館」を開館してからも変わらなかった。イヤ、もちろん尾島真一郎のそうした美術界における業績を認めてくれる人もいるにはいたのだが、当人にとってはかぎりなく鬱陶しく煩わしい「M先生のお子さん」、あるいは「戦後数十年をへて有名作家の父親を捜しあてた子」ということにしか関心をもたない（おそらく尾島真一郎の美術書など一冊も読んでいない）人々が、それから半世紀近くも尾島真一郎の人生に纏《まと》いつくことになったのである。

身から出たサビとはいえ、これはかなり残酷な話ではなかろうか。

しかも、そんな愛憎半ばするともいえる父親でありながら、尾島真一郎は依然としてMという人間が好きなのであり、たまに雑誌社から父親との対談や、父の登場するエッセイの執筆をたのまれると喜々として応じた。自分の「ホール」で父の人形芝居「越前竹人形」が上演されたときには舞台美術を担当し（連日超満員だった）、講演でも「父Mについて」を叨《とう》々と語り、Mとの交流や蜜月の日々を綴った何冊もの本を出版する。どう考えても、尾島真一郎自らが「M先生のお子さん」であることをすすんで世間にひけらかし、だれがみても「再会した生父を心から尊敬している子」であることを完璧に演じているのである。まぁ、なんて厄介なこと！

思わず「演じている」という言葉を使ってしまったが、たしかに尾島真一郎にはこれまでもどこかで「尾島真一郎」を演じているふしがあった。ことによると、尾島真一郎は（父との再会をふくめて）自分に生まれながらにあたえられた台本を忠実に演じている役者のようにさえ思われた。

げんみつにいうなら、尾島真一郎が本当に心から「父M」を愛しているかといえば甚だ怪しいのだった。Mのもつ人間的魅力や巧みな話術、何よりMの書く文学の世界に惹かれていたことはたしかだったが、では心の芯からその人を愛しているかと問われれば答えにつまった。いくら戦争中とはいえ、わが子を他家に手放し、戦後三十余年経ってその子が名乗り出てくるまで、ケロリとした顔でベストセラー作家の道をあるいてきたエゴの父親である。その人の文章や才能にはこよなく惹かれても、それはけっして親としてのMを理解し愛したことを意味しなかった。尾島真一郎が惹かれたのは、あくまでも「有名作家」のMなのであって、そのMの存在が自分の人生に大いにプラスになることがわかっていたからこそ、尾島真一郎はMに急接近したのだった。いわばそれは、尾島真一郎のかくされた打算だった。Mが何でもないふつうの市井人だったら、尾島真一郎はたぶん見向きもしなかったかもしれない。

つまり、マスコミが二人の再会をもてはやし、その「美談」を大げさに報じれば報じるほど、尾島真一郎は意気揚々とテレビや新聞の取材に応じ、見事なまでに「奇跡の子」を演じてみせたのである。

そして、ことによるとMもまた、そのことをじゅうぶんに承知したうえで尾島真一郎に接していたとも考えられる。昭和五十二年六月二十八日に軽井沢の山荘でわが子を一目みたときから、Mはその子のもつ「自我」をとうに見ぬいていたとも考えられる。つまりMは、邂逅《かいこう》したわが子のそうした性格をわかったうえで、自らもまた「三十余年ぶりでわが子と対面した父」を演じていたともいえるのだ。人間観察、演技の上手さという点では、Mのほうが尾島真一郎より一枚も二枚も上だったろう。そういう意味では、再会劇のニュースが朝日新聞のスクープで全国にひろがったときから、父子共演の「美談」の幕が上がっていたともいえるのである。

それにしても、と尾島真一郎は再び思う。

考えてみれば、全国をあるいて生父を捜しあてたことも、夭折画家や戦没画家の絵を収集して美術館をつくったことも、すべてが尾島真一郎にとって一つの「演技」だった気がしてくる。自分の生いたちへの疑問追及もそうだったし、画家たちへののめりこみもそうだった。そこにはどこか尾島真一郎の人生のもつ「ワザとらしさ」というか「演技の匂い」があるのだった。ことによるとそうした行動の一切は、尾島真一郎が生まれながらにかかえていた孤独というか、さみしさを穴埋めするために用意された台本だったのではないのか。

尾島真一郎は幼い頃から「嘘つきっ子」だった自分を思い出す。あまりにすぐバレる嘘をつくので、尾島真一郎はクラスじゅうから「嘘つき真《しん》ちゃん」という仇名でよばれていた。尾島真一郎はひそかに、自分の人生はすでにあの頃から、「嘘」のレールの上を走る宿命をあたえられていたのではないかと思った。そして、その底にあったのはやはり「孤独」なのだった。小さい頃から尾島真一郎の人生を支配していたのは、のがれようのない「孤独」から脱出するための一本のレールであり、その到着地が「有名作家の父との再会」、「夭折画家や戦没画学生の美術館の建設」だったのではないかと尾島真一郎は思った。

だが、尾島真一郎が無意識のうちに体得（？）した「演技」の最大の犠牲者といえば、作家Mとの再会がスクープされた一ヶ月半後、その記事をみて意を決したように名乗り出てきた生みの母親だったろう。「生父との再会」を演じきった尾島真一郎にとって、世間からほとんど注目されなかった市井の一主婦である生母との再会は、いわば演技の必要のない対面のはずだったのだが、そこでも尾島真一郎は真実の自分をみせることができなかったのである。

# 生母の日記

## 一

尾島真一郎は、これまで生父のことといじょうに生母のことも本に書いてきた。先にも何どか紹介した平凡社の『母の日記』や、白水社から出してもらった『母ふたり』などがそうである。

そこには生父のアトを追うように登場した生みの母親に対する尾島真一郎のちょっと信じられないような拒否反応、生父Mへののぼせ上り方とはまったく反対の、ほとんど非人情というしかない仕打ちがめんめんと綴られているのだが、たとえば昭和五十二年八月半ばのある日の夕方、予告もなしにふいに明大前の「キッド・アイラック・ホール」に姿を現わした生母と尾島真一郎が初めて対面したときの様子は、『母の日記』にこのように記されている。

「リョウちゃん……」

二階のホールへあがったとたん、母が私の前にぺたんと両手をつき、おいおいと泣きだしたのでびっくりした。

「リョウちゃん、ゆるしてね、ゆるしてね……」

うわごとのようにそういって泣きじゃくるのだった。

私がだまったまま立ちすくんでいると、

「私が悪い母親だったのよ、お母さんが弱虫だったのよ……だから、リョウちゃんにこんな苦労かけて……さみしくさせて……お母さんはどんなにあやまっても罪は晴れはしないわ……でも、いつでもおまえのことを考えていた、忘れはしなかった……ゆるしておくれ、本当にこのとおり、このとおりだよ」

母の泣き声は一段とはげしくなった。

「立ちあがってください。だれかくるといけませんから」

私が思わず肩に手をやると、母はその手を胸におしいだくようにして、

「ゆるしておくれ……本当は私たちが、私たちのほうがおまえをさがさなければならなかったんだよ。……それをリョウちゃんが、一生懸命にさがしてくれて……リョウちゃんは、さぞ私たちを恨んでいるだろうねえ」

そうくりかえした。

そして、あとはうったえるようにしゃべりはじめるのだった。

「リョウちゃん、おまえはお父さんのいうことを信じているかもしれないけど、お母さんのいうこともきいとくれ……私だっておまえと別れるのはつらかった、死ぬほどかなしかった。……でも、あの戦争のさなかに、私たちがおまえを手ばなさなかったら、お父さんの結核が感

染して死んでいたかもしれない。何しろあの頃の結核は、本当にこわい病気だったからねえ……私は、ただそれがこわくて、おまえと別れる決心をしたんだよ」

そのときの私の気持といえば、ああ早くこの時間がすぎてくれればいい、一刻も早くこの場をにげだしたいという思いでいっぱいだったといってよい。ああイヤだ、こんなところでこんなことをしているヒマなど自分にはないはずなのだ、まだやりかけの仕事ものこっているし、早くこのおろかな愁嘆場からぬけだして次の仕事場にゆかねばならないと、私は思っていた。母の感情がたかぶればたかぶるほど、泣き声が大きくなればなるほど自分の心が遠くはなれてゆくのがふしぎだった。

（略）

私は思いだすのである。

私の胸にすがりつくようにしてひざまずき、哀願するように私をみあげていた老いた母の姿を。鼻水をすすり、肩をふるわせ、シワばんだ頰にながれる涙をぬぐおうともせず、私の顔をくいいるようにじっとみつめていた母の眼を。

何よりもイヤだったのは、母が私の身体をしきりとさわりたがったことだ。母はしゃべりながら、ときどきさりげなく私のひざにさわり、足にふれ、腿をなで、私にとりすがるふりをして胸にふれてきた。それが何だか、私にとっては身の毛のよだつほどに気色わるいのだった。私はそのたびに、身をさけるようにして母を遠ざけた。遠ざけても、遠ざけても、母は私の身体をさわりたがり、髪や首すじにまで手をのばそうとしてきた。しまいには私は、相当じゃけんに母の身体をつきのけねばならなかった。

当人の尾島真一郎が読んでも、何てヒドイ子どもか、これが戦時中に離別していた母親と初めて対面したときの子がとる態度かと腹が立つのだが、このときはこのときで、これが本当の自分の気持ちだったのだろうと思うしかない。

だが、今考えると、この生母との再会時にとった尾島真一郎の態度もまた、どこかに尾島真一郎特有の「演技」がかくされていたのではないかとも疑う。尾島真一郎は当時すでに三十五歳と何ヶ月かになっていたはずだが、このときに生母からよばれた名は「リョウ（凌）ちゃん」だった。尾島真一郎はごくしぜんに、そのとき母の心のなかに生きていた二歳と九日の「リョウちゃん」を演じていたのではないかと疑うのだ。

お母さんこそ、いくらお父さんの結核がうつりそうだからといって、リョウを手放すなんてヒドイよ。リョウはずっとずっとお母さんの胸に抱かれていたかった。どんなに戦争がはげしくなっても、貧乏であっても、リョウと別れてほしくなかった……まるで駄々をこねるように、尾島真一郎は母を困らせたかっただけではないのか。そこにはむろん、三十数年も経ってからようやく会いにきた母親への、動かしがたい抗議や憤りはあったろうけれど、どこか今の尾島真一郎からみると不自然でワザとらしい自分がそこにいるのだ。お母さん、どうして、どうしてリョウを手放したの？そんなに愛していたというなら、なぜリョウを手放して他の人と結婚しちゃったの？

あのとき尾島真一郎は、ただひたすら母に対して「冷たいイジワルな子」を演じようとしていただけだったのではないのか。

## 二

生母の名は加瀬マス子といった。一九一七年、大正六年六月二十九日、千葉県香取郡東条村（現・多古町）牛尾という小さな村で生まれた女だった。両親は徳太郎、まさといい、まさは地元東条村では知られた素封家の娘で、徳太郎の生業は屋根葺き職人、小作人だったが、東条村では村議会議長をつとめるほどの人望家だったという。

マス子は地元の小学校高等科を卒業すると、十六歳のときに本家にマス子を養子に出すという徳太郎の方針に抵抗して東京に出た。ツテを頼って白木屋の洋裁部で働くことになり、そこでおぼえた裁縫の技術がその後の内職生活を助けることになるのだが、やがて白木屋をやめて東京仙川にあった「東京計器製作所」の寮母として雇われ、寮生たちの賄《まかな》いをするようになる。そして、二十二歳になったときにとつぜん、新聞で募集していたお茶の水の「東亜研究所」という民間調査機関の臨時職員になるのである。「東亜研究所」とは、一九三八年九月に近衛文麿によって設立された企画院の外郭団体で、ソ連、南方、アジア一帯といった広域を対象にした日本の侵略政策に資するためのかなり大がかりな調査機関だった。

マス子は最初は「東亜研究所」にお茶汲みとして雇われたのだが、しだいに弁舌や文書作成の能力を買われ、やがて正規の研究員として重用されるようになる。たぶんそこには、村議会議長をつとめるだけでなく剣道の師範にもなり、俳画までたしなんだという父徳太郎の多才な血が影響していたのかもしれない。とにかく半年も経たぬうちに、マス子は「東亜研究所」全体のオルグや調査マンをまとめるリーダーの役割をあたえられるまでになるのである。

そのマス子が、同じ柏木五丁目の「コトブキ・ハウス」の二階に住んでいたM（その頃Mは神田の三笠書房の編集者をしていた）とのあいだに尾島真一郎を妊娠し、約三年つとめた「東亜研究所」を退職したのは二十四歳になったときで、けっきょく未入籍のまま親しい助産婦がいた台東区下谷の都立下谷産院で尾島真一郎を産むことになる。尾島真一郎の誕生日時をしめす「昭和十六年九月二十日、夜九時三十分」という記録が、マス子が尾島真一郎に手渡した「日記」にメモされているところをみると、その後尾島真一郎を貰いうけた尾島茂、はつ夫婦が区役所に届け出た「昭和十六年十一月二十日」という誕生日は当てにならず（たぶんこれは尾島真一郎を実子として入籍した日のことだったのではないか）、したがって尾島真一郎の正しい誕生日は「九月二十日」ということになるのだろう。

それからのコトの推移は、前にものべているので省略するけれども、要するに結核病みの貧乏編集者のMと定職を失った母のもとに生まれた尾島真一郎は、しだいに二人の生活の重荷になってゆき、ついにマス子は子を手放しMと別れることを決意、アパートの真向いの部屋に住む明治大学法学部の学生だった山下義正、静香さん夫婦に子を託した。そして、山下さん夫婦はかねてより子を欲しがっていた靴修理職人夫婦の尾島茂、はつのもとに尾島真一郎を手渡す、といった経緯をたどる。

話をもどすが、ではなぜあのとき（マス子と再会したとき）、尾島真一郎はあんなに母に冷淡な行動をとったのだろう。それはやはり、戦時中に幼い自分を他家に手放したことへの恨み、非難からきたものだったのだろうか。あるいは戦後三十余年ものあいだ、自分をさがそうとしなかった母親への、三十五歳になった尾島真一郎の精いっぱいの八ツ当りだったのだろうか。

もちろん、そうした感情がまったくなかったとはいいきれない。泣きじゃくり詫びるマス子に対して、すぐには「わかったよ」「もうぼくは何も思っていないから安心して」といった気持ちになれなかったことはたしかかもしれない。しかし、何といってもそれは三十数年前の戦争中におこった出来ごとなのだ。しかも当時の父親Mは結核を患い、それが子どもに感染するリスクはおおいにあった。マス子が尾島真一郎の将来を慮《おもんぱか》って、他家にわが子を手放す決心をしたというのは、その頃のマス子がどれだけ「リョウちゃん」を愛していたかという証左でもあったろう。そうした事情は、今の尾島真一郎にはじゅうぶん理解できるのである。

だからこそ、どうしてあのとき、ああまで冷酷に母親を突き放すことができたのかがふしぎなのだ。泣き崩れ、懸命にわが子の胸に取りすがろうとするマス子に対し、一言のやさしい言葉も発しようとしなかった尾島真一郎、あれは本当に尾島真一郎だったのだろうか。

はっきりいうなら、あのとき尾島真一郎は最後まで「有名作家Mの子」を演じようとしていたのではないかと思う。「マス子の子」ではなく「Mの子」であることをえらんだのではないかと思う。どんなに親しく酒をくみかわし、談笑し、文学を語り美術を語って意気投合しても、再会いらい一どとしてマス子のことを話そうとしなかった父。尾島真一郎のほうから生母のことを尋ねても、何やかやはぐらかし、「遠い昔のことだから忘れたよ」の一点張りだった父。尾島真一郎は、そんなズルイ作家Mの「気に入られる子」になりたかっただけなのではないのか。あの生母加瀬マス子に対する残酷なふるまいは、浅はかな文学ミーハーだった三十五歳の靴屋の子の、あまりに愚かで哀しい「演技」だったのではないかとふりかえるのである。

　マス子にとって、三十数年経って対面した「リョウちゃん」は、別れたときの「リョウちゃん」ではなかった。あのクリクリした眼で自分をみつめていた、安心しきった寝顔で母の胸に抱かれていた、可愛い可愛い「リョウちゃん」ではなかった。可愛いどころか、泣いて詫びるマス子に、キバをむいておそいかかる「尾島真一郎」という別人になっていた。ことによると生母マス子は、決心して尾島真一郎に会いにきたことさえ後悔していたのではないだろうか。

　そしてそれは同時に、Mと別れた三年後に営団地下鉄（現・東京メトロ）の実直なエンジニアと結婚して、一男一女をもうけ、幸せな市井の一主婦となっていた加瀬マス子を、いっぺんにあの三十余年前の焼け野原によびもどすわが子との再会でもあったのである。忘れよう、忘れようと思って生きてきたあの「リョウちゃん」が、とつぜん焼け跡から亡霊のように現われた！　背の高い三十五歳数ヶ月の見知らぬ一人の青年となって！　それはある意味で、加瀬マス子が一番忘れたかった「過去」と否応なく向き合わさせられる、地獄のような対面だったろう。

## 三

これも『母の日記』や『母ふたり』（白水社刊）をはじめ、何冊もの本にさんざん書いてきたことなのだが、尾島真一郎が生母のマス子と会ったのは、その明大前のホールにおける最初の対面をふくめて二どだけだった。マス子からは何ども「会いたい」という手紙や電話をもらい、尾島真一郎はそのたびにのらりくらりと返事していたのだが、どうしてもというマス子の懇願を断わりきれず、二どめの対面を果たしたのは、最初の出会いから十ヶ月ほど経った昭和五十三年の六月初めのことで、母が予約した東京新橋の第一ホテルの一室でだった。母の「せめて一晩ゆっくりとリョウちゃんと話したい」という要求に、とうとう尾島真一郎が負けたのである。

二どめに会ったときのマス子の印象は、初対面のときとはずいぶんちがっていた。最初のときのマス子は、中肉中背の眼鏡をかけたちょっと堅《かたくるし》い感じのする老女性で、やはり少し暗いアズキ色のブラウスを着ていたのだが、今回は明るいもえぎ色のワンピース姿に変わっていて、コンタクトにしたのか、眼鏡もかけていなかった。

ホテルの部屋の窓際の椅子に向い合ってすわると、一どだけ

「すまなかったね、本当にながいあいだ、リョウちゃんに苦労をかけて」

そういっただけで、最初のときのように泣きじゃくったり、尾島真一郎の身体にさわりたがるようなことはなかった。おそらく前回会ったとき、思わずそんな行動をとって、尾島真一郎がイヤな顔をしたのをおぼえていたからなのだろう。

尾島真一郎は、母は一ど自分と会ったことで何か吹っきれたのかもしれないと思った。

しかし、その新橋の第一ホテルでのマス子との会話も、尾島真一郎には今一つ気乗りのしないものであることに変わりはなかった。母は隣のベッドのすみにすわって、父のMと別れたあと結婚した夫が、長く営団地下鉄のエンジニアをつとめ、現在は役職を退いて顧問のようなことをしているとか、長女がもうすぐ十何歳も年上の男のもとへ嫁ぐことになっただとか、私立大学を出て大手の印刷会社に就職している長男が、三十歳半ばをすぎてもまだ結婚せず、今も田無市（現・西東京市）の家でマス子夫婦といっしょに暮しているとかいった身辺話を長々としゃべりはじめた。マス子は趣味で詩吟をやっているそうで、何とか会という詩吟倶楽部のなかではもうベテランの域に達しているので、毎週何日かはお弟子さんに教えに行っているのだとか、そのほかにも何年か前から近所の水墨画教室にも通っていて、絵を描くときには「絵記《えき》」という雅号を使っているので、やっぱりこれはリョウちゃんのお母さんだからなのかしらねぇとか、自分の暮す田無での生活をたのしそうに報告するのだった。

尾島真一郎はもう一つのベッドのすみにすわって、ふんふんと肯きながらきいていたが、正直心のなかではひどく退屈だった。マス子の口から自分とは異父弟妹にあたる長女や長男の話や、会ったこともない親戚の人の名が出てきたりすると、何だかちょっとふしぎな気持ちになる。そういう人たちは、本当に尾島真一郎と血のつながりのある人なのだろうかと思った。

マス子は、何日か前の新聞に載っていた尾島真一郎の「信濃デッサン館」の話を知っていて、二人してそれぞれのベッドに身体を横たえたとき

「リョウちゃんも、ずいぶんがんばり屋さんねぇ」

尾島真一郎を生まれたときの名でよんで、そういった。

「いいえ、ただがむしゃらにやりたいことをやっているだけです」

尾島真一郎が答えると
「でも、りっぱだわ。きっと、お父さんよりずっとエラクなるわよ」

尾島真一郎のほうに少し首を捩《ね》じって
「やっぱり……そっくりねぇ、何もかも、あの人と」

タメ息をつくようにいった。

「あの人」というのは、父のMのことだなと尾島真一郎は眠気のせまった意識のなかできいていた。


明け方近く、ふと眼がさめると母のベッドはカラになっていた。尾島真一郎がうつらうつらしているあいだに、身支度をととのえ母は部屋を出て行ったらしかった。

気がつくと、机の上に茶色の大型封筒がぽつんと置いてあって、封筒のおもてには、母の文字で「尾島真一郎様へ」と一行書かれてあった。「凌」という字はなかった。

中をあけてみると、幼い尾島真一郎を抱いたマス子と父Mの三人が並んで写っている小さな写真が一枚と、尾島真一郎がベレエ帽をかぶって零戦《ゼロ》の模型ヒコーキを持って立っている記念写真（これはマスコミでもずいぶん紹介された写真だった）が一枚出てきた。どちらも相当に傷んでいて、端《はし》が少しちぎれかかっている。そしてその他に、黒い布表紙のA4大くらいのノートが入っていた。それは母マス子が戦時中に書いていた「日記」だった。「日記」には、次のように走り書きしたホテルの便箋と、何枚かの紙幣の入ったもう一つの白い封筒がはさんであった。

先に帰ります。美術館のお仕事がんばって下さいね。これは、今のお母さんにできる精いっぱいのお祝いの気持ちです。何かの役に立てて下さい。それと、戦争中のお母さんの日記もおいてゆきます。凌ちゃんと別れたころのお母さんの日記です。読みたくなかったら、そのまま捨てるなり焼くなり自由にして下さい。私にはもう用のなくなった日記ですから。
お仕事はりきりすぎて、くれぐれも身体をこわさないようにね。茂さん、はつさんにもよろしく申しあげて下さい。

封筒には手のきれるような一万円紙幣が三十枚入っていた。

## 四

尾島真一郎はしばらく、そのときマス子が置いていった「日記」を読もうとしなかった。読もうとしなかったというより、読む勇気がなかった、読むのがこわかったといったほうが正確だったかもしれない。新橋のホテルで一夜をすごしたあと、マス子の「日記」は一ページもめくられないまま、尾島真一郎の机のすみに置かれていた。夜、仕事をしているときなど、何かの拍子にふっとートに手がのびることがあったが、二、三ページぱらぱらめくっただけで、尾島真一郎はすぐにノートを元の場所にもどした。

だが、何ヶ月か経って、そんな尾島真一郎にも、どうしてもノートをひらかなければならない日がやってくる。尾島真一郎から生母と再会したことをきいた親しい編集者から、ぜひそのことをテーマに一冊書いてくれないかという依頼がきて、尾島真一郎はもうその「日記」から逃げることを許されなくなったのである。

で、おそるおそるノートをひらいて読みはじめたのだが、案の定というべきか、尾島真一郎は最後までマス子の書いた「日記」を読み通すことができなかった。想像した通り、それはとても尾島真一郎が読み通すことができない、わが子「リョウちゃん」への母マス子の慟哭《どうこく》が綴られている「日記」だった。そこには尾島真一郎が眼をそらしたくなるほどの、マス子が別れた子にささげる苦衷《くちゅう》の言葉が書きこまれているのだった。

これまでにも何冊もの本で紹介してきた文だが、「日記」に綴られていたのはおおむねこんな内容だった。

凌ちゃん　今日も元気ですか　私は今日も貴君のお家の前を通りましたよ
あの九月三十日午後七時　貴君を抱いて乗った電車に今日も乗りました。
今一度　私の切なる願ひは　貴君を強く強く抱いて見たい　凌ちゃん　私はこんなに貴君を思ふことはいけない事かもしれない。でも、母はその気持ちをおさえることができない

今日はなんという幸せな便りを受けたのでせう
凌ちゃん　夢にも忘れない可愛いい凌ちゃんの便りをお聞きしたのです。
貴君はとても大きくて　大人の帽子が丁度いい程オツムが大きいのですね
そして予科練のオ歌もオ山の杉の子も上手に歌ってゐるとか　賢い凌ちゃん　素直な凌ちゃん　貴君の幸福が　私はどんなにうれしいか　どんなに心がやすまるか、貴君の写真を毎日抱いて夢にも貴君からは心をはなさない
凌ちゃん　どんなに戦争がはげしくなろうとも、最後迄母と一しょに果てる日まで待ってゐて

きっと待ってゐてくれるよね

どうして貴君をはなしてしまったのだろう、きっと貴君は母をうらむでせう　あの時母には貴君を一人で育てるだけの生活能力がなかったから。

でも今となってみれば、たとい貴君に不自由をかけながらも、やっぱり貴君を私のそばにおきたかったと思ふ。貴君はまだ何も知らないから　育てて下さった人々を一番好きになるでせう。もうこの私からは　だんだん遠ざかっていくやうな気がしてならないの。

どうぞ母を忘れないで下さい。

又ゆうべも凌が私の所に来た。貴君は随分大きくなりましたね。
大人のやうに何んでもわかったやうな顔をして、私を、じっと〳〵みつめて居た。
黒い瞳《ひとみ》、可愛〳〵そのお手々、私は急いで貴君を抱いた　きつくきつく抱きしめた。貴君は
ぢっとしてゐた　私のするがままに　そして暫らくして貴君はすや〳〵と眠ってしまった。
夢よ、何時迄も覚めないでくれ　私は何時か必ず……その日のある事を信ずる、ただそれの
みを願はずにはゐられない
たとい小さな幸せでも、私は貴君のそばにゐる事が、無上の幸せです。
何時迄も〳〵待ってゐる、凌よかへってくれ、この淋しい私の胸に、とびついてくれ　私か
ら貴君をはなさない　又今晩もきっと〳〵来てくれ。
貴君の為に、床を暖かくして待ってゐる。夢、々々々夢ははかない。いとしい〳〵　凌よ、
すこやかに成人せよと祈る。
凌よ　今夜も元気でゐてくれ。
愛する凌よ　すこやかに育て、私は貴君の幸せを祈るのみ。
今又出ようとしてゐる私の我儘、凌よ、うらんだであろう。私は私は決して、再び人の子の
母にはならない。貴君一人だけ、可愛〳〵凌ちゃんだけで結構です。
どうぞ明るく成人してくれ、ひねくれないで。
（略）
凌ちゃん、今どうしてゐるかしら、やっぱり〳〵　凌ちゃんを忘れる事が出来ない。私は毎

日〳〵凌ちゃんの事ばかり考へて夜も眠られない。
寒い〳〵冬の夜は　凌ちゃんもどうぞ暖かい寝床でやすんでゐるやうにと、ただ祈るは凌ちゃんの事ばかり。
凌ちゃん　今日も又明日も、又その次の日も、毎日元気でゐて下さい。
凌ちゃん　うらまないで下さい。弱かった私をどうぞ許して下さい。
凌ちゃん　何度呼んでも貴君は返事してくれない　赤い夕日が富士の連山にかくれる頃、空に星がまたたく夜　どうしても〳〵　涙が出て、とまらない　私は苦しい　この胸を、ああ神のみ知る　この心　ああ苦しい。
働いたとて何になる。勤労の生活それは尊い　でも私はこの生活に全力を傾けることは出来ない。それにしてはあまりにも心が重い　ああこのなやみをたとい千分の一でも背負ってくれる人があったら、否、自分を慰めてくれる人があったら、私はいくらか落着けるだらうに、
（略）
どうぞ　私から別れていった人よ、思い出して下さい、過ぎし日を、あのたのしかった東中野を　あの日の幸せを、私は何時までも失はない、追憶は美しい　せまくも　たのしかった私達の家にも、又誰れか知らない　幸福な人達の室になってゐる事だらう　あの白かべに、あの柱に　今何がかかってゐるだらうか、まだ、どこかに私達のにほいが　残ってゐるやうな気がしてならない。

夕暮の空をあほぎて
我が子を思ふ
母なれば　強く〳〵と
我れと我が身に言できかせり
（略）
今日も一人　なに思ふいとし子の身を　風邪を引かないかしら
どうしてこんなに心配になるのかしら　黒い夜のやみが深くなる程に　私は貴君を思い出す
子供の泣く声を聞く度に　もしや凌ちゃんではと　たちどまるようになってしまった
どうして母と子が別れ〳〵になったのかしら　私が悪かった　母が強かったなら　凌ちゃんも真実の母の許にをられたものを
凌ちゃん　許して下さい
きっと〳〵今に　凌ちゃんの許にかへります　こんなに〳〵愛している凌ちゃん　母はどこまでも凌ちゃんを愛しつづけて行きます
凌ちゃん　凌ちゃん
会いたい〳〵　夕まぐれ
心一つの置場に困る

きりがないのでこのへんでやめておくけれども、とにかく生母マス子の「日記」はこんなふうに、全ページが「可愛い凌ちゃん」「忘れられない凌ちゃん」「会いたい凌ちゃん」……「凌ちゃん」「凌ちゃん」で埋められているのである。ときに詠嘆調、ときに俳句調で語られているこの「日記」は、まさしく当時のマス子の取り乱し、うろたえ、嘆き苦しむ心情を正直に綴ったものなのだろう。

冒頭のほうに記された「今日も貴君の家の前を通った」とか「同じ電車に乗った」（たぶん現在の京王井の頭線ではないか）とかでわかるように、マス子は凌を手放したあとも、ちょくちょく明大前の尾島茂、はつの家の近くをウロついていたようだ。尾島真一郎がその頃甲州街道をはさんで真向いにあった「鶴岡洋服店」の鶴岡由松さんからきいたところによると、このときマス子とのあいだでスポークスマン的役割を果たしていたのは由松さんだったそうで、由松さんのことを山下義正さんにきいて訪ねてきたマス子が可哀想になって、しばらくのあいだは手紙で、マス子に凌の成長ぶりや生活ぶりを伝えてあげていたのだという。だから「日記」に書かれている別れたあとの凌についての情報は、すべて由松さんから教えてもらったものなのだった。しかし、あまりにいつまでも凌をあきらめられないでいるマス子に、由松さんはある日こう諭《さと》したのだという。

「マス子さん、あんたの気持ちもわからないではないが、もうそろそろ凌ちゃんの母親を卒業したらどうかね。あんたは自分で凌ちゃんを育てられないから、尾島さんご夫婦に凌ちゃんを手放したんだ。あんたがいつまでも纏わりついていたら、尾島さんたちだって困るだろうし、あんただってこれから一人で生きて幸せにならなきゃいけないんだから……。だいいち、凌ちゃんは今ではもうリョウちゃんではなくて、尾島真一郎という別の名のついている子なんだ。尾島真一郎君には尾島真一郎君の、尾島家の子としての新しい人生が始まっているんだ。つらいだろうけれど、ここはもうキッパリとあきらめて、もう二どと明大前には近寄らないと心にきめたらどうかね」

何しろ鶴岡由松さんは「尾島真一郎」の命名者である。

この由松さんの説教をきいたあと、マス子はぷっつりと明大前界隈には姿を現わさなくなったという。


そんなことより、尾島真一郎がこの「日記」を読んでもっとも動揺したのは、そこに綴られている哀切と苦悩にみちた生母マス子の言葉から、ほとんど何も感じない自分がいたことだった。

そこに綴られているのは、たしかに二歳九日の自分と別れたときの、泣き叫ぶようなマス子の心情の吐露にはちがいなかったが、尾島真一郎にとって、それはまるで旧《ふる》い母モノ映画の一シーンでも観せられているような、どこか他人ゴトでしかない言葉の羅列なのだった。

考えてみれば、ここに書かれているのは「凌ちゃん」へのマス子の愛情なのであって、現在の尾島真一郎に対する愛情ではないのだから、尾島真一郎がマス子の「日記」にリアリティを感じなかったのは当然かもしれない。とにかく母が尾島真一郎と別れたのは、三十数年前の戦争中のことなのであり、母だってまだ二十六歳という若さだった。三十六歳になる尾島真一郎に、急に二歳九日の「凌ちゃん」になれ、二十六歳の母の子になれというほうが無理な注文だろう。鶴岡由松さんがいうように、マス子が愛した「凌ちゃん」は三十数年前に消滅し、ここには尾島真一郎しかいないのだから。

だが、そんな生母マス子の「日記」に対して、一つだけ尾島真一郎の心にわいた疑問があった。

それは、これは本当にあの強《こわ》モテの調査機関「東亜研究所」で働いていた加瀬マス子が書いた「日記」なのだろうかという思いだった。あの戦時下、中国侵略という植民地主義政策（とにかくあの頃の日本は行け行けどんどんだった）を先導する調査機関として活動していたいわゆる「東研」の、錚々《そうそう》たる調査マンたちを束ねていた女性リーダーが加瀬マス子だった。「日記」のなかで「凌ちゃんごめんね」「凌ちゃん会いたい」と泣いている生母加瀬マス子は、同じ加瀬マス子なのだろうかと尾島真一郎は思った。

# その人の自死

## 一

けっきょく、尾島真一郎が生母のマス子と会ったのは、この新橋第一ホテルでの一夜が最後になったのだが、げんみつにいうとそれから二、三年後の夏と、平成六年だったかの秋ぐちに、マス子は近くにきたからといって、尾島真一郎の「信濃デッサン館」を訪ねてきたことがあった。ちょうど二どとも尾島真一郎は所用で留守にしていて、マス子とは会うことができなかったのだが、二どめにきてくれたときには、ちょうど隣接地で戦没画学生の美術館「無言館」の建設がはじまっていた頃だった。

マス子は受付のパート女性に

「私は館長のオジマシンイチロウさんの母親で加瀬マス子と申します」

とはっきりした口調で名乗ったあと、（出身地の）千葉県名産のピーナッツと、手編みのセーターの入った大きな紙袋を置いていったのだが、墨絵を勉強している仲間だという同年配の女友達と「信濃デッサン館」を一めぐりしたあと、隣の喫茶室にも立ち寄ってくつろいで帰ったという。

翌日出勤した尾島真一郎が
「そうか、残念だったな、よほど母親とは縁がないんだな」

といったような言い方をすると
「お母さまもそう仰られていました。私はあの子に嫌われているからって」

パート女性はわらったあと
「でもお母さま、美術館を観たあと、無言館の建設現場まで行ってごらんになって帰られましたよ。そして、眼に涙をうかべて感動しておられました」

「感動……」

「はい。あの子は戦争に流されてきた子だから、あんなりっぱな仕事ができるんだって」

「戦争に流されてきた子？」

「そう仰ってました」

尾島真一郎はだまった。


尾島真一郎は後年、このときのマス子が言った「戦争に流されてきた子」という言葉を反芻《はんすう》することがいくどもあった。マス子がどういう意味でそう言ったのかはわからなかったが、たしかに尾島真一郎の心の内部には「流されてきた」という感覚があるのだった。それが何に流され、どこにむかって流されてきたのかという答えにはたどりついていない。しかし、自分の人生が自分の力のおよばない何ものかによって翻弄され、もてあそばれ、あっちへ行ったりこっちへ行ったりしながら、ようやく今という場所にたどりついた感じはするのだ。人はよく、産まれてくる親をえらべないというけれども、その言に倣《なら》うなら、人は生まれてくる時代もえらべない。まさしく自分の人生は、そのえらぶことのできない「時代」という流れのなかに生まれた人生だったのかもしれない。

しかし、だからといって、自分の仕事の一切が「時代」に流されてきたすえに得たものであるといわれるとちょっとちがう気もした。ましてて、直接的に経験したことのない「戦争」によって支配されていただなんて、考えたこともない。たしかに尾島真一郎が生きた時代は、敗戦の対価としての「昭和」の経済繁栄の恩恵ぬきには存在しなかったけれども、そこには尾島真一郎自身の野心や希望や夢があったこともじじつなのだった。そこには「流されてきた人生」ではなく、「自分の手で泳いできた人生」があったと思う。だいたい何もかもを、戦争という時代に流されてるうちにたどりついた仕事だなんていわれたら、立つ瀬がないではないか。

しかしどこかで、尾島真一郎は自分の仕事が否応なく「戦争」というものにひっぱられてきたことも感じていた。

たとえばマス子が感動したといっていた「無言館」。尾島真一郎がこれまで営んできた「信濃デッサン館」とはべつに、戦死した画学生の遺作をあつめた美術館「無言館」をつくろうと決心したのは、以前からお付き合いのあった洋画家の野見山暁治画伯（美校を卒業後満州に出征され病に罹って復員されてきた）から、「このまま戦死した画友たちの絵が霧散してしまうのが口惜しい」という一言をきいたことがきっかけだった。戦後五十年がすぐそこまでせまっていた頃だ。画学生の両親はすでに他界し、兄弟姉妹も老齢に近づいていた。放っておけば、戦死した画学生らの絵はいずれはこの世の中から消えてしまうだろう。今のうちに、何とかそうした遺作を全国のご遺族から預かり、それらを一堂に会した慰霊美術館ができたらどんなに素晴らしいことか。当時まだ五十代に入ったばかりだった尾島真一郎の心には、そんな構想がムクムクとわきあがってきたのである。

それは、たんに尾島真一郎が「無言館」を建設して一ハタあげたいとか、世間の耳目をあつめて有名になりたいとかいった功名心からではなく、尾島真一郎が以前から抱いていた未完の画家たちに対する強い愛着からきたものだった。「画家には二つの命がある。一つはナマ身の命、もう一つは作品にこめられた命。作品がこの世から失くならないいじょう、画家はまだ死んではいない」――それは以前から尾島真一郎が病や戦争で夭折した画家たちに対して抱いていたゆるがぬ理念であり哲学だった。「無言館」を建設する気になったのは、ただそれが「戦争で死んだ哀れな犠牲者たち」の作品だったからではなく、若い生を終えたかれらの「もう一つの命」を残したい、という思いがあってこその行動だったのである。

しかし、それではなぜ、生母マス子が口にした「あの子は戦争に流されてきた子だから」という言葉が、あれほど尾島真一郎の胸をついたのだろう。

ことによると、と尾島真一郎は思う。

「戦争に流されてきた」というのは、加瀬マス子自身のことだったのではないのか。いや、正確にいえば尾島真一郎と加瀬マス子という母子二人に対しての言葉だったのではあるまいか。生活苦と父の結核からわが子を手放したのも、戦争がなければおきなかったことのように思われる。日中戦争、太平洋戦争、敗戦、食糧難、戦後の混乱……日本じゅうが焼け野原となり、だれもが生きてゆくのに必死だったあの時代。ああいう時代でなければ、尾島真一郎は今もMとマス子の子だったかもしれないのだ。マス子は「無言館」の建設現場に立ったとき、そうした自分たち母子に課せられた戦争という酷《むご》い運命をあらためて思いおこし、思わずわが子尾島真一郎に対して「流されてきた子だから」という言葉を発したのではないだろうか。

尾島真一郎の瞼のウラに、激流のなかを浮きつ沈みつ流れてゆく、幼い自分を抱いた二十四歳のマス子の姿がうかんだ。

二

マス子のとつぜんの訃報がとどいたのは、マス子が「信濃デッサン館」を訪れてきた年の秋から五年ほどがすぎた、平成十一年六月末のある日だった。

それは、あまりにとつぜんといっていいマス子の死だった。

訃報がとどいたのは、加瀬家から直接尾島真一郎に連絡があったのではなく、逗子に住む父親ちがいの妹映子からの電話によってだった。マス子が死んだのは、映子が電話をかけてきた日より二週間ほど前の、平成十一年六月十一日の夕刻で、すでに葬儀は千葉県香取郡多古町の実家で済ませたということだった。死因は「心筋梗塞」、何年か前にも一ど軽い心臓発作でたおれたことがあり、それ以後何ヶ月かに一どは定期的に検診していたのだが、詩吟の教室からおそく帰ったその日、台所で夜食の準備をしはじめたときに二どめの発作におそわれ、救急車で田無市内の病院に運ばれたものの、その夜のうちに息をひきとった。マス子の誕生日は「六月二十九日」だったので、ほんの半月ほどで八十二になる年齢だった。

電話口で尾島真一郎は言葉をうしなった。

そして、とうとう自分はマス子とは生前二どしか会わぬまま別れてしまったな、と思った。ただマス子は尾島真一郎と会わないあいだも、東京に住む妻の紀子のところにはときどき電話をかけていたようで、そのたびに「ご家族は元気？」とか「シンイチロウさんの美術館も順調なようね」とか気遣ってくれていたそうだから、自分が会わなくても生母との糸が完全に切れてはいないことに、何となく安堵する気分もあったのだった。そのマス子がとつぜん死んでしまった。心臓の病気はコワイというが、そんな簡単に人間は死んでしまうものなのか。

まだ半分信じられないまま

「お墓はどこなの？」

かすれた声できくと

「千駄ヶ谷の瑞円寺というお寺。曹洞宗のお寺さんで、ウチの代々の菩提寺なの。こんどお兄さんの都合のいいとき案内するから、一どお参りにきて」

映子の声もかすれて小さかった。

マス子に死なれてみると、尾島真一郎には次から次へと後悔の波がおしよせてきた。

だいたいどうして自分は、あんなに生母のマス子に冷たかったのか。「演技」だったの「八ッ当り」だったのと理クツをこねるけれど、あれはマス子にとってあまりの仕打ちというものではなかったか。マス子が初めて明大前のホールに名乗りでてきたとき、自分は泣き崩れるマス子に労《いたわ》りの言葉一つかけてあげようとしなかった。「お母さんが弱かったの」と肩をふるわせるマス子に、あのとき一言でも「もういいんだよ」「ぼくはもう何とも思っていないんだから」と声をかけてあげられたら、どんなにマス子は救われたことか。戦後三十数年ぶりに再会したわが子のあまりの冷淡さに、マス子は絶望に近い思いにおそわれたにちがいない。ああ、会いにくるべきではなかった。もうこの子にとって、私は必要のない人間なのだ。あの小雨ふる夕方、一人涙をぬぐって田無への家路についたマス子の心情を思うと哀れでならなかった。

思えば、尾島真一郎のそうした親に対する冷酷さは、養父母の尾島茂やはつにむかっても同じだった気がする。

尾島茂は平成元年八十七歳で、はつは昭和六十年八十二歳で他界していた。今さら何を言っても間に合わないのだが、いくら自分の真実の親の所在を教えてくれなかったからといって、かれらとの日常会話を絶ち、食卓もべつにし、やがて信州の美術館で一人暮しをはじめ、ひたすら実親さがしに明け暮れる子の姿をみて、茂やはつはどんなにさみしかったろう。たしかにもっと早く「本当のこと」を話してさえくれれば、自分はもっと優しい子でいられたのにとも思うが、それはあくまでも仮定の話だ。貧乏な靴修理人の子ではなく有名作家の子であることがわかったとたん、子が豹変し、自分たちのもとを離れてしまうのではないかという恐怖が老いた養父母にあったにしても、それをだれが責められよう。二人が尾島真一郎に真実の親の存在をヒタ隠しにしていたからといって、手塩にかけて育ててくれた二人の心をあんなに傷めつける理由がどこにあったのか。

ああ、生母のマス子も逝ってしまった。自分にはもう「母親」はいなくなったのだと尾島真一郎は思った。

三

加瀬マス子が病気（心筋梗塞）で亡くなったのではなく、自ら首を吊って死んだという真相をきかされたのは、それからさらに四年がすぎてからだった。

毎年横浜のホテルでひらいている親しい女性ヴァイオリニストの演奏と尾島真一郎の短いトークのある昼食会に、逗子から妹の映子が参加してくれたのだが、そのとき映子が少し口ごもりながら
「じつは、お兄さんにかくしてきたことがあるの」

といった。

尾島真一郎が何かと思っていると
「本当はお母さんね、病気じゃなくて自殺だったの」

映子はいった。

「お兄さんにだまっていたのは、私の独断だったんだけど、このあいだ多古町の勉おじさんにそのことをいったら、すごく叱られちゃって……」

四年も経ってからマス子の自死を尾島真一郎に知らせたのは、多古町に住むマス子の甥の加瀬勉さんから「真一郎君にウソをついてどうする」と叱りとばされたからだという。

「なぜ、ぼくにはだまっていたの？」

ときくと
「何となく……お兄さんが自分を責めちゃうんじゃないかと思って……」

映子はハンカチを眼にあてた。

多古町の加瀬勉さんというのは、マス子の長姉にあたる加瀬トヨの長男で、かつての三里塚闘争（一九六六年におこった成田空港建設反対闘争）の陣頭に立っていた活動家であり、今も「最後の抵抗者」として運動をつづけている当年八十六歳になる元社会党のオルグだった。何をおいても筋を通す頑迷固陋の人だったから、映子にむかって「真一郎君には本当のことをいいなさい」と命じたときの顔がみえるようだった。

しかし、それにしても信じられなかった。

マス子の死が自殺だったとは！

映子が語ったところによると、マス子の「自死」の状況はこうだった。

平成十一年六月十一日の夜、長男の房雄が勤めから帰ってくると、いつも居間にすわっているはずのマス子の姿がなく、ふだんマス子が自室として使っている奥の六畳間をのぞいてみると、鴨居にクギを打って着物の下紐をくくりつけ縊死しているマス子をみつけた。その日マス子は早くから、上石神井の詩吟教室で何日後かに近づいていた詩吟大会のための稽古をしていたので、いつもの白絣《がすり》に紺の菖蒲《あやめ》の柄の入った着物を着ていて、真っさらな白足袋も履いたままだった。死に化粧のつもりだったのか、唇にはいつもより念入りな紅がひかれ、とても死人とは思えないキレイな顔をしていて、駆けつけた救急隊員と房雄とがマス子の身体を抱きおろすと、マス子はぐったりと房雄の腕にもたれかかってきたという。

「遺書はあったの？」

「ううん、何もなかった。仏壇に自宅の土地の権利書とか預金通帳とかが揃えてあっただけ。遺言はなかったけど、やっぱり覚悟の自殺だったんだと思う」

「……」

尾島真一郎は心のどこかで、自分宛の遺書だけはあったのではないかと思っていたので力がぬけた。

「だけど、詩吟大会の練習は一生懸命してたんでしょ？　何かべつに死にたくなる理由があったんじゃないかな」

のど元まで、マス子の自死には自分のことが関係しているのではないか、という問いが出かかったがいわなかった。

すると、映子はいった。

「大丈夫よ。お兄さんのせいじゃないから。詩吟やってる人たちにきいたら、今回は準備があんまりうまくすすんでいなかったみたいだし、ふだんから少しウツの症状もあったようだしね。疲れて家に帰ってきたら、急に何もかもイヤになっちゃったのかもしれない」

そして、こうつけ加えた。

「安心して。母は最後まで、お兄さんのこと悪くなんかいってなかったわよ。あの子は自分が産んだ誇りの子だといっていた。将来きっと、父親に負けない仕事をする子だといっていたわ」

マス子はもう一つ、こんなこともいっていたと映子はつづけた。

「こんどお兄さんが画学生の美術館を建てたことだって、そりゃ母はよろこんでいたもの。あれは、戦争中、あの子を尾島さんに預けてくれた山下義正さんご夫婦への恩返しのつもりなんだろうって。あの子は山下義正さんがいたからこそ、やさしい尾島さん、はつさんにめぐり会えて、今まで生きてこられた。その山下さんも学徒出陣してフィリピンで戦死されている。あの子はそんな山下さんへの恩返しのために、こんどの美術館をつくったんだろうって」

四

ところで、最近になってあらためて尾島真一郎が関心をふかめたのは、加瀬マス子が尾島真一郎を妊娠して退職するまでの約三年間勤めていた、当時神田駿河台下にあった調査機関「東亜研究所」についてだった。前のほうで、この調査機関が戦時下に果たしていた日本の植民地主義政策への貢献はかなり大きかったとのべたが、その後取り寄せた資料（柘植秀臣著『東亜研究所と私—戦中知識人の証言—』一九七九年勁草書房刊）などを読み漁《あさ》るうち、だいぶ「東亜研究所」に対する印象が変わってきた。マス子が死んだ今、そんなことがわかってどうなるといわれればそれまでなのだが、何となく尾島真一郎には、その頃「東亜研究所」ですごした三年間の研究員生活が、加瀬マス子の「戦後」の生き方に少なからぬ影響をあたえ、そのこともマス子の自殺の遠い要因につながったのではないかと思われたのである。

調べたところ、たしかに近衛文麿によって国家総動員体制の計画を立案する目的で設立された企画院の外郭団体「東亜研究所」が、当時中国占領政策と満州国建設にのめりこんでいた日本の植民地主義に大いに力を貸したことはじじつだったが、その頃の研究所は人文、社会、自然科学の分野においてはリベラルな立場にいる研究者も多く在籍しており、かならずしも軍部に無抵抗な調査マンばかりではなかった。たとえば終戦後日中友好運動に身を投じた近衛内閣書記官長の風見章や、アジア問題のエキスパートといわれ元貴族で満鉄の理事をつとめた大蔵公望、華興商業銀行理事だった岡崎嘉平太、新聞記者から中国通として近衛内閣の嘱託となり、のちにソ連の諜報員ゾルゲの協力者という嫌疑をかけられ刑死した尾崎秀実《ほつみ》といった熱血漢も名を連ね、かれらはひそかに「国際的反戦活動」に資する情報を「東研」から得ると同時に、ゆくゆくは「東亜研究所」を自然科学の発展や中国の文化財保護の拠点にしようとしていた「東研」シンパだったという。

終戦から約半年後の昭和二十一年二月二日、解散直前に「東亜研究所従業員組合」名で出された宣言書には、「東研」に勤務していた研究者たちが敗戦にいたってもまだ研究所の継続をあきらめておらず、むしろ戦後の「新日本国建設」に貢献すべく、さらに調査事業を拡大強固なものにしたいという決意が語られている。

科学的調査研究は民主主義再建の基盤である。反動支配層による調査研究の歪曲は無謀なる戦争開始の誘因となり、遂に惨憺たる窮乏日本の現状を招くに至らしめた。我等調査研究に従事する者の責務重且大と言はなければならない。

この責務を自覚したる我等は、既に三ケ月に亘る民主化闘争にも拘らず、反動幹部は依然として所内に蟠居し、今日尚ほ調査研究の自由と民主化を妨害し、我等の生活をすら脅かしつつある。

茲に我等は一致団結して自主的なる従業員組合を結成し、地位の向上を図り、科学的調査研究の確立とその徹底的民主化のために邁進し、以て東亜研究所をして人民のための正しき科学的研究機関たらしめんことを期す。

一、我等は人民のための科学的調査研究の確立を期す
一、我等は調査研究機関の徹底的民主化を期す
一、我等は調査研究従業員の社会的、経済的地位の向上を図り、生活の安定を期す
一、我等は広く内外の民主主義諸団体と提携し、新日本建設の一翼たらんことを期す

「東亜研究所」の解体が決定的となり、研究所名が「政治経済研究所」と改められたのは、敗戦後約七ヶ月がすぎた昭和二十一年三月末頃だったといわれているので、この宣言書はまだ息のあった頃の研究所から出された声明だったのだろう。敗戦によってそれまでの国策主導による研究所の体質が根本的に見直され、一部の心ある研究員たちには、それまでの研究の蓄積を戦後の民主主義の社会形成に役立てたいという意欲がみなぎっていたことがよくわかる。

ただ、加瀬マス子が勤務していた昭和十五、六年頃の研究所には、そうした戦争反対を唱えたり

研究調査を終戦後の日本建国に役立てようとする調査マンはまだ少数派だった。一千人を超える所属知識人のなかには、すでに太平洋戦争がいかに勝算のない無謀な戦いであり、推計される自国の戦死者が数百万にもおよぶという試算を立てる者もいたのだが、開戦時はとてもそれを口にできる状況ではなかったし、当時の「東研」はあくまでも、政府肝入りの一億総動員体制、中国侵略政策の推進を最重要命題とする組織だったからである。

そんななかで、研究員のアジ演説の草稿作成を手伝ったり、広報誌の編集に携わったりしていたマス子の心情はどんなものだったのか。マス子の場合は、そんな深い政治的な思想をもって就職した職場ではなかったろうが、ここでの何ヶ年間かの研究所生活が、マス子にあの当時の国是であった「一億総動員」への意識を否応なく高まらせ、やがて「愛国玉砕」や「鬼畜米英」といった民意統一の啓蒙活動に熱中していったろうことは容易に想像できる。何しろあの頃の日本といえば、真珠湾攻撃にはじまった米英への宣戦布告から、瞬《また》くまに香港、フィリピン、マレー、ビルマ（ミャンマー）へと侵略地域を拡大、いっぽうで中国におけるカイライ満州国のでっちあげ政策を強行、「東亜研究所」の調査活動がもっともめざましかった頃だった。

だから、と尾島真一郎は思う。

戦後三十数年経って再会したわが子「リョウちゃん」の登場は、さながらマス子にとっては、いつのまにか記憶の遠くに押しやっていた過去―国策服従、戦争加担の只中にあった「東亜研究所」時代の、自らがおかした罪と罰ともう一ど向き合わねばならない出来ごとだったといえるだろう。マス子が三十余年ぶりに出会った「リョウちゃん」の身体に、あれほど寄り添いたがり、ふれたがったのは、そんな自らが生きた三十数年前の「青春」を、わが手でもう一ど確かめようとする行為ではなかったろうか。

## 五

余談めくのだが、どうしてもここで書いておきたいことがある。

たしかあれは二〇一七年二月に、劇団文化座が沖縄県伊江島の演習地闘争をテーマにした芝居「命《ぬち》どう宝」を池袋の東京芸術劇場で公演したときのことだったが、尾島真一郎は旧知の座長佐々木愛さんから依頼され、芝居を観た感想をパンフレットにのせてもらったことがあった。そのとき何気なく自分の亡き生母が一時期「東亜研究所」に籍を置いていたということを書いたところ、思いがけずあの不朽のロングセラー『東京大空襲』（岩波書店刊）の著者であり、八十数歳になられる今も、絵本の執筆や講演で戦争の実相を伝える仕事をつづけておられる作家の早乙女勝元先生から、次のような手紙をいただいたので、それを紹介しておきたいのである。

手紙には、ていねいな万年筆文字でこう書かれてあった。

偶然拝読した貴方の文章のなかに「東亜研究所」の名をみつけ、その研究所に貴方の母上が勤務されていたことを知って、浅からぬご縁を感じました。

というのは、周知のごとく「東亜研究所」は終戦翌年の三月をもって解体され、解体の直前に「政治経済研究所」と改称されましたが、じつは現在小生が代表をつとめる「東京大空襲・

戦災資料センター」（東京江東区）の前身はその「政治経済研究所」であり、いいかえれば当センターは「東亜研究所」の存在なしでは生まれなかった施設なのです。年令的にいって、小生は母上が勤務されていた頃の研究所を知る世代ではありませんが、センターのOBのなかには若かりし頃の母上のことを記憶している者もいるようです。「東亜研究所」については、全国的に多くの大学や研究所ですぐれた研究活動を行なっている人々や、著名な学者や政治家を数多く輩出しながら、今や知る人も少なくなり、いわば「幻の調査研究所」ともよばれる存在になっていますが、解散時に多くの研究者が掲げていた「調査研究事業は民主主義再建の基盤」という理念は、今も色褪せることなくわが「戦災資料センター」の歴史に脈々と生きつづけているといっていいでしょう。女性の社会進出もままならなかったあの時代、「東亜研究所」の一研究員として日夜奮闘されていた母上は、当時にあってはさぞかし進取的な行動力をもった日本女性だったにちがいありません。

いずれにせよ、貴方の旺盛な文筆活動や美術館経営の実行力には、だれもがご尊父の文学的遺伝子がながれていることを疑いませんが、小生はひそかに、そこには「東研」の黎明期を支えていた母上の血もまた大いに影響しているのではないかと考えております。

これからもいっそう「無言館」の発展と、戦没画学生の遺作発掘のお仕事にお励みください。亡き母上のためにも。

江東区北砂一丁目にある「東京大空襲・戦災資料センター」といえば、ふだんから調べものがあるときなど尾島真一郎がよく利用している資料館だった。民間団体である「東京空襲を記録する会」が収集した資料を中心にした展示館で、作家の早乙女勝元先生が館長をつとめている施設であることは知っていたが、そことマス子が働いていた「東亜研究所」とにそんな繋がりがあったことを、尾島真一郎はその手紙で初めて知った。

# 残されし者は

## 一

M・R君へ

前にも同じようなことをいった覚えがありますが、もうアト何ヶ月かで目出度く(?)「傘寿」をむかえる老齢となったせいでしょうか、近頃しきりと自分の残り時間のことを考えています。サッカーでいえばさしずめ「アディショナルタイム」、もはや華々しいロング・シュートで人生のネットをゆらす体力も気力も失《う》せた、だいたい「試合時間」じたいが残り少ないピッチに立つ老キッカー。いったい自分はこれからどうやって人生の終焉《しゅうえん》をむかえれば良いのかと、そんなことばかりに思いを馳せる日々です。

ただ七十代半ばになって立てつづけに大病におそわれたこともあって、「死」に対する恐怖心はそれほど強くありません。人生百年といわれている時代ですから、八十歳なんてまだまだこれからだよ、なんていう同輩もおりますが、最近になって親しい同世代の友だちがバタバタと逝ってしまうのをみていると、ごく自然に自分もまたいつ死んでもおかしくない年齢になったのだな、というた感慨をふかめているところです。

わが父であるMの晩年の書物を読んでみても、やはり出てくるのは「死」のことばかりです。Mは二〇〇四年九月八日に八十五歳で旅立ちましたが、その前年に上梓した『植木鉢の土』（小学館刊）というエッセイ集の最後のほうでこんなことを書いています。

自分は死なない、不死身である、と信じたい。自分にだけは死も遅れてやってくると思いたい。

しかし、死はいつかは必ずやってくるもの。避けられない死を前にして、生きようという気を持つことである。その意欲によって華やぐのである。老人力が華やぐのである。老人文化力というのか、欲というか、生命欲といおうか。それはまた、気を認識することでもある。ちかごろ、年は若いのに死体のような若者が増えたように思う。そういう若者に気をあげなくていい、その分、われら老人が気を持ったほうがいい。

「気」だとか「老人力」だとか、父ならではの独白ですが、まあ正直といえば正直、父らしいといえば父らしい。とにかく作家Mは、晩年相当身体が弱ってからも、最後まで「生きること」に未練タラタラの人物だったことはたしかなようです。

何しろ八十代に入ってからの数年は、奥さんの許可をもらって京都百万遍のマンションで単身生活、好きな女性を日夜はべらす極楽の毎日を送っていたそうですから（あくまでも当人の手記を信じればの話ですが）、何とも羨ましいかぎりです。時々、私がチンポを「陰茎ガン」でうしなったのも、そんな父親の女色追求の因果応報の半分を、子どもの自分がひきうけさせられたからじゃないか、なんて怨《うら》んでいるのですが。

さて、「陰茎ガン」で思い出しましたが、私が喪ったもう一つの大切なもの、わが「信濃デッサン館」のコレクションは無事新・長野県立美術館の所蔵作品となり、地元の新聞でも大きく紹介され、現在同館は来年四月のリニューアルオープンをめざして急ピッチで建設がすすめられています。まだ詳しい日取りは決まっていないようですが、二〇二三年春あたりには、同館に新設される「信濃デッサン館」コーナーで、晴れてわが四百点におよぶコレクションのお披露目展が開催されるときいています。

ただ残念なのは、わがコレクションの移譲に際して、熱心に県立美術館との橋渡しをしてくれた元松濤美術館学芸課長の瀬尾典昭氏が、過日とつぜん脳梗塞にたおれ、急ぎ手術をしたものの完全回復にはいたらず、ついに美術館の完成を見ぬまま職を辞することを決意したという報がとどいたことです。瀬尾氏は私を美術の世界に引き入れたといってもいい大正期の画家村山槐多のエキスパートで、何年か前に松濤美術館で氏が企画し開催された「村山槐多展」は、それはそれは美事な展覧会でした。放っておけば美術史の底に埋もれかねない一夭折画家の画業を、丹念に丹念に掘りおこし、あそこまで完成度の高い展覧会に仕立てあげた瀬尾氏の力量を、私は高く評価しています。クモ膜下出血にはじまり、ガン、肺炎等五指におよぶ大病を悪運つよくくぐりぬけた経験をもつ小生には、志半ばで病のため美術界をアトにする瀬尾氏の心中が痛いほどわかって、ただただ無念の一言なのです。

ですから、そんな瀬尾典昭学芸員のためにも、今回県立美術館に移譲された「信濃デッサン館」のコレクションが、この先末永く多くの鑑賞者の眼にふれ、作品に魅入られる人々が増えてゆくことを願わずにはいられません。

そこで思い出すのは、父Mが『植木鉢の土』のなかで書いている「不死身でありたい」という言葉です。人間だれだって死にたくはないし、病気にもなりたくない。できるなら一日でも長くこの世に居たいと願うのは人情というものでしょうが、父が最後まで「生」に執着していたのは、そこに「文学」であれ「女性」であれ、生きるに値する対象物があったからでしょう。早いはなし、父Mは命あるかぎり、良き文学に燃え良きオンナの肌を欲した作家だったのですから。

では、その子どものほうはどうかといえば、幸か不幸か父譲りの女好きの血だけは持ち合わせて生まれてきたものの、多くの女優さんと浮き名をながし、文壇屈指の美男文士と囃《はや》された父にくらべれば、私の女性遍歴などは序の口の序の口、己が命を賭けてまでオンナを追いもとめたいかといえば、そんな境地にはまだまだ至っていないのです。いくつもの病を重ねるうち、「死」に対する恐怖心がなくなってきたといいましたが、それはひとえに私自身が、父のように命を燃やすべき対象物を持っていないからではないのか、と考えているところです。

たとえば、私が半生を賭けたと自負しているコレクションにしたってそうです。いくつもの自著に記しているように、たしかに村山槐多や関根正二や野田英夫や松本竣介の絵に焦がれてカネと時間をそそぎこみ、その後戦争で亡くなった無名画学生の遺作を追って全国を行脚し、二つの美術館をつくったことはじじつですが、今考えるとそれもまた私一流の世渡りの一つであり、一種の自己顕示、つまり「世間に自分の存在を認めてもらいたい」という承認欲求であったことは否定できません。何しろあれだけ「愛していた」はずのコレクションを結果的にはカネにこまって売却、日頃から「公の力には頼りたくない」と豪語していた己が美学をアッサリ返上し、けっきょくは県立美術館のお世話になる道をえらんだのですから、二枚舌といわれても返す言葉はないのです。

しかし、そんな私にいつか瀬尾氏がこう声をかけてきたことがありました。

「オジマさん。オジマさんがコレクターとして一番守らなければならないのは、オジマさんが収集した画家たちの作品です。オジマさんが死んでも、作品はのこるんです。その作品たちが生きつづける場所をみつけることもコレクターの大切な役目なんです」

告白すれば、私はその瀬尾氏の一言で、オジマコレクションの主要作品を県立美術館に寄贈、一部の売却を決心したといってもいいのでした。

## 二

瀬尾氏の言う通りでしょう。

何どもいうように、人間は必ずいつかは死ぬ。どんな名品や歴史的産物をコレクションしていても、そのコレクターは永遠に生きているわけではない。だとすれば、自分の収集した作品が、たとえ自分以外の者の手によってでも安全に保護され、継承され、できれば多くの人々に鑑賞される場をあたえられるというのは、世のコレクターが共有する希《ねが》いであるといっていいかもしれません。私の今回の県への作品譲渡も、そうした点からいえばきわめて優等生的コレクターの行ないだったといえるでしょう。

考えてみれば、今までの私は甚だ自分勝手なコレクターでした。

私にとっては、どの作品も自分が所有しているということが重要なのであって、作品の将来のことなんてこれっぽっちも考えてこなかった。もうずいぶん前の話になりますが、知る人ぞ知るある大企業の会長さんが、ゴッホだったかルノワールだったかの名品を海外オークションで落札し、「将来自分が死んだらこの絵もいっしょにお棺に入れて焼いてくれ」といって世間の顰蹙《ひんしゅく》を買ったことがありましたが、スケールはちがえど、どちらかといえば私もそっち派、その社長さんと五十歩百歩の考えの持ち主だった気がします。尾島コレクションはオジマシンイチロウが所有しているからこそ尾島コレクションなのであって、村山槐多も関根正二も野田英夫も松本竣介も、一生涯手ばなすもんか、手ばなしたら一巻の終り、というのが私のコレクター哲学だったのです。

そして、そんな私の意固地ともいえるコレクター根性を、やんわりと軌道修正してくれたのが瀬尾典昭氏の進言だったというわけです。瀬尾氏の「作品の将来を考えるのもコレクターの役目」という当り前の言葉が、それまでの私の頑《かたく》なな「自己承認」主義を一変させたといっていいでしょうか。

ただ、同じコレクションでありながら、「無言館」の画学生に対する私の気持ちがまるでちがうのはなぜ？

私はたしかに三年数ヶ月をかけて全国各地のご遺族宅を訪ねあるき、志半ばで戦場に散った若者たちの遺作や遺品をあつめ、無我夢中で「無言館」なる美術館をつくった当人なのですが、これまで一どとしてかれらの作品を自分のものだなんて思ったことはないのです。じっさい、現在「無言館」にならぶ画学生たちの作品は、戦後何十年にもわたって遺族や関係者が大事に守りつづけてこられたものであり、私はたんにそれらの絵をならべる「無言館」の主《あるじ》であるというだけのこと。いってみれば、私は亡き画学生の作品をご遺族から無償でお預かりし、それを信州上田の丘のてっぺんの小さな館にならべて木戸銭をとっている。甚だ小賢《こざか》しい見世物小屋の管理人とでもいうべき立場の人間なのです。

奇妙な言い方になりますが、私にとって「無言館」の画学生の絵は「コレクション」ではなく、好むと好まざるとにかかわらず自らにあたえられた「所有義務作品」のようなものではないかと思うことがあります。「所有義務作品」、つまり画学生たちの絵は「持ちたいもの」ではなく「持たなければならないもの」といったらいいでしょうか。

これまでに何回も書いてきたのですが、私は全国のご遺族宅で戦没画学生の絵と出会うたび、自分がその絵をみつけたのではなく、画学生たちの絵に自分がみつけられたといった感覚におちいったものでした。それまで遺族宅の天井裏や納屋のおくに仕舞いこまれていたかれらの絵に、戦後何十年もの歳月を物カネ追いかけ競争に費やしてきた私自身の人生が発見された、暴き出されたといった気分におそわれたのでした。そしてそのとき、私はこの画学生の絵を収集することが、当時五十歳代初めだった自分の人生をもう一ど見つめ直す、いわば「戦後処理」のチャンスではないかという思いをもったのです。そうです、かれらの絵を持つ「所有義務」こそが、自分が生きてきた半生をふりかえる格好の手段になるのではないかと。

じゃあ、それほどまでに私をつき動かした自分の「戦後処理」とはいったい何だったのか、ひとくちにいうのは大変ムツカシイ。

でも、ぼんやりとわかっていることがあります。それは、ことによると私の「戦後処理」とは、幼い頃から養父母や生父母に抱いていた誤解や偏見を解くこと、その確執を解くことなのではないかと考えているのです。そんなことと戦没画学生と何の関係があるのだといわれそうですが、やはり私は、あの戦争のなかを生きぬいた父や母のことをあまりに知らなすぎたのです。それは養父母に対しても生父母に対してもいえることでした。あの戦争下に「新しい命」を産み、育てることがいかに困難で、しかし同時にそれがどんなに誇らしくかけがえのない人間の営みであったかということを、私は最近しみじみと考えるのです。そして、今自分にできる唯一の「戦後処理」といえば、そんな無限の愛情をもって産み育ててもらった自分の命が、生きたくても生きられなかった多くの戦死者の命の上に存在していることを、あらためて想起させてくれるのが戦没画学生たちの絵であることに気づかされたのです。

戦没画学生慰霊美術館「無言館」が開館したのは一九九七年五月二日のことでしたが、その開館当日の情景を、私は『「無言館」への旅　戦没画学生巡礼記』(二〇〇二年白水社刊) のあとがきでこんなふうに書いています。

ご遺族は手に手に白い花束をもたれたり、手首に数珠を巻かれたりしていた。テープカットが終って、三々五々一列になって館内に入ったとき、もう眼を真っ赤に泣きはらしているご遺族もあった。

私はそうした参列者たちを見ていて、ふとそんな中に自分の老いた養父母がいるような錯覚にとらわれて眼をこすった。絵の前に合掌するような姿勢で立ったままいつまでもうごこうとしない人や、熱心に資料ケースの中の遺品をのぞきこんでメモをとったりしている人々にまじって、先年八十七歳、八十二歳で他界した尾島茂、はつの丸くちぢんだ小さな背中が見えるのだった。私の瞼に、その二人の背におぶわれて戦火をくぐった幼い日の暦がゆれた。もし二人が生きていたなら、この美術館の開館をイの一番に祝福してくれたのはその人たちだったのではなかろうかと思った。

参列者の最後尾に今年七十八歳になる生父の姿もあった。何年か前から隣村の八重原に仕事場をもっている父は、前日「真ちゃんオメデトウ」という電話をくれ、その日身体の不調をおして開館の祝いに加わってくれたのだった。付き人に添われて控え目に館内をあるく父の姿は小さかった。養父母ほどではなかったが、私が戦後三十年ぶりに対面したときよりずいぶん父の背中も丸くちぢんで見えた。

ふりかえってみれば、私はそうした自分の生命をこの世に送り出してくれた何人もの恩人たちにむかってこの美術館をつくろうとしていたような気がする。もっと正直にいうなら、自分がこれまであるいてきた五十年の道のりの、怯懦と欺瞞とにみちた不心得な日々を、その人たちに洗いざらい、告白するために「無言館」を建てようとしてきた気がする。それはおそらく、この歳になって私がはじめてその人たちにはたすことができた子としての義務でもあったのだろう。そしてそのことは、せめても今の私にできる精いっぱいの「戦後処理」になるのではないかとも考えたのだった。

記憶では、私が初めて「戦後処理」という言葉を使ったのは、この文章が最初だったような気がします。それだけ私はこのとき、自分の気持ちに正直になっていたのだと思います。

三

今ふりかえると、太平洋戦争開戦の年に生まれながら、私は恥かしいくらい「戦争」について関心を持たぬ人間でした。あれほど空襲で焼け出された養父母の辛酸を間近にみていながら、私はかれらが「貧しい靴修理職人」であることを蔑《さげす》み、そうした家庭に生まれついた自分の出自を疎《うと》んでも、かれらをそんな貧困に追いこんだ「戦争」そのものへの憎しみはきわめて希薄でした。「貧乏から脱出したい」「一戸建ての家に住みたい」といった物質的欲求には人一倍駆り立てられても、そうした間違った戦争につきすすんでいった自国の歴史や、出征した兵隊たちの悲惨な運命や、国民を虫ケラのように扱った当時の軍部への批判などみじんも考えていなかった人間でした。無知、蒙昧《もうまい》、愚か、浅はか……恥かしながら、そんなあらゆる罵倒に甘んじなければならない「戦後日本人」の悪典型の一人が尾島真一郎という人間だったのです。

私は一時期、こんな夢をよく見ました。

それは、いわば私の心のなかで二人の尾島真一郎が対話しているというふしぎな夢でした。一人の私はパリッとしたスーツを着て、先のとがったピカピカの革靴を履いた男で、もう一人の私は首に蝶ネクタイをつけ、白いエプロンをしたバーテンダーかコックのような姿をした男でした。その二人の私が、とりとめなく相手を非難、攻撃し合うという奇妙な夢なのですが、いつもその対話は結論にいたらないまま、尻切れトンボのまま終ってしまうというのがつねでした。

たとえば、ある夜の二人の対話はこんなふうな具合なのです。

**（スーツの私）** キミは二十二歳のとき、小さなスナックを開業して成功したといっているが、その頃の最高の喜びは、やはりカネが儲かるということだけだったの？

**（バーテンの私）** いいや、かならずしもカネだけではなかった。高校で成績の悪かったぼくには学問コンプレックスがあって、店に出入りする有名な作家や画家の先生と知り合いになれるのがうれしかった。自分がインテリになれた気がした。

**（スーツの私）** そこでは「戦争」の話はしなかったの？

**（バーテンの私）** したかもしれないが、それも当時の自分には一つのファッションでしかなかった。

大江健三郎や石原慎太郎も読んでいたし、三島由紀夫も読んでいたしね。だから文学や美術の話になったとき、もちろん戦争というテーマが出ることはあったが、それはあくまでも本や新聞のなかで語られる「戦争」でしかなかった。

**（スーツの私）** でも、キミが店をひらいた昭和三十年代の終り頃は、まだまだ戦争の傷アトがそこらじゅうにあった時代だった。近所にもトタン屋根のバラック小屋がたくさん建っていたし、店のおくでは戦争下にキミを育てた養父の茂さん、養母のはつさんが押し入れのなかで寝起きしていた。かれらに苦難を強いた戦争が終って、ようやく二十年がすぎた頃だったからね。なぜキミはお客さんの前で、そんな両親が味わった戦争を語ろうとしなかったのだろう。

**（バーテンの私）** 戦争について話すことじたい、暗くてジメジメしてイヤだったんだ。じっさい、スナックが当って生活がどんどん上昇してゆくのがわかったし、お客と話すなら将来の夢や芸術の話をしているほうが楽しかった。お客のほうだってそうだったと思う。だいいち、あの頃のぼくは美術館の館長でも評論家でも作家でもなく、お客にお酒を飲んで楽しんでもらうスナックのマスターだったんだから。

**（スーツの私）** 自分は今商売に成功してるんだから、わざわざ過去の暗い時代のことを話す必要なんてない、お客もそれで喜んでいるんだから……そういうこと？

**（バーテンの私）** まあ、そうだ。でもそんな時代があったからこそ、そうやって商売が成功したからこそ、現在のキミのような生活が実現できたんだと思うよ。あの頃は、みんな戦争を忘れたがっていたんだから……。

（スーツの私）なるほど……それはそうかもしれない。しかしあの時代の隆盛が、今のこうした時代をつくる片棒をかついだことはたしかだと思う。拝金主義然り、環境破壊然り、原発事故然り、昭和三十年代の終りから四十年代半ばにかけての経済繁栄で、私たちから隣人を助けるとか、自分の幸福だけでなく他人の幸福にも思いをいたすという美徳が消えてしまった気がする。

（バーテンの私）ハハハ……それが今のキミの姿じゃないか。

（スーツの私）そうだ。それは認める。だからこそ、自分は無言館をつくったんだ。それがこれまでの生き方をもう一ど見つめ直す、今の自分にできる唯一の「戦後処理」になるんじゃないかと思ってね。

（バーテンの私）それはどうかな。無言館だって、何だかキミの機をみるに敏というか、あの時代に体得した巧みな処世術から生まれたもののような気がするな。ぼくがあの時代にシロウト大工でスナックを開業したのと同じようにね。だいたい、当時のキミが早死にした画家や戦没画学生の絵にそんなに関心をもっていただなんて、ぼくはまだ半信半疑でいるんだから。

（スーツの私）……。

とにかくそんなふうに、二人の対話は果てしなく延々と、途切れることなくつづくのです。まるで袋小路に迷いこんで、どこにも出口のない路地を彷徨《さまよ》いあるくように。

傑作なのは、この対話の夢のなかに、かならず養父母、生父母のどちらかが登場したことです。私たちがしゃべっていると、ふいに靴修理職人の茂が汚れた前掛け姿で現われたり、割烹着を着た小柄なはつが買い物カゴを提げて通りかかったり、何だか二人は私たちの話をじゃまするようにちょこちょこ登場するのです。生母や生父が現われることはめったにありませんでしたが、一どだけ和服を着た生父のMが、意味ありげにコホンと一つ咳払いをしながら、私たちの話に耳をすましていることがありましたっけ。

## 四

もう一ど「残り時間」の話にもどりたいのですが、私は今、四ヶ月に一どくらいの頻度で東京慈恵会医大附属病院に通っています。罹っているいくつもの病の進行状況を診るためなのですが、何ぶんにも心臓弁膜症、動脈瘤、クモ膜下出血、ガン、肺炎と、いわば満身創痍といってもいい多病老人ですから、朝早い新幹線で上田を出て、午前九時から午後三時すぎまで診察票をもって心臓外科から循環器内科、泌尿器科までエスカレーターで行ったりきたり、ようやく泌尿器科のT担当医から「執行猶予」の診断結果をもらって上田に帰ってくる頃には、もうとっくに町には帷《とばり》がおりているといった時刻なのです。

ともあれ、とくにCT検査の結果、ガンに転移の兆候がみられなかったときのうれしさはとくべつです。「執行猶予」の表現通り、ああこれでまた次の検査まで生きられる、何ヶ月間か生きのびられる、という喜びに全身がふるえるのです。T先生からはいつも「油断しないで検査はつづけてくださいよ。まだまだ肺やリンパに転移する可能性はゼロじゃないんですから」と一発かまされるのですが、たとえ次の検査までの何ヶ月間かであっても、「生きていられる」ということの何というありがたさ。

そこで私が思ったのは、この「生きていられる」ありがたさのむこうには、生きられなかった人たちの命があるのではないかということでした。こうしているあいだにも、病院のベッドでアト一日の存命も叶わず死んでゆく人がいる、予想もしなかった不慮の事故や、のがれようのない災害におそわれて命を絶たれる人がいる。今も地球上のどこかで起きている戦争や紛争によって悲惨な死をとげる人がいる。自分が今日一日「生きていられる」ありがたさは、そうした人々の余命の代わりにあたえられたものではないのか。私はそんな多くの悲運な人々のなかで、たまたま幸運にも「生き残った」人間の一人なのではないのか、と考えるのでした。

以前から思っていたことですが、戦地から生還して戦後の画壇で活躍した絵描きさんのなかには、そうした「残されし者」の意識をつよくもたれている画家がたくさんいました。「無言館」の建設に多大なお力添えをいただいた野見山暁治先生（百歳になられる現在も現役活躍中です）、「初年兵哀歌」シリーズをはじめ軍隊生活での体験をテーマにして数々の名作をのこされた版画家の浜田知明先生（先年百歳で逝去）、生命力あふれる華麗な色彩の花や蝶の作品で知られた日本画家の堀文子先生（百歳で逝去）、どの先生も私が親しくさせていただいた画壇のトップスターですが、そんな先生方のどの作品にも、戦渦をくぐりぬけて生還した者だけにある何ともいえない罪の意識というか、亡くなった仲間たちへの鎮魂の思いがこめられていることに今更ながら気づかされるのです。

私はときどきこう思うことがあります。

それは野見山先生にしても浜田先生にしても堀先生にしても、私の「無言館」の開館に心からの祝意をおくってくださるいっぽうで、何ともいえないふくざつな心情を抱かれていたのではないかということです。それは幸運にも戦地から生還した画家たち、あるいは堀先生のように愛する近親者のなかに戦死されている人をもつ画家たち（堀先生は戦地で十九歳の弟さんを失われたときいています）にとって、つねに「絵を描く」という行為は、「絵を描くことができなかった」同胞への贖罪《しょくざい》を意味するものだったからでしょう。

やはり戦後日本の彫刻界を代表するお一人だった佐藤忠良先生（先年九十八歳で他界）が、「無言館」が開館したときにくださったお葉書のなかの文章を、私はいっときも忘れたことはありません。

戦争の時代を共にした仲間の作品がならぶ美術館ができるときいて、何ともいえぬ気持ちになりました。肯定する気分と否定する気分が半々というところでしょうか。なぜなら、私たち戦場から生還した者の心のなかには、すでにもう何十年も前から、自分だけがつくったかれらの美術館があるからです。そのいわば「幻の美術館」を、貴兄が今の世の中に現実につくってしまったことに、いささか戸惑いをおぼえています。おそらく私には、貴兄の美術館を訪れる勇気はなかなか湧いてこないでしょう。

読んでいて涙がこみあげてくるお葉書でした。

そうですね、かの太平洋戦争下、美術学校で互いに画才を競い合っていた仲間を失くした画家たち。かれらの心のなかには何十年も前から、亡くなった画友の絵の飾られた美術館が存在していたのですね。だれも立ち入ることのできない、あの忌わしい戦争を経験した画家だけが抱く「幻の美術館」。戦地から生還した「残されし者」には、つねに「生き残れなかった者」への慚愧《ざんき》と負い目がのしかかっていたということでしょう。忠良先生のいわれる「幻の美術館」とは、亡くなった画友たちの面影と、切磋琢磨し合った青春の記憶を永遠に閉じこめておく秘匿の箱だったにちがいありません。その自分たちだけが知る秘匿の箱のフタが、「戦争」のセの字も知らぬ世代（私の世代はほんの少しは知っているつもりなのですが）のオジマなる人物の手によってこじあけられる。それは、「残されし者」が守りぬいてきた大切な記憶の館が、とつぜん見知らぬ第三者によって土足で踏み荒されるにひとしい行為だったのかもしれません。

もしかしたら、野見山先生にしても浜田先生にしても堀先生にしても、口には出さなくても大なり小なり同じような思いがあったのではないかと想像するのです。

しかし、もう遅い。私はつくってしまったのです。自分にとっては見も知らぬ、遠い戦地で亡くなった画学生たちの美術館「無言館」を、莫大な借金をしてまでつくってしまった！

きっとM・R君も苦笑されているのでしょうね。この世間知らず戦争知らずのエエカッコシイ男の暴挙に。

このところ、私がしみじみ感じているのは、私自身もまた「残されし者」の一人なのだということです。ちょっぴり格言ふうにいうなら、「生者は死者に置き去りにされし者なり」といったところでしょうか。

慈恵会医大附属病院から「執行猶予」の判決をもらって帰ってくるたび、自分も「残されし者」であることを再認識しています。次々と逝ってしまった友、先立ってしまった大切な指導者、先輩後輩、心許せる仲間たち。自分が得たアト何ヶ月かの存命時間は、生きることが叶わなかったそうした多くの人々から託された命であることをかみしめるのです。何を言いたいのかといえば、私は死者たちから手渡されたバトン、かれらが「やりのこしたこと」を実現するために今日一日の命をあたえられたのではないかということ。

私には、「残されし者」の一人として、そういう多くの先人たちが果たせなかった夢や希望のバトンを、さらに次に生きる人々に手渡してゆかねばならない使命があるのです。私の「無言館」は、そのためにつくられた美術館であるといってもいいでしょう。「無言館」は、そういう「残されし者」たちすべての美術館でありたいというのが、創設者である私の願いなのです。

これいじょう書くと、ますますエエカッコシイ病がひどくなってきそうですので、そろそろこのへんでやめておくことにします。例の「陰茎ガン」の後遺症のことなど、ご報告したいことがヤマほどあったのですが、それはまた次の機会に。

オジマシンイチロウ

# 絵の骨

## 一

尾島真一郎が本格的に戦没画学生の遺作の収集を開始したのは、「無言館」が開館する約三年前の一九九四年の春頃からである。

先にものべた気がするが、尾島真一郎がそうした日中戦争、太平洋戦争に出征し戦死した画学生の絵に関心をもったのは、一九四三年に東京美術学校を繰り上げ卒業して応召、満州牡丹江省で二ヶ月余の従軍生活をおくったのち肋膜を患って復員し、故郷の福岡県飯塚にある傷病軍人福岡療養所で療養中に終戦をむかえた洋画家の野見山暁治氏と出会ったのがきっかけだった。たまたま「信濃デッサン館」で毎年ひらかれていた「槐多忌」（夭折画家村山槐多をしのぶ集い）に出席された氏が、対談中にポツリと洩らされた「戦死した仲間の絵がこの世から消えてゆくのがさみしい」という一言をきいて、当時まだ五十代の初めだった尾島真一郎が一念発起、「今ならまだ間に合うかもしれません。ぼくに遺作の収集をやらせてもらえませんか」と自ら志願したのが何もかもの出発点となったのである。もちろんまだその段階では、尾島真一郎の心に「無言館」建設なんていう構想はなじんも生まれておらず、もし何点かでも画学生の絵がみつかったら、当時開館十五年めをむかえていた「信濃デッサン館」の片隅に、「戦没画学生の特別コーナー」でもつくって紹介すればいいんじゃないかといった程度の軽い気持ちでいたのである。

ところが、嬉しい誤算というべきか、いざ全国各地のご遺族宅、関係者宅をめぐってみたら、案外そこかしこから戦後五十年間眠っていた画学生たちの絵が出てきたのだった。もう終戦から半世紀も経とうとしているのに、かの大戦によって「画家への夢」を絶たれた若者たちの絵が、まるで尾島真一郎がくるのを待っていたかのように一点、一点と姿を現わしたのだ。

一番最初に訪れた遺族宅は、一九四三年八月ニューギニアで二十六歳で戦死した東京美術学校出身の画学生伊澤洋さんの兄民介さんご夫婦が暮す栃木県南河内郡（現・下野市）のお宅だった。このときは野見山画伯にも同行してもらっての訪問で、民介さん宅からは、洋さんが出征何ヶ月か前に描いたという「家族」と題した油彩画、その他に出征当日に描いた「道」など四、五点をワゴン車の後ろにのせて帰ってきた。この「家族」は、一張羅の背広、着物を着た両親とともに、民介、洋さんたちが幸せそうに食卓をかこんでいる一家団欒《だんらん》の風景で、今や「無言館」では一番人気となっている絵だ。貧しい農家だった伊澤さんの家では、洋さんが美校に入学したとき家宝にしていた庭のケヤキを売って学費に当てねばならないほどの困窮生活だったそうで、一家じゅうが朝から晩まで野良仕事に明け暮れ、とてもこの絵のような新調した服を着て食卓をかこむひとときなんてなかったという。

「でも、この絵ではとっても裕福そうじゃないですか」

と尾島真一郎がいうと
「ハハハハ……これはね、洋が出征するときに、家族にだけはせめてこんな豊かな生活をしてもらいたいという願いをこめて描いていった空想画なんですよ」

と民介さんはわらっていった。

今も来館者の胸をゆさぶりつづけている印象的なエピソードの一つだ。

半月ぐらいして訪れた二番めの遺族は、美校では野見山画伯の一年先輩にあたり、終戦の年の十二月に戦病死した高橋助幹《すけもと》さんのお姉さん静江さんがご子息と暮している茨城県新治郡八郷《やさと》町のお宅で、ここでは助幹さんの美校時代の習作「樹木」などをゲット。三番めは東京三鷹に住む伊勢朝次さんのお宅、朝次さんは一九四〇年に東美を卒業し一九四三年に中国河南省に出征、翌四四年十月に湖南省の野戦病院で戦病死した正三さんの長兄にあたる人だ。正三さんが応召直前に描いたという「数寄屋橋風景」が尾島真一郎のゆくのを待っていてくれた。そして、次は北九州市小倉のマンションに住まわれている佐久間静子さん。静子さんは、一九四四年に小倉に勤労動員中に大村空襲に遭《あ》って二十九歳で戦死した佐久間修さんの奥さんである。新婚当時の二十二歳の静子さんを描いた輝くような裸体デッサンと、小さな油絵の肖像画を、静子さんがいつも寝《やす》まれているベッドのよこから外すと、壁にくっきりと絵が飾られていた長い歳月のアトがついている。それを見たときには、さすがに胸がつまった。

終戦の年に出兵先の満州（中国東北部）延吉で二十四歳で消息不明となった画学生千葉四郎さん

の、姪御さんにあたる吉井千代子さんが経営する酒造会社「吉野桜」を青森県弘前市に訪ね、四郎さんの遺作「母の顔」や「レンガ倉庫風景」を手に入れたのは、それから一、二ヶ月してからのことで、これが事実上野見山暁治画伯との最後の旅となった。最後の旅といったのは、この吉井さん宅訪問の数日前に野見山画伯から、「展覧会の準備で忙しくなってきちゃってねぇ、これからはオジマ君一人で行ってもらえたらと思って」という電話をもらっていたからである。

尾島真一郎は何となく野見山画伯の気持ちがわかるような気がした。たしかに何ヶ月後かに画伯の大々的な回顧展が国立美術館で開催されるという知らせが伝わっていたので、画伯が尾島真一郎との旅に付き合っていられないほど多忙になっていることは想像できたのだが、それよりも画伯の心をこの収集旅から離れさせているのにはべつの理由がある気がした。

それは一口でいえば時代の様変わりだったのではなかろうか。尾島真一郎が全国を行脚しはじめた一九九四年頃、もはや野見山画伯の知る画学生の両親はこの世になく、絵を描いていた画学生のナマの姿を知る人は少なくなっていた。遺作を守ってきた人たちも、最初に訪問した伊澤さんや高橋さんや伊勢さんや佐久間さんのようにご健在な例は稀で、甥御さん姪御さんなど「直接画学生と会ったことのない人たち」がほとんどなのだった。野見山画伯は心のどこかで、そんな尾島真一郎との遺作収集旅に情熱を失いつつあったのではなかろうか。

想像するのだが、ことによると野見山画伯は、尾島真一郎の遺作収集のナビゲーターをつとめながら、遠い記憶の彼方にある「戦争」の時代を自分にひき寄せようとしていたのではないかと思った。かつて「絵を描くこと」じたいが非国民とよばれていたあの時代、懸命に仲間たちと絵筆を握っていたあの青春の日々に、野見山画伯はもう一ど立ち返りたくて尾島真一郎といっしょに旅に出たのではあるまいか。しかし、もうそこには同じあの時代の空気を吸った者はいない。消えたのは画学生だけでなく、その家族たちも消えてしまった。帰還兵野見山曉治は、尾島真一郎と全国をあるいてみて、あらためて「戦後五十年」という時の流れを実感し、それが「これからはオジマ君一人でやったらいい」という言葉になったのではないのか。

## 二

しかし、おかしなもので、頼りにしていた野見山画伯が戦線を離脱（?）されると、尾島真一郎は自分の遺作収集への意欲がグンと高まるのを感じた。何しろ戦時中の美術学校の学籍簿には不備が多く、出征後の画学生の消息を調べるだけでも並大抵の苦労ではなかった。そんななかで、野見山画伯のもとに届いた同級生や先輩後輩からの音信を手がかりに、何とか出征画学生の親族の居住地をつきとめたり、同じ部隊にいた戦友の住所に問い合わせたりする日々がつづいていた。だから、画伯には何べん頭を下げても下げたりないくらいお世話になり、文字通り尾島真一郎の遺作収集の羅針盤の役を果たしてもらっていたのだが、その画伯がいなくなると、ぎゃくに尾島真一郎の戦没画学生の作品に対する愛着が何倍にもふくれあがってくるのを感じたのである。

何より尾島真一郎がホッとしたのは、画伯といっしょに遺族宅を回っていたときの、あの何ともいえぬ「戦争を知らない」コンプレックスから解放されたことだった。画伯が遺族たちと戦争中の美校での生活のことや、従軍中の苦労や、画学生たちとの思い出話に花を咲かせているあいだ、その後ろで黙って背をこごめてすわっている「居心地の悪さ」「身の置きどころの無さ」を、もう味あわなくても済むだけでもありがたかった。こんなことをいったらバチが当るけれど、野見山先生とのコンビが解消されたことで、尾島真一郎は何だかのびのびと遺作の収集に取り組めるようになったのである。

だいたい収集家という人種はそういうものなのだと思う。要するに自分が主役でありたいのだ。だれにも邪魔されることなく、自分の意思と足であるいて作品を発見し、それを手に入れたいのである。手柄を独り占めしたいのである。その意味では尾島真一郎にとって、戦没画学生の絵も、これまで収集してきた村山槐多や関根正二らの絵と少しも変わらないのだった。

その後の尾島真一郎の戦没画学生遺作収集の成果は目ざましかった。

まず、この収集旅の最大の特典は、これまでの収集にくらべてまったくカネがかからなかったことである。もちろん相手先のご遺族宅は全国東西南北に散らばっているわけだから、飛行機に乗ったり列車に乗ったり船に乗ったり、交通費や滞在費は自分の財布から出てゆくのだが、肝心の「作品」は無償で遺族から手渡されるのである。タダでお預かりできるのである。まだ一人前の画家にもなっていない勉強中の画学生の絵なのだから、当り前といえば当り前なのだが、その点がこれまでの高価な夭折画家作品の収集とは百八十度事情がちがうのだった。

それだけじゃない。

これは野見山画伯と離れて一人旅になってからよけい顕著になったことだが、尾島真一郎は訪ねていったどこのご遺族からも歓迎された。何しろ尾島真一郎は、これまでだれからも見返られることなく天井裏や納戸のすみに仕舞いこまれていた画学生たちの遺作を、わざわざ遠い信州から預かりにきてくれたキトクな人物なのである。自ら「お持ちの画学生の絵を私の美術館に飾らせてほしい」と申し出てきた、ちょっと変わった美術館主なのである。だからどこの遺族も、そんな尾島真一郎のために上寿司をとり、ビールの栓をぬいて待っていてくれたのだ。

たとえば二十六歳で満州武川で戦死した静岡県浜松市出身の画学生中村萬平さんのご子息の暁介さん宅では、浜松名物のうなぎ料理をたらふくご馳走になり、門司市に生まれやはり満州で三十歳で戦病死した吉田二三男さんの妹晴子さんのところでは、今まで食べたことのないような美味しいフグ（地元ではフクというそうだ）会席のもてなしをうけた。宮崎県延岡の戦没画学生興梠《こおろぎ》武さんのご遺族、山口県徳山市の原田新さんのご遺族、兵庫県芦屋の田中角治郎さんのご遺族、東京三鷹の益田卯咲《うさく》さんのご遺族、同田園調布の大谷元さんのご遺族、和歌山市永穂《なんご》の椎野修さんのご遺族、千葉市稲毛の浜田清治さんのご遺族……どこのお宅でも尾島真一郎は最大級の歓待をうけた。何のことはない、戦場で若い命を散らした画学生たちを訪ねる尾島真一郎の旅は、いつのまにか世にも贅沢な全国グルメ旅と化していたのである。

こんなことをしていたら、いつかバチが当る。閻魔さんに舌をぬかれる。尾島真一郎は本気でそう思った。

戦没画学生の絵は、従来尾島真一郎が営む「信濃デッサン館」に飾られるのではなく、あの太平洋戦争下に絵を描きつづけた若者たちの命の証として、「信濃デッサン館」とはべつの新しい施設に飾られるべきだといった思いが尾島真一郎の心につのりはじめたのは、いつ頃のことだったろう。

もし尾島真一郎の脳裡に現在の「無言館」のプランがうかびあがったときがあるとすれば、あれは何ヶ所めのご遺族訪問に当ったときだったか、一九四五年四月にフィリピンのルソン島で二十七歳で戦死した画学生日高安典さんのご遺族を、鹿児島県種子島の生家に訪ね、安典さんの実弟稔典さんと一夜語りあかしたときだったと思う。安典さんは種子島南端の南種子町の旧制中学校を出て上京、東京美術学校を卒業して応召するまでは「池袋モンパルナス」近くの椎名町に住んで絵を描いていた。そして、召集令状がとどいた日、美校に職業モデルとしてやってきていた恋人の裸体像を描いて戦地に発つのだ。そのときのこした安典さんのスケッチブックの片隅には、

　小生は生きて帰らねばなりません。
　絵を描くために

そんな二行が記されてあった。

尾島真一郎が眼をあつくしながらスケッチブックをとじると、かたわらから稔典さんが、

「兄は本当に絵を描きたかったんだと思います。出征するときも、あと五分、あと十分、この絵を描かせておいてくれと、まるで駄々っ子のように家族にいっていたそうですから」

そういった。

そのとき尾島真一郎は、そうした思いは何も日高安典一人だけのものではなかっただろうという気がした。「あと五分、あと十分、この絵を描かせておいてくれ」という願いは、あの頃の出征画学生たちすべてが共有していた願いだったのではないか。「生きて還って絵を描きたい」という切なる願望は、あの戦争下にムリヤリ絵筆を銃にかえさせられたすべての画学生の血を吐くような叫びだったのではないか、と思った。

尾島真一郎はふと、ああ自分の生きているうちに、この人たちの絵のならぶ戦没画学生だけの美術館をつくりたいという思いにつき動かされた。小さくてもいい、どんなにみすぼらしい美術館でもいい、あの戦争の時代に「絵を描く」心を失わなかった若者たちだけの美術館ができたら、どんなに素晴らしいことだろう。きっとそこからは、「あと五分絵を描いていたい」「あと十分生きていたい」という、かれらの絶唱ともいえるコーラスがきこえてくるにちがいない。

そしてそれは同時に（ここからが肝心なのだが）、尾島真一郎自身にとっても、今まで見返ることのなかった戦時中の養父母や生父母の苦労への、今の自分にできる精いっぱいの恩返しになるのではないかと思った。あの戦争下、貧しい暮しのなかで必死に尾島真一郎を産み育ててくれた父二人母二人への、せめてもの罪ほろぼし、親孝行になるのではないかと思ったのだった。戦争で死んだ見知らぬ画学生たちと、自分の親たちは何の関係もないことを知っていながら。

尾島真一郎にお寿司やビールをご馳走してくれるご遺族たちは、尾島真一郎が戦没画学生のことではなく、頭のなかを自分の父や母のことでいっぱいにしていると知ったら、どんな顔をしただろうか。

## 三

尾島真一郎は時々、自分はいったい何を愛している人間なのかと思うことがあった。本や講演（最近依頼が多くなっていた）のなかで、夭折した画家を愛しているとか、かれらがのこした絵を愛しているとかいっているけれども、それは本当の自分なのか。

尾島真一郎はぼんやりと、これまで自分があるいてきた「収集の道」をふりかえることがある。村山槐多や関根正二や、松本竣介や野田英夫といった早世した画家たちとの出会い、世田谷明大前につくった「キッド・アイラック・ホール」や、銀座八丁目に開業した「キッド・アイラック・コレクション・ギャルリィ」、そして信州上田の「信濃デッサン館」、米国ニューヨーク州ウッドストックの「ノダ・メモリアル・ミュージアム」、そして、二十余年前に「信濃デッサン館」の分館としてつくった戦没画学生慰霊美術館「無言館」。この目の回るような、絵を追い画家を追う人生はどこからきたものなのか、果たしてそれは、尾島真一郎が画家たちの作品を愛した結果、生まれたものなのだろうか。

尾島真一郎はひそかに、自分には本当に心から愛したものなどなく、ただ心の空白を埋めるために「絵」をえらんだ男だったのではないかと思うことがあった。もっと正確にいうなら、尾島真一郎は何も愛していない空っぽな自分を覆いかくすために「絵」を利用していただけの男なのではなかろうか。

いつだったか尾島真一郎は、野見山画伯から「キミはどうしてそんなに熱心に戦没画学生たちの絵を追いかけるのか」と問われたことがあった。画伯からしてみれば、太平洋戦争開戦の年生まれとはいっても、戦場に行ったわけでも空襲で身内を失ったわけでもない、これといった戦争体験などもっていない尾島真一郎が、一心不乱になって全国をあるいて画学生の遺作を収集している姿が、何となく理解しがたいものに思えたからだろう。

そのとき尾島真一郎は

「先生、ぼくはぬいぐるみみたいな男なんですよ」

そう答えたのをおぼえている。

「ぬいぐるみ？」

「はい、ぼくはムッカシイ理由があって画学生を追いかけているわけじゃないんです。たまたまぼくのぬいぐるみのなかに入りこんだ画学生たちが、勝手にぼくという人間を動かしているだけのような気がするんです」

「ふうむ……ぬいぐるみ、ね」

画伯はわかったようなわからないような顔をして腕を組んだ。

しかし、そのとき何気なく発したその「ぬいぐるみ」という言葉が、尾島真一郎にとっては、現在の自分をじつに的確に言い当ててるように思えた。他人がきいたら、多少自己韜晦《とうかい》めいてきこえたかもしれないが、今の尾島真一郎という人間をもっとも言い当てている言葉をさがすとしたら、やっぱり「ぬいぐるみ」だろう。何も入っていないカラのぬいぐるみのなかに、いつのまにか戦死した画学生たちがこっそり忍びこんで、尾島真一郎という人間を全国のご遺族宅や関係者宅へと駈け回らせているのだ。イヤ、今回のこの遺作収集旅だけではない。これまで早世した画家たちの絵をあつめ、美術館をつくり、数えきれないほどの展覧会をひらき、かれらについて何冊もの本を書いてきたのも、そのぬいぐるみのなかに忍びこんだ何者かの仕業にちがいないのだ。

ぬいぐるみ、道化、風船……やれやれ、われながら何と頼りなく物哀しい、それでいて何と慌ただしい人生をあたえられたのだろうと尾島真一郎は思った。

それにもう一つ、尾島真一郎の「絵」への思い入れと執着、いわゆる尾島コレクションには大きな特徴があった。

それは、コレクター尾島真一郎には、つねに「絵をあつめている自分」を他者に知らせたいという欲求、誇示したいという欲求があるということだった。

これまでにも語ってきたように、収集した夭折画家のデッサンを中心にした「信濃デッサン館」の建設もそうだし、日系画家野田英夫の「ノダ・メモリアル・ミュージアム」もそうだし、戦没画学生の「無言館」もそうだった。ふつうの収集家、何でもない趣味人《ディレッタント》だったら、お気に入りの絵をひそかに自室の壁に飾って娯《たの》しむとか、たまに町の画廊を借りて展覧会をひらくとか、自費でコレクション集の一冊でも出してみたいと思うくらいだったろうが、尾島真一郎はちがったのだ。銀行から資金を借り、土地をさがし、建物までデザインし、そこに人をあつめて入館料を頂くという「美術館屋」の道にすすんだのである。そこには尾島真一郎の持って生まれた、スナック時代から叩き上げられた事業者的才覚というか、プロデューサー的性向があったということかもしれない。

そうでなければ、わざわざ借金までして（それなりに世間の耳目をあつめる）美術館をつくる発想などわいてこなかったのではないかと思う。

しかし、それにしても、と尾島真一郎はふりかえるのだ。

当人がいうのもおかしいが、尾島真一郎の「絵」に対する貪欲な姿勢には、何か狂気といってもいいような尋常でない熱度がある気がする。これまで出会った早世画家たちすべてにむかって、尾島真一郎は体当りでもするように自分の人生をぶつけてきたふしがある。まるでその画家の作品を所有することによって、人生そのものを変えようとしてきたところがある。なおかつ、そんな自分の姿をどうか見てくださいと、他者に晒《さら》してきたところがあるのである。尾島真一郎をそんなにまで「絵」や「画家」や「美術館」に駆り立ててきたものとは何だったのか。

前にもふれたが、そこには多分に「時代」というものの影響もあったと思われる。

高校をビリで出た尾島真一郎は、あの「東京オリンピック」や「日本列島改造論」を境にした経済成長期、何十種もの職をへたあと小さなスナックを開業して成功し、やがて好きな夭折画家の絵を扱う画廊の経営者となり、僅か数年後には私設美術館の主《あるじ》になった。そんな自由勝手な「転身」が許されたのも、あの時代だったからこその幸運だったように思われる。あの昭和三十年代の終りから四十年代半ばにかけての時代（三島由紀夫が自決したのもあの頃だった）は、文字通り一億総参加というか、全員虎視眈々《こしたんたん》というか、だれもかれもが経済戦争、物欲レースのなかで自らの力量をためすことができた時代だった。ああいう時代でなければ、尾島真一郎はこんなにまで次々と「やりたいこと」を為しとげられなかったろう。

また、こうして飢えた野良犬のように全国をほっつきあるいて絵を収集したのには、自身の生いたちもかなり関係しているように思えてならない。戦時中二歳と九日で生父母と離別し、三十代半ばまで自分がどこに生まれ、だれの子なのかもわからぬまま育った尾島真一郎のいわば「自分さがし」の一方法が、夭折した画家の絵をあつめて美術館をつくる行為だったのではないかという気がしてならない。尾島真一郎はそんなふうに病や戦争によって亡くなった画家たちの遺作を探しもとめることによって、じつは「いったい自分は何者か」ということを知りたかっただけの男なのではないか。

そもそも尾島真一郎は、絵をあつめている自分の姿を見せたかった他者とは、どこにいるかわからぬ生みの母や父、その人たちだったのではないかとさえ思うのだ。

## 四

「あなたは、私たちの仲間の絵の骨拾いをしてくださったのですね」

これは、「無言館」が開館して二、三年がすぎた頃だったろうか、熊本市に在住される版画家浜田知明先生が来館されたとき尾島真一郎にいった言葉である。

浜田先生といえば、美校（現・東京芸大）卒業後に出征して長い従軍生活をへて帰還、その苛酷なまでの軍隊での体験を、「初年兵哀歌」シリーズや「見える人」といったいくつもの名作にのこされた版画家で、「無言館」にこられた頃すでに八十歳をいくつかこえられていたように思うのだが、その作風がしめすように凛と背筋ののびた硬骨漢といった風貌の先生だった。その顎の張ったイカツイ顔の先生が、「無言館」を長い時間かけて鑑賞したあと、ご挨拶するのに出口近くに立っていた尾島真一郎にむかって、深々と頭を下げられたのだった。

「戦死した仲間もさぞ喜んでいるでしょう。いや、仲間いじょうに第一にお礼を申しあげなければならないのは、こうして戦地から生きて還った私たちかも知れません。今こうして絵を描くことのできる私たちは、戦死したかれらの命からもらった人生を生きているのですから」

ふだん寡黙なことで有名な先生だったから、それだけの言葉をきいただけで尾島真一郎は直立した。

たしか浜田先生は、「無言館」に絵が展示されている佐久間修さんとはとくに親しくされていたとのことだった。佐久間修さんは浜田先生と同じ熊本県上益城郡生まれ、美校を卒業して美術教師となり、昭和十九年十月に勤労動員令をうけて、生徒十数名を引率して大村空襲がはげしくなっていた長崎の海軍航空廠にゆき、そこで機銃掃射の弾丸をあびて二十九歳の生涯をとじた。佐久間さんは浜田先生より二歳上だが、美校を卒業したのは同じ昭和十四年の春である。小倉に住む奥さんの静子さんから、佐久間さんが若き日の静子さんを描いた「裸体デッサン」と油絵の「静子像」とを預かってきた日の思い出は、今も尾島真一郎の記憶に深くきざまれている。

浜田知明先生はこうつづけられた。

「佐久間君の身体は機銃掃射で粉々になって吹きとんで、奥さんのもとには身につけていたものがほんの少し届いただけだったそうですが、こうやってあなたがかれの絵の骨を拾ってくださったことで、かれの仕事はこれからも永遠に生きてゆくことができる。絵描きにとって、描きのこした絵こそが自分の骨なんですから」

絵の骨――その言葉が尾島真一郎の心の奥に深々とひびいた。

そうかも知れないと思った。尾島真一郎が全国をあるいてあつめたのは戦死した画学生たちの「絵の骨」だった。浜田先生は「仲間の命はもどらなかったが」といっていたが、画学生の命が「絵」であるとすれば、「絵の骨」は画学生自身の骨でもあった。よく新聞記事などで、日本政府の遺骨収集団の捜索によってロシアやフィリピンで戦没者の遺骨がみつかったという報道に接するが、尾島真一郎の遺作収集もまた、かれらの「絵の骨」を収集する旅に他ならなかったのだ。

そして、大切なことはこの「絵の骨」はたんなる人間の遺骨とはちがって、今も生きつづけているということだ。もはや画学生たちのナマ身の命は木っ端みじんに消えてしまったが、「絵の骨」はかれらの自己表現の欠片《かけら》として、戦後数十年もの風雪に耐えて今もひそかに呼吸しつづけている。色鮮やかな作品としてそこに存在しつづけている。尾島真一郎は、その「生きている遺骨」を戦地から持ち帰ってきた男なのである。

何だか知らぬが、尾島真一郎は心の底からホッとするような安堵感がわいてくるのをおぼえた。自分のやってきた仕事はまちがいなかったのだ、といった充足感がわいてくるのだった。

尾島真一郎は、いつか近代日本の具象彫刻界の第一人者である佐藤忠良先生が葉書に記された「自分には無言館を訪れる勇気がない」といった言葉を思い出し、今になって、少しだけ忠良先生の思いが理解できるような気がしていた。それは「無言館」にあつめられた「絵の骨」が、いかに強く逞《たくま》しい生命力を秘めているかという証明だった。それほど画学生がのこした絵には、七十余年の歳月にもビクともしない「絵を描きたい」という信念がこめられているのだった。あの超一流の仕事をのこした佐藤忠良先生でさえ、そんな画学生の「絵の骨」に値するだけの仕事を、今の自分はしているだろうかと自問されていたのではなかろうか。そしてそれが、あの思わず書き綴った「無言館を訪れる勇気がない」という言葉になったのではないだろうか。

いつも思うことだが、戦没画学生の絵には一点として、展覧会に入賞したいとか、画壇にデビューしたいとか、有名画家になりたいとかいった動機で描かれたものはない。ただただ愛する妻や恋人を、父や母を、兄弟姉妹を、青春を分かち合った竹馬の友を、なつかしい故郷の山河を描いて戦地に発ったかれらの絵は、「描きたかったから描いた」絵なのであり、「心から描きのこしたかったものを描いた」絵なのだった。どれもがアトひとしずくの余命を一枚の画布にそそぎこんだ絵ばかりなのである。

「絵の骨は画学生たち自身の遺骨」「自分にはまだ無言館を訪れる勇気がない」——尾島真一郎は、先達おふたりがあたえてくれたこの言葉を一生忘れまいと思った。

# 「残照館」から

## 一

そして今、尾島真一郎は「無言館」から約五百メートルほど離れた真言宗前山寺の参道わきに建つ「KAITA EPITAPH 残照館」の受付に、ぽつんとすわっている自分の姿を発見する。

前述したように、この「残照館」は三年前に三十九年八ヶ月の歴史にピリオドをうった「信濃デッサン館」が、それまで収蔵していた村山槐多や関根正二、松本竣介や野田英夫などといった早世画家たちの作品を、善光寺そばにリニューアルオープンする予定の長野県立美術館に約四百点を寄贈、三十三点を購入してもらったあと再オープンした、いわば残りもののコレクションをならべた美術館である。かつて槐多や正二など早世画家のコレクションがならんでいた壁面には、まだそれでも何点かの槐多の小デッサンと、吉岡憲や鶴岡政男や靉光といった異端画家の逸品、現近代に入ってヨーロッパで活躍し、二十八歳で夭折したオーストリアのエゴン・シーレや、イギリスの幻想詩人画家ウィリアム・ブレイクなどの作品がならんでいる。また、手前右手の小部屋と中央奥にある部屋は、昭和の初めに詩人、建築家、画家として活躍し、二十四歳の若さで世を去った立原道造の記念室になっていて、立原の中学時代のパステル画や手製詩集や自筆原稿などが展示されている。残りものに福アリじゃないけれど、「残照館」もそれはそれでなかなか見応えある美術館なのである。

入口よこの壁には、尾島真一郎の書いた「残照館のこと」と題したこんな文章が掲げられている。

二〇一八年三月十五日、三十九年八ヶ月にわたって営んできた私設美術館「信濃デッサン館」を閉館した。コレクションの大半を長野県に寄贈し、一部を購入してもらった。いらい、私は空っぽになったこの建物に近寄るのもつらかった。自分で建てた美術館、自分であつめた絵を喪《うしな》うことが、こんなにも哀しく淋しいものかと知った。

このたび私は、その淋しさからのがれるために、館名を「残照館」とかえて、手元に残った絵をならべて再開することを決意した。病をかかえた八十歳近い老人が、アト何年この館を運営できるかわからないけれど、好きな絵に囲まれて死ぬのなら幸せだと思った。

私は芸術がわかって絵をあつめた人間ではない。「何も誇れるもののない自分」を、「画家がのこした絵の魂」のそばに置くことによって、一人前の人間になりたかったというのが動機だった。「信濃デッサン館」の絵は、新しく建つ県立美術館で観てほしいが、私にのこされた貧しい残りもののコレクションにも眼を凝《こ》らしてほしい。

「残照館」とは、いつのまにか日暮れのせまった道をあるく男の感傷から生まれた館名で、KAITA EPITAPHは、私が半生を賭けて愛した大正期の夭折画家村山槐多の「墓碑名」を息味している。

一読しただけで、愛蔵品の何もかもを喪った老コレクターの孤独がヒタヒタと伝わってくるような文面だが、これが現在の尾島真一郎の正直な心境なのだから仕方あるまい。それでもなお「信濃デッサン館」を「残照館」という名にかえて受付にすわりたいというのだから、尾島真一郎がいかに往生際の悪い、今もって自分の愛した早世画家たちの作品に未練タラタラのコレクターであるかがわかろうというものだ。

しかし、この「残照館」が昨年（二〇二〇年）六月にオープンしていらい、尾島真一郎は何ともいえない満足感と充実感のなかにいることもじじつなのだ。

それははっきりいって、ほんの束の間であれ「無言館」の仕事から解放される歓びでもある。自分の好きな絵（もはや残りものだけだけれども）にかこまれていると、「無言館」の画学生にはあたえられなかった「絵を描く時間」を、自分は今画家たちと共有しているのだという思いにみたされて、それがたまらなく気分をやわらげるのだ。ああ、絵とはこうあるべきなのだ、こんなふうに自由に描いたり観たりすることができるのが絵なのだ、といった確信がこみあげてきて、コレクター魂がよろこぶのである。

尾島真一郎は旧「信濃デッサン館」を「残照館」と改名して再オープンさせようと決心したとき、いつか自分は、この「残照館」という美術館のなかで死んでゆくのではないかという空想にとらわれた。いつのまにか尾島真一郎は八十歳に達しようとしている。しかも泌尿器のガンをはじめ、クモ膜下出血、大動脈瘤、心臓弁膜症、肺炎、尋常性乾癬等々、病という病をぜんぶ背負《しょ》いこんでいるような老人だから、いつ「お迎え」がきてもちっともふしぎではないのだ。そんなときに、もっとも自分が死ぬのにふさわしい場所はどこかと問われたら、迷うことなく、やはりそれは「残照館」だろうと答えるにちがいない。

父親のMが最晩年の随筆のなかで、毎晩ベッドにもぐりこむときに、「では皆さん、さようなら」とつぶやいて眠りにつくのが習慣になったと書いていたのを思い出したが、尾島真一郎もまた自分の残りものコレクションがならぶ「残照館」で、「皆さん、さようなら」とつぶやいて死んでゆけたら、どんなに幸せだろうと思った。

## 二

しかし、いっぽうにおいて、依然として尾島真一郎は戦没画学生慰霊美術館「無言館」の創設者であり現館主であることはたしかなのである。

それはどんなにのがれようとしてものがれられない、天からあたえられた尾島真一郎の任務であり責務なのである。血をわけた肉親である画学生の絵を、尾島真一郎の手にゆだねて逝ったご遺族とのあいだでかわされた「この絵を大切に守ってゆきます」という約束を果たす、いってみれば使命のごときものである。けっきょく尾島真一郎は、この「無言館」なる巨大な棺をかついで、これからも果てしない道をあるいてゆかねばならない宿命のモトに生まれてきた人間なのだろう。

だが、と思う。それはやはり尾島真一郎が「絵」を愛していたからこそあたえられた人生でもあるのだ。もっというなら、「信濃デッサン館」（「残照館」）をつくった尾島真一郎だからこそ、「無言館」をつくることができたのだ。二つの仕事は、尾島真一郎にとって地続きの仕事なのだ。

そのあたりのことを、尾島真一郎は最近出した『続「無言館」の庭から』（かもがわ出版刊）のなかでこう書いた。

もし私の営む「無言館」と「残照館」に切っても切れないつながりがあるとすれば、二つの美術館には「描きたいから描く」という人間の本能から生まれた絵ばかりが飾られている点だと思う。「残照館」にならぶ村山槐多も吉岡憲も野田英夫もエゴン・シーレもそうだし、「記念展示室」にある立原道造もそうだし、「無言館」の画学生たちもそうである。とりわけ「無言館」の画学生の絵は、だれかに頼まれたり命令されたりして描いたものではなく、「描きたい」という本能にかられて絵筆をとった作品ばかりである。出征直前に、かれらがのこされた生のすべてをそそぎこんだ「絵を描く」という行為の純粋さ。いつも堂々めぐりになるのだが、私が「無言館」を設立したのは戦争や平和を語るためではなく、そうした画学生たちの「絵を描く本能」を伝えたかったからだった。人間の「描きたいから描く」という本能の尊さを伝えたかったから「無言館」をつくったのである。少々大げさにいうなら、そんな人間の「描きたいものを自由に描く歓び」、「描かれた絵を自由に鑑賞する歓び」がいかに大切なものかを伝えたくて、一卵性双生児の美術館「無言館」「信濃デッサン館」をつくったのである。

これまでにも何回か同じようなことをいってきた気がするが、尾島真一郎にとって、「無言館」も「信濃デッサン館」(現「残照館」)も、この「描きたいから描く」という表現者たちの一直線の思いによってむすばれている美術館なのである。だが、テレビや新聞の報道によって「無言館」の存在を知った人々の多くは、ただそこに飾られている画学生たちが生きた戦争の時代をにくみ、かなしみ、その犠牲となった若者たちの悲運を嘆くことで鑑賞の目的を果たし、涙をぬぐいながら館をアトにする。残念ながら、「無言館」を出たあと五百メートル隣にある「残照館」にまで足を運ぶ人はきわめて少ない。つまり、「無言館」を訪れる多くの人々にとって、そこは「戦争」を観る場所なのであって、「絵」を観る場所ではないからである。

これは「無言館」がオープンして五年くらい経った頃、尾島真一郎が出した『無言館ノオト』(集英社刊)という本だが、尾島真一郎はすでにその頃、この二つの美術館がもつ宿命的な存在理由の差が、のちにどれほど自分を苦しめるかについて書いている。

もう一つ気になるのは、先の「信濃デッサン館」への支援があくまでも一部の美術ファン、絵画愛好家によってもたらされたものであったのにくらべ、「無言館」の建設のほうはもう少し広範な、ごく市井の一般世論とでもいうべき力に後押しされたことである。

たしかに私が若い頃からあつめていた一連の夭折画家たち――大正期に天才画家とうたわれた村山槐多や関根正二、また日本の近代美術史上に大きな影響をあたえた野田英夫や松本竣介といった知る人ぞ知る画家を愛する熱心な人々の協力が「信濃デッサン館」の開館を手助けしてくれたことはじじつだったが、「無言館」のほうはそうした美術ファンだけの庇護で出来上がったわけではなかった。「無言館」の計画を歓迎したのは、そのほとんどが戦争体験をもつ一般の人たちであり、たとえ自らが出征していなくても、かつて戦地で肉親や友人知己を失った経験をもつ五十、六十代の中高年層の人々であった。そういう人々は「無言館」を「美術館」として支持したのではなく、あくまでも戦地で亡くなった画学生たちへの鎮魂と慰霊、顕彰を目的とする「戦争記念館」として支持したのであった。

そして、この一種の「後方支援」といってもいい世論の性質のちがいは、はからずも私の建てた二つの美術館の存在理由をもはっきり色分けし、それぞれの理念のちがいを明確に区別させたともいえた。「信濃デッサン館」は文字通り、日本が生んだ天才的夭折画家の画業を顕彰し紹介してゆくための美術館であり、いっぽう「無言館」のほうは戦没画学生の絵をたんなる「作品」としてではなく、かの戦争の悲惨さや残酷さを後世に伝えるための戦場からの「遺留品」、もしくは故人の生前の思い出をしのぶための「遺品」として永く保存、展示してゆく施設である、といったふうにである。

この、二つの美術館が抱えた二律背反というか、美術館の主体性そのものにかかわるアンビヴァレンツ的状況も、のちのち私を大いに悩ませ苦しませることになった。すなわち私にとって、「無言館」の画学生の絵を「遺品」「遺留品」として収集し展示してゆくということは、「美術」を愛することとはまったくべつの意味をもつ「戦争の惨禍をふりかえり」「画学生たちの無念に涙する」ことだったからである。

いってみれば、尾島真一郎自身がそんなふうに予見していた通り、この自分のつくった二つの美術館のにっちもさっちもゆかない性格の相違に、ずっと悩まされ、苦しめられながら、尾島真一郎は現在にいたっているということなのだろう。

ただ、これはだれがつくったわけでもない、尾島真一郎がつくった美術館なのである。尾島真一郎という人間から生み落された美術館なのである。二つの美術館の理念や目的はちがっても、それもまた尾島真一郎が自らの手で美術館に背負わせたものなのだ。そんな股裂き状況にある二つの美術館は、これからも尾島真一郎という者の手によって営まれてゆくしかないのだろう。同時に尾島真一郎もまたその二つの美術館のあいだを、行ったりきたり揺曳《ようえい》しながら生きてゆくしかないのだろう。

三

ま、もうそんなことはどうでもいいと尾島真一郎はつぶやく。

そして、ゆっくりと「KAITA EPITAPH 残照館」の木練瓦畳の上をあるきはじめ、槐多の「裸婦デッサン」、靉光の「薔薇」、浜田知明の「兵隊」、金山康喜の「建物」、鶴岡政男の「汽車」、エゴン・シーレの「自画像」、ウィリアム・ブレイクの「天使と悪魔」、そんな画家たちの絵を観るでもなく観ないでもなく、ただその画面にむかってほんの一瞬だけ視線をあて、そらし、またそそぐ。そんなくり返しのなかで、しだいに尾島真一郎は自分の呼吸がラクになってゆくのを感じる。大げさにいうなら、壁に掛けられた絵一つ一つと、自分がいっしょに呼吸をしているような感じ、とでもいったらいいだろうか。

尾島真一郎はそんなとき、自分が絵をみているのではなく、絵のほうが自分をみているのではないかという感覚におちいる。それは全国のご遺族宅をめぐり「無言館」の画学生と出会ったときとまったく同じ感じ、自分が画学生の絵を発見したのではなく、画学生の絵に自分が発見されてしまったという感覚と同じなのだった。

絵と鑑賞者の関係はそういうものなのだろう、と尾島真一郎は思う。鑑賞者が絵をみているとき、絵も鑑賞者をみているのだ。そこで初めて、絵（あるいは画家）と鑑賞者との対話が成り立つ。対話は日常の些細《ささい》な出来ごとの報告から、今かかえている悩みごとや辛い経験、ときには社会や歴史についての意見の交換もある。もちろん絵は黙ってこちらの言葉をきいているだけだから、そこには肉声の会話などないのだが、鑑賞者は作品に描きこまれた風景や人物、事象や現象、すぐには理解しがたいふしぎな形態や色彩から、絵が鑑賞者に発したがっている言葉をきくことができる。耳をすますことができる。それが、絵との対話なのであり、絵と鑑賞者のあいだに生じるとくべつな関係なのである――と尾島真一郎は考える。

今日、尾島真一郎がそんなふうに「残照館」の絵にいつもいじょうの感慨を抱くのは、おととい、東京慈恵会医大附属病院で数回めの「陰茎ガン」と大動脈瘤の経過診察をうけてきたからでもあった。

幸い「陰茎ガン」の術後検査では、今のところ他部位への転移は認められず、大動脈瘤の短径数値も「50」のままだったので（詳しいことはわからぬがこの数値が「55」以上になると手術が必要になるそうだ）、とにもかくにも「執行猶予」の診断をうけて帰ってきたのだが、「陰茎ガン」の年三回の定期検査は、少なくとも向う二、三年はつづけなければならない。

今回、尾島真一郎が手術を執刀したT医師からもらった「CT画像診断報告書」にはこうあった。

〈所見〉

胸腹部

陰茎癌に対して陰茎部分切除後

CT上、明らかな局所再発所見は指摘できません。

リンパ節転移・肺転移・肝転移は明らかではありません。

両側胸水・覆水貯留なし。

両肺下葉には軽度の容積減少があり末梢には網状影が推察され、繊維化が疑われますが、過敏性肺臓炎の再憎悪を疑う明らかな所見を認めません。

甲状腺両葉の結節に著変ありません。

上行大動脈に最大短径50㎜の紡錘状動脈瘤を認めます。変化を認めません。
心拡大は前回と同様です。
肝の変形を認め、慢性肝障害を疑います。
肝嚢胞、結腸憩室、胃憩室、両腎嚢胞、前立腺肥大を認めます。

〈診断〉
陰茎癌術後、明らかな再発、転移を認めません。

これが、尾島真一郎が一昨日、東京慈恵会医大附属病院からもらってきた「執行猶予」の証明書である。次の検査日まで、貴男は生きていられますよという医師のお墨付きである。「再発所見は指摘できません」とか、「転移は明らかではありません」とか、例によって医学用語独特の回りくどい書き方だけれど、要するに今回はガンに関しては無罪放免、むしろ気をつけなければならないのは、血管にできた50㎜ほどのコブのほうで、こちらも年に何回かの精密検査が必要とのことだ。しかし、このコブもすぐに成長する危険性は少ないらしいので、まぁこれでしばらく様子をみましょうとの診断。尾島真一郎のしばしの「存命」が保証されたことはたしかなのである。尾島真一郎はこの診断書をポケットに仕舞い、「ああこれでまた、自分は何ヶ月か生きのびられる」という喜びで胸をいっぱいにして上田に帰ってきたのだ。

そして、今、尾島真一郎は自分の好きな画家の絵のならぶ「残照館」の受付にすわっている。

「陰茎ガン」の手術後、長野県に正式に「信濃デッサン館」のコレクションを手放すことを決心したとき、もう自分の人生は終ってしまったと思っていた尾島真一郎なのだが、今こうして「残照館」に佇んでみると、まだ自分の人生は終焉していないという気になってくる。男のシンボルたるチンポをうしない、日々排尿障害に悩まされ、心臓を病み、根治困難な乾癬という皮膚病を病みながら、なおも自分の好きな絵たちに抱かれていると、尾島真一郎は再び自分の心臓が動き出す気配を感じるのである。

万歳、チンポはなくなっても、まだ尾島真一郎には「絵」がのこっているのだ。

# 四

しかし、人間、いつ何があって死ぬかわからない。たまたま「執行猶予」といった言い方をしたが、そういう意味では、命ある者すべては「執行猶予」中の身であるといってもいいのだろう。

そんなことを考えながら、受付の時計が閉館時間の四時になったので、閉館をつげる小看板をもって「残照館」の前庭に出てみると、右手の山王山におもちゃのような「無言館」の屋根がみえる。ついこのあいだ、地元のテレビ局がドローンをとばして上空から撮影し、山王山の頂きに建つ十字形をした「無言館」を、「まるでヨーロッパの僧院か寺院のようだ」と評していたのもあながち大げさではない。頂きに繋る樹林のなかに、ひっそりと息づくコンクリート打ちっ放しの建物は、どこか置き去られた西欧の古い教会か何かのようにもみえる。

ただ、明日やってくることになっている東京のテレビ局の取材のことを考えると少し気が重くなる。

テーマは、例によって「戦争と芸術」だ。毎年八月が近づくと、各局がこぞって企画するいわゆる戦争モノのドキュメンタリーの一つで、インタビュアーは尾島真一郎も知っているテレビで売り出し中の美人アナだ。その美人アナが尾島真一郎にマイクをつきつけ、「戦没画学生の遺作を収集しようと思った動機は？」「オジマさんにとって戦争とは？」「全国のご遺族宅を訪ねて一番印象にのこった思い出は？」「画学生の絵でオジマさんが一番好きなのは？」等々、立てつづけに質問してくるようすが眼にうかぶ。きっと尾島真一郎は、そんな質問にいつものように臆することなく応じ、立ち往生することなく上手に受け答えし、「全国をあるいて戦死した画学生の遺作を収集した反戦コレクター」を見事に演じるのだろう。

だが、ここ「残照館」には、まったくそうした取材がやってこないのがありがたい。まだ「信濃デッサン館」だった頃には、テレビの美術番組に何ども登場し、全国でも珍しい夭折画家のデッサンを中心にした個性派美術館として注目をあびたものだったが、三年前の三月十五日に「同館は三十九年八ヶ月の歴史に幕を下ろした」という報道がゆきわたってからは、ほとんどそうしたメディアの人たちは姿をみせなくなった。昨年「KAITA EPITAPH 残照館」と名をかえて再オープンしたときも、尾島真一郎は何となく報道機関には開館を知らせていなかったので、今もって「残照館」は「だれも知らない美術館」でありつづけているのである。

「残照館」では、尾島真一郎は「戦争」のことも「平和」のことも「戦没画学生」のことも、何も語らなくて済む。

もっとも、いくら報道機関に何も知らせていない「残照館」の開館であっても、「無言館」にこられて初めてその存在を知った人たちとか、尾島真一郎の書きもののなかでそのことを知った人たちが、あんがい「残照館」を訪ねてくる。その人たちの大半は、三年前に閉じられた「信濃デッサン館」の長年のファンとでもいうべき人で、そういう人たちは旧「信濃デッサン館」の建物を使って再開したという「残照館」に興味津々でやってくるのだ。

そういう来館者は、当然のことながら、かつて「信濃デッサン館」に展示されていたコレクションがそっくり長野県に移譲されてしまったという現実を前にして、「すっかりさみしくなりましたね」とか「さぞお力落しのことでしょうね」なんて、まるで「信濃デッサン館」へのおくやみのような言葉をのこして去ってゆくのだが、なかには

「いやぁ、再開してくださってありがたいです。ここにオジマさんがいてくださるだけで、我々ヒネクレた美術ファンはホッとするんですよ」

ヒネクレただけ余計だったが、泣かせることをいう人もいる。

そんなとき、尾島真一郎はこう思うのだ。

ことによると今の「残照館」には、尾島真一郎があつめていた村山槐多や関根正二や松本竣介や野田英夫や、吉岡憲や古茂田守介や靉光たち夭折画家の魂がまだどこかにひそんでいるのではなかろうか。三十九年という長きにわたってこの館の壁に掛けられてきたかれらの絵の匂いが、この「残照館」の隅々にまでしみこんでいて、それが「信濃デッサン館」を愛する人々の心をホッとさ

せているのではないだろうかと。

しかし、そうした旧「信濃デッサン館」に焦がれる人々が「残照館」を訪ねてくればくるほど、尾島真一郎はふたたび、自分がいかに中途半端で、意志薄弱で、宙ぶらりんな美術館主であるかという思いにおちこむ。八十歳にもなって、絵画収集をはじめて半世紀がすぎるというのに、今なお尾島真一郎は「残照館」と「無言館」二つの主《あるじ》を巧みに演じて生きている二重構造の自分を発見する。二つの美術館が不可分の美術館であるといい、地続きの関係にある美術館だと標榜《ひょうぼう》しながら、そのどちらにも定まった居場所をもたずにいる主体性なきコレクター、それが自分であることをかみしめる。


そんな尾島真一郎の眼に、文字通り今日の日没をつげる朱い夕日が、峠一つ向うの別所温泉の空を染めあげているのがみえる。色んなコトがあった今日一日を、悔い多く終った一日を、まるでうつくしい岩彩絵具で塗りつぶすようにひろがる茜《あかね》色の空。

思い出したが、たしか東京美術学校日本画科を卒業後中国に出征し、中支における激戦で二十六歳で戦死した画学生小野春男（「無言館」に展示）の父は、あの「茜空の画家」とよばれた日本画の巨匠小野竹喬《ちっきょう》だった。巨匠は死の直前まで愛息の戦死に悔し涙をながし、代表作ともいわれる京都衣笠の夕景に使われた「茜色」は、亡き愛息がながした無念の血を画伯自らの涙で溶かしたものだときいたことがある。竹喬の描く「茜色の空」は、遠い雲上に去った長男春男への永遠のレクイエムであったともいえようか。

そうこうしているうちに、夕陽が完全に没するときがやってきて、信州上田の塩田平に垂れ幕でも下ろすような夕闇がせまりつつある。尾島真一郎は「残照館」の下に「本日の開館は終了しました」という木札をかけて、ゆっくりと館に帰ってくる。

# たまゆら

## 一

M・R君へ
今、私は貴君が「M・R」から「尾島真一郎」になった日、つまり「M家の子」から「尾島家の子」となった日の記念写真をみつめています。貴君が二歳と九日をもって「尾島真一郎」、すなわち今の「私」になった日の写真です。金ボタンが六つならんだ服を着て、小さなベレエ帽をかぶって、可愛い丸いオデコの下のつぶらな瞳がじっとこちらをみています。あの頃流行していたおもちゃの零戦の模型飛行機をもっている小っちゃな手が、可哀想にひどいしもやけでふくれあがっているのがわかります。
この写真は、昭和五十二年八月四日、私と作家Mとの戦後三十余年ぶりの対面が大きくマスコミで取り上げられたとき、新聞やテレビでさかんに紹介された写真でした。私が長野県軽井沢のMの山荘に、自分のいちばん幼い頃の証拠写真として持参したものだったのですが、その写真を手にしたMがポツリと、「この写真には覚えがあるな。真一郎君と別れた日に東中野駅近くの写真館で撮ってもらった写真だ」、そうつぶやいたのを今でもはっきりおぼえています。

そんな父子再会から早や四十年いじょうがすぎ、今や八十歳老人となりつつある私ですが、あらためてこうして写真をながめると、(何だか他人ゴトのようですが) この子はこの日から何と遠い孤独な道をあるいてきたのだろうという思いにひたります。この子は何て長い長いデコボコ道の、まがりくねった人生をあるいてきたのだろうと。

M・R君、私が二歳と九日の自分である貴君にむかって手紙を書こうと思い立ったのは、貴君にとってはどうすることもできなかった二歳九日以後の、動かしがたい七十数年にわたる運命の山々を報告したかったからでした。金ボタンの服を着て、模型飛行機をもってつぶらな瞳でこちらをみていたあの日から、貴君がいかに自分の力ではどうすることもできない運命にもてあそばれ、時代の波に翻弄されながら生きてきたか、その物語をきいてもらいたかったからでした。

太平洋戦争が開戦した昭和十六年九月に生まれ、二歳と九日で生父母の手を離れて貧しい靴修理職人夫婦のもとにひきとられ (ここまではM・R君時代でしたね)、その後養父母の慈育のもとに高校を卒業、種々の職業を転々としたのち、小さな酒場を開業して独立、店の二階に当時まだ珍しかった小劇場「キッド・アイラック・ホール」を開設し、そのうち絵画収集の趣味が嵩じて画廊経営に転身、数年もしないうちに長野県上田市郊外に私設美術館「信濃デッサン館」まで建設してしまった私。ちょうどその頃でした、好きな夭折画家たちの作品探しのかたわらすすめていた実親捜しが実をむすび、人気絶頂の直木賞作家Mとの再会を果たしたのは――。

生父との邂逅劇の約一ヶ月半後には生母とも再会、しかしその生母は二十年後に自死をとげ、それ以前からすでに家庭内別居状態にあった養父母との確執が深まるなか、私は全国に散らばる戦没画学生の遺族宅を訪ねあるいて遺作を収集、一九九七年五月に他国にも例がないといわれる戦没画学生の遺作、遺品を展示する慰霊美術館「無言館」を、「信濃デッサン館」の隣接地に建設したことはご報告した通りです。

またその間には、私は三十歳で亡くなった日系画家野田英夫の足跡を追って、四十数回にわたり渡米、画家が生まれたカリフォルニアからシカゴ、ニューヨークへと旅をつづけ、一九八七年にはついに米国ニューヨーク州ウッドストックに野田英夫の作品がならぶ「ノダ・メモリアル・ミュージアム」を開設するのです。これはもう何といっていいか、自分にそうした事業に対する才覚があったとか、人一倍絵に対する愛情がつよかったなどということで解釈できる現象ではなかったでしょう。あきらかにそこには、ほとんど狂気といってもいい私の人生へののめりこみ、物に憑かれたような絵画収集の闘争心があったとしかいいようがありません。

はっきりいいましょう。私、尾島真一郎は、二歳九日で離れ離れになったM・R君の存在から、一歩でも二歩でも遠ざかりたかったのです。貴君の存在を忘れたかったのです。だって、何もかもが判明した今だからこそ、私はM・R君が幼い頃の自分であることを知っているのであって、それまでの貴君は真っ暗な闇のなかにうずくまる、正体不明の謎の生きモノでしかなかったのですから（あの靉光が描いた名作「眼のある風景」を思い出してください）。私にとってそれまでのM・R君は、ただただ私にむかって遠くから不気味な眼を光らせている、おぞましい自分の出生の根元にいる見知らぬ胎児だったのですから。私は生父母と出会うまでの三十数年間、その胎児がみつめる眼の光に怯え、ふるえ、ひたすらその闇のなかから放たれる眼光から逃避するべく、無我夢中で「絵」を追いかけるコレクターになったのです。

## 二

では、なぜそれは「絵」でなければならなかったのか、ですって？

そうですね、さすがにするどい突っこみです。たしかに、ただ単に幼い頃の闇から逃れるためだけだったら、絵画の収集でなくても美術館の建設でなくても、もっと他の趣味でも良かったはずですものね。それは学問の研究でも、活け花の道でも、好きなスポーツにうちこむことであっても良かったはずです（もっとも私は運動神経ゼロの人間ですからその可能性はないのですが）、それが私の場合は、見知らぬ画家の絵、それも戦争や病気で若く死んでいった画家たちの作品をあつめ、その画家の美術館までつくってしまうという、甚だ特殊でマニアックな道楽だったわけです。たゆまぬ気力と忍耐と探究心と、私にとっては莫大な資金とが必要となる難事業だったわけです。正直、私自身もなぜ自分にとってそれが、自分を遠い過去の闇から逃避させる唯一の手段となったのかが、ふしぎでならないのです。

しかし一つ、確信をもって言えることがあります。

それは「絵」は無学な私にとっては、とても垣根の低い親しみやすい世界でした。なぜなら、他の学問とはちがって、「絵」の解釈には「正解」というものがなかったからです。どんなに権威のある評論家が満点をつけた作品であっても、いかなる歴史的な背景や物語をもつ名作であっても、

「絵」に惹かれる心は十人十色、千差万別、専門知識だけでその価値が計られるものではなく、あくまでもその「絵」の前に立った鑑賞者の心のなかにそれぞれの価値基準があるという点で、他の世界とは比べものにならないほどシロウトに優しかったのです。あの阿鼻叫喚の深夜スナックの壁に、いつも陳座していた（私が初めて月賦で買った）織田廣喜画伯の「パリジェンヌ」の絵は　所有者（購入者）である私の生活のなかで、いつも半分は無視され、半分は酔客との戯れ会話のネタにされ、半分は絵のわかる場末のマスターのステータス・シンボルの役を果たしてくれた宝物だったのです。いつも「絵」はほんとうに私に優しかった！

私はいつか、自著『父への手紙』のなかに書いた――

> 私にしてみたら、自分の胸の底にきざまれた山や川や海のすべてが、いわば名前をもたない身元不明の海や川なのだった。それらは、自分のことがわかっていなければ金輪際こたえられるはずのないシロモノだった。

という文章を紹介したことがありましたが、そんな「みなし児」の思いをすべて受けいれてくれたのが「絵」でした。

あらためていうなら、私にとっての「絵」は単なる鑑賞物でも美術品でも芸術作品でもなく、私という人間そのものの代替物、いわば身代わりになってくれたものだったような気がします。私は自らがかかえた出自の闇や、不確かな生いたちに対する煩悶や苦悩を、村山槐多や関根正二や野田英夫といった早世画家たちのもつ「薄幸」や「悲運」、それに抗《あらが》おうとする絵筆の結実であるところの作品を手にすることによって、少しでも救われたいと願っていた人間なのかもしれません。いや、自分が生まれながらにもつ孤独や不安とともに、かれらがのこした作品といっしょくたになって生きてゆこうとしていた人間なのかもしれません。

要するに、私はかれらの人生を「わがもの」にして生きてきたコレクターなのです。ある日美術館で観た画家の絵が気に入ってファンになったとか（もちろんそうした経験もありましたが）、ある評論家の本を読んでその画家の虜《とりこ》になったとか、信頼する画商から熱心にすすめられたのでその絵をコレクションしたとかいうのではなくて、私はほとんど確信犯的に「その画家自身になりたかった」人間なのです。ですから、そのことにどれだけのお金がかかろうと、労力や時間を費やそうと、ちっとも痛痒《つうよう》を感じなかったのは、そうした苦労が多ければ多いほど、私自身が「その画家になった」という実感をもてたからなのです。まぁ、こんなへ理屈をこねても、大半の人には少々頭のイカレた男が放つ意味不明なタワ言であって、ふむふむと肯いてくれるのは、私自身である貴君ぐらいだろうと思っているのですが。

ですから私は、このいささかじれったい自分と絵との関わりについて、幼い頃の私自身であるM・R君に知ってもらいたくて、こうした宛先のない手紙を書く気になったのでしょう。

まだ生母のマス子が亡くなっていなかった一九八七年頃に出した『母の日記』という本で、私はこんなことを書いています。

この「孤児」画家たちに共通していえるのは、そういう自分たちの出生の事情や人生の曲折を、ひるむことなく力強いエネルギーにかえて生きているという点だろう。生きるエネルギー、いいかえればくじけようとする自らをはげます反ぱつ力、人生への突進力といっていいものかもしれない。どんなに根なし草的な自分の足もとであっても、グチなどこぼさず、めそめそせず、自分が信じた一すじの道をまっすぐにつきすすんでゆこうとする不屈のファイトがここにはある。なみはずれた実行力と、たゆまぬ精神と、闘志とがここにはある。

三

ところで、ここでついこのあいだみた夢の話をさせてください。

というのは、この夢のなかにはまだ「尾島真一郎」になっていなかった二歳当時の、つまりあの模型飛行機をもって記念写真を撮った頃のM・R君が登場しているからです。

それはM・R君が母親とおぼしき女性（生母の加瀬マス子と考えるのがしぜんでしょう）にお風呂に入れてもらっている夢なのですが、お風呂といってもそれは、当時夏になるとあちこちの庶民の家で使っていた「行水《ぎょうずい》」（大きな盥《たらい》にお湯を張った簡易風呂）でした。貴君は可愛いプリプリしたお尻を、母親のお腹あたりに抱っこしてもらって上機嫌、ケラケラと笑いながら、湯の上に出した両足をパチャパチャと動かし、さっきから母親を手こずらせているといった和やかな母子行水の夢なのです。

あんまり貴君があばれるので、母親はつい大きな声をあげます。

「コラ、Rちゃん、おとなしくお首までお湯に浸《ブ》かりなさい！」

でも、貴君はちっともいうことをきかない。途中でくるりと身体を回転させて母親のおっぱいにかじりついたかと思うと、また仰向けになって足をバチャバチャとさせ、ケラケラと楽しそうに笑い声をあげるのです。

「Rちゃん、静かにお湯に浸かりなさい！」

叱《しか》る母

ますますあばれる貴君。

よくみると、そのあいだにも貴君は自分のオチンチンを小っちゃな手でしっかりと握りしめ、時々それをおもちゃのように弄《もてあそ》んだりしています。しかしそのオチンチンは、どうみても大人のそれで、幼い貴君のものとは思われないほど大きくてグロテスクなのがおかしい。貴君は湯舟のなかで足をバタつかせながら、自分のそれをひっぱったり捩《ねじ》ったりしてあそんでいます。二歳児の貴君のオチンチンが大人のそれにみえるのは、明らかにその情景をながめているのが今の私、尾島真一郎だからなのでしょう。夢というものはいつもこんなふうに時間や人物設定や風景が混然一体となっているものですから。

では、なぜそんな夢をみたのか。それはやはり私の心の底に、「それ」に対するふくざつな深層心理があったからだと思うのです。ともかく大人のそれのような貴君の大きくてグロテスクなオチンチンが、いつまでも眼の奥から消えてゆかないのです。

夢が醒めてから、私は幼い頃のM・R君があんなに大事にしていたオチンチンを、七十歳をすぎた年になって喪ってしまった悲運を、あらためて嘆きました。貴君があんなに娯しそうにいじり回していたオチンチンを、なぜ簡単に自分は喪ってしまったのか。病のためといえばそれまでなのですが、私は何となく、そんなペニス喪失の運命もまた、当時二歳だったM・R君が生まれたときから背負わされていた忌わしい定めだったのではないかと思うのです。

いつか養母のはつがいっていたことなのですが、私は物心つくまで、いつも自分の股間に手をやるクセのある男だったようです。何かにつけて（たとえそれが人前であっても）、自分の股間の一モツの位置を確かめるように手をやるクセがあったというのです。

私は小学校高学年になったあたりから自慰をおぼえ、毎晩のようにパンツを汚していた幼い頃のことをよくおぼえています。私は、オンボロ三畳間に親子三人で川の字になって眠る寝床のなかでも、父や母が寝静まった頃になるとそっとそれに手をやり、喜悦の声をかみ殺しながら射精し、しばらくは放心したような眼で天井の裸電球を見つめていたものでした。そして朝になると、素早くその汚れたパンツを、押し入れの下の段の柳行李《やなぎごうり》のなかに押しかくしていたのですが、はつはとうからそれを知っていたらしく、いつも黙って他の洗タク物といっしょに洗って物干しに吊るしてくれていました。

私は最近思うのですが、私の八十年の人生はぜんぶ、あのころ耽《ふけ》っていた自慰《マスターベーション》の延長だったのではないかと考えているのです。M・R君が生母マス子に入れてもらっていた行水の盥のなかで、はしゃぎながらいつも手をやっていたというそれ。物心ついてからもずっとそこに手をのばすのがクセだったというそれ。思春期に入ると、日ごと夜ごとその手すさびははげしくなり、そのたびに全身が硬直し痙攣《けいれん》するような甘美な快感の極致を経験させてくれたそれ。牽強付会といわれるのを承知でいうなら、何だか一生を捧げた私の絵画収集も、戦没画学生追跡も、ホールやギャラリーや美術館を開業した歩みも、ことによると今こうして物を書いていることさえもが、すべてそんな私の幼い頃からつづけてきた自慰行為だったのではないかとふりかえるのです。

しかし、もはやそのペニスはどこにもありません。あたかも私の人生のぜんぶをスッパリと切り落したかのように、あのなつかしいペニスは跡カタもなくどこかへ消えてしまった。ということは、私にはもう二どと、あの満身をふるわせるような歓喜——早世画家の発見や、画学生の遺作の収集や、それを他者と共有する美術館の開館の歓びはもどってこないということなのでしょう。考えてみれば、それはペニスの喪失いじょうに、わが分身だった「信濃デッサン館」のコレクションを喪失したときに決定していたことだったのかもしれません。いずれにしても、八十歳（げんみつにいうとあと何ヶ月かあるのですが）にして、哀れ尾島真一郎のコレクター人生は終焉をむかえたということなのでしょう。

## 四

でもM・R君

私はこれでけっこう幸せなんですよ。

こんなにみっともないオシメ老人になっても、尿漏れ男になっても、一日一日「生きている」という歓びにひたりながら美術館にすわっているんですよ。

生きている歓びというより、何か今の私はこれまでに得たことのないような安息感のなかにいるといったほうが正確かもしれません。

それは昭和、平成、令和の三つの時代を流れ流されてきた小さな木片が、ようやく「もう動かなくて済む」場所に流れつき、ホッと空を見上げているような気分なのです。あっちにぶつかりこっちにぶつかり、身体じゅうに生キズを負いながら、時代に流されつづけてきた木片にとって、「もうこれいじょう流されなくて済む」という状況ほど幸せなことはないのですから。

M・R君はとうにお気づきでしょうが、私の収集家としての八十年を辿ったこの一人語りは、最初のうちは西暦の年号ではじまり、しばらくするといつのまにか「昭和」という年号に変わっています。これは私が生きた「昭和」そのものの性格を表わしているといってもいいでしょう。あの「平成」から「令和」に移行した際の世情の騒ぎについては一言のべましたが、人間の一生に「昭和」も「平成」も「令和」もありはしない、というのが八十歳老の正直な感想なのです。

ある生命誌学者の先生によれば、地球という星に生命の細胞が宿ったのは三十八億年前のことだったとか。いくら「長寿社会」だの「百歳時代」だのといったって、とどのつまり私たちの命は三十八億年のうちの一瞬の火花というしかない玉響《たまゆら》のごときもので、すべての人間は短くも儚い時間のなかを生きていることに変わりありません、私、尾島真一郎もまた、そんな一刹那《いっせつな》の時間を生き、やがて消えてゆく命の一つであることは確かでしょう。そういう見方からすれば、私たちは「時代」に流されているのではなく、もともと闇から闇へ消え去る運命にある生きモノであることを、もう一どかみしめていいのではないか、なんて思っています。

それにしても、私たちの人生はちょっぴりとくべつだったかも知れませんね。

昭和十六年の開戦直前に生をうけたM・R君、その生をひきついでその後の八十年を生きた尾島真一郎という男。人よりは何倍か波瀾万丈にして疾風怒濤、何かとコトの多かった私たちの八十年は、やはりあの「昭和」という時代がなければ存在しなかったんじゃないかとあらためて思います。手負いのシシが、めくらめっぽう歩き回り走り回り、破壊と建設とがはげしく交錯していた「昭和」だったからこそ、私たち野良犬は生きのびてこられたんじゃないか、とも。

M・R君（いや、もう直木賞作家故水上勉《みずかみつとむ》氏のご長子「水上凌《みずかみりよう》」君でいいでしょう）、そろそろペンをおくときがきたようです。「残照館」のあいさつ文にも書いてありますが、アト何年生きるかわからぬ貴君と私の残余の人生を、どうか今しばらく見守っていてくれますように。

オジマシンイチロウ

## 付記

文中の尾島真一郎は筆者の仮名である。最初は「私」で書きはじめたのだが、病のこともあり、仮の名にしたほうが、より真実に徹して書けると判断したからなのだが、その結果このような「私小説」とも「半生記録」ともつかぬ書きものになってしまった。ただ、書いている途中「嘘はつくな」「ありのままを書け」と自らに言いきかせてきたことは本当である。

八十代の老境に入った今、私に失うもの繕うものなど何一つない。開戦の年に生まれた一人の男が、こんなふうに生き、こんなふうに「人」に救われ「絵」に救われて辿ってきたという人生を、どうか嗤《わら》い、忖度し、少しでも真情にふれるところがあったら甘えさせてほしい。

文中、要所要所で仮名にさせてもらった生父母、養父母、異父弟妹、何より私の人生を励まし形あるものにしてくれた多くの画家たちには、心の底から感謝を捧げたい。私とともに現在闘病中の身である編集者和氣元さんが、前著『父水上勉』『母ふたり』につづく三部作の一つとして、今回も出版の労をとって下さったことにも深く御礼を申しあげるしだいである。

二〇二二年一月

窪島誠一郎

**著者略歴**
一九四一年東京生まれ。

一九六四年、「キッド・アイラック・アート・ホール」設立。

一九七九年、長野県上田市に夭折画家の素描を展示する「信濃デッサン館」(現・KAITA EPITAPH 残照館）開設。

一九九七年、隣接地に戦没画学生慰霊美術館「無言館」開設。

二〇〇五年、「無言館」の活動により第53回菊池寛賞受賞。

二〇一六年、平和活動への貢献により第一回「澄和」フューチュアスト賞受賞。

**主要著書**
『信濃デッサン館日記』、『「無言館」ものがたり』（第46回産経児童出版文化賞）、『「明大前」物語』、『父 水上勉』、『母ふたり』、『窪島誠一郎コレクシオン（全5巻）』等。

流木記 ある美術館主の80年

二〇二二年三月 五日 印刷
二〇二二年三月三〇日 発行

著　者 © 窪《くぼ》島《しま》誠《せい》一《いち》郎《ろう》
発行者 及川直志
印刷所 株式会社 三秀舎
発行所 株式会社 白水社

東京都千代田区神田小川町三の二四
電話 営業部〇三（三二九一）七八一一
編集部〇三（三二九一）七八二一
振替 〇〇一九〇―五―三三二二八
郵便番号一〇一―〇〇五二
www.hakusuisha.co.jp

乱丁・落丁本は、送料小社負担にてお取り替えいたします。

株式会社 松岳社

ISBN978-4-560-09894-3
Printed in Japan

窪島誠一郎 著

## 母ふたり

ある日始まった実の父母を捜す執念の旅。自分を捨てた父・水上勉と奇妙なバランスで成立した親子関係の一方、決して許すことを選ばなかった二人の母の生涯を辿る、壮絶な家族物語。

## 父 水上勉［新装版］

劇的な父子の再会を経て数十年、戦没画家の作品展示で知られる「無言館」館主が、一所不在の放浪生活を貫き、数々の名作を残した父の生涯を、血縁という不思議な糸を絡ませて描く。

## 「自傳」をあるく

大岡昇平、室生犀星、相馬黒光、山口瞳の四人の自伝を読み込み、自らの「性」と「生」とを対比させながら伝記文学の魅力を鋭く描く。

## 無言館の坂を下って
信濃デッサン館再開日記

連日多くの入場者でにぎわう「無言館」と、閉館の危機に陥った「信濃デッサン館」。二つのユニークな美術館を運営する著者が、喜びの再開にこぎつけるまでの揺れる思いをつづる。